中日文學關係論集

（修订本）

邵毅平 著

中西書局

目　录

上　编
中日文学关系

中日古代咏梅诗歌之比较

——以南朝与奈良时代为中心

梅，蔷薇科，落叶乔木……花先叶开放，以白色和淡红色为主……性喜温暖湿润，对土壤适应性强……原产我国，多分布于长江以南各地……花供观赏，为我国著名观赏植物。

——《辞海》(1979 年修订版)

在中国，梅花无疑是最有名的花卉之一，以至于有人把它称为中国的国花，有人把它看作中华民族优秀品质的象征；在日本，梅花的地位自然远不能和樱花相比，但也仍然是相当有名的花卉之一，尤其是在日本历史上受中国文化影响最深的时期，如奈良时代，梅花的名声一度还在樱花之上。在中国，吟咏梅花乃是中国文学的重要传统之一，其历史可以追溯到 5 世纪的南朝之初，其影响则直到今天仍遍及中国文学和中国文化的各个方面；在日本，吟咏梅花也曾一度是日本文学的重要内容之一，其历史可以追溯到 8 世纪的奈良时代，其影响虽不及樱花那么大，却也是不容忽视的。因此，以梅花及中日两国的咏梅文学为我们的探究对象，无疑是富于意义并饶有趣味的。本文的宗旨，便是试图运用比较文学的方法，对中日咏梅诗歌的开端——南朝与奈良时代的咏梅诗歌——作一番探讨，追踪梅花在中日文学中逐渐成为审美对象和文学意象的过程和原因，描述南朝和奈良时代与梅花有关的各种风习，推寻南朝与奈良时代咏梅诗歌的表现技巧的异同及它们之间的渊源影响关系，以期通过对梅花这一中日文学所共同具有的因子的考察，加深对中日文学的相似之处及不同特点的认识。本文所处理的对象，中国文学方面是南朝诗歌（以逯钦立《先秦汉魏晋南北朝诗》①为主要材源），日本文学方面是奈良时代的和歌与汉诗（以《万叶集》②和《怀风藻》③为主要材源）。但需要说明的是，由于无论是在南朝还是在奈良时代，表现梅花的散文和其他韵文样式都较为少见（如在南朝辞赋中有关梅花的辞赋只能找到梁简文帝萧纲的《梅花赋》一篇），因此，如有这样的非诗歌类作品，为论述的全面起见，偶或也附带涉及；此外，为论述的方便起见，若干稍早或稍迟于南朝（如晋、隋）或奈良时代（如藤原宫时代）的作品，及若干时代不明、但大致可以推定属于这两个时代的作品，也一并放入这两个时代来论述。又，文中所附和歌拙译，仅供参考之用，故只求达意，不加修饰。

一

从远古时期起，中国人对梅就有了认识，但这最初的认识，是偏于实用方面而非审美方面的。人们已认识到了梅子的实用价

---

① 北京，中华书局，1983年。

② 本文所引《万叶集》和歌释文及注解，除特别注明者外，均据小岛宪之、木下正俊、佐竹昭广校注之《日本古典文学全集》本《万叶集》（全四册），东京，小学馆，1971—1975年。

③ 本文所引《怀风藻》，均据小岛宪之校注之《日本古典文学大系》本《怀风藻》，东京，岩波书店，1964年。

值，却尚未注意到梅花的观赏价值。因此，出现在上古典籍中的“梅”，大都是指梅子，而不是指梅花。《尚书·说命下》云：“若作和羹，尔惟盐梅。”《淮南子·说林训》云：“百梅足以为百人酸，一梅不足以为一人和。”其中都说到了梅子作为调味品（盖取其酸）的功能。《艺文类聚》卷八六引《神异经》云：“横公鱼，长七八尺，形状如鲤而目赤，昼在湖中，夜化为人，刺之不入，煮之不死。以乌梅二七煮之，即熟，食之治邪病。”其中说到了梅子作为助炊品的功能。《大戴礼记·夏小正》云：“五月……煮梅，为豆实也。”其中说到了梅子作为食物的功能。《西京杂记》卷一云：“（汉）初修上林苑，群臣远方，各献名果异树……梅七：朱梅、紫叶梅、紫花梅、同心梅、丽支梅、燕梅、猴梅。”其中说到了梅子作为水果的功能。总之，上古时代的中国人所注意于梅的，都是其梅子的实用价值，而非其花卉的观赏价值。

在先秦时代的文学作品总集《诗经》和《楚辞》中，梅花也没有出现。虽然《诗经》中曾多次咏到了梅，如《召南·摽有梅》的“摽有梅，其实七兮”、“摽有梅，其实三兮”、“摽有梅，顷筐塈之”，《小雅·四月》的“山有嘉卉，侯栗侯梅”，《曹风·鸤鸠》的“鸤鸠在桑，其子在梅”，《陈风·墓门》的“墓门有梅，有鸮萃止”，《秦风·终南》的“终南何有？有条有梅”，但其中所说的梅，或是指梅子（如《召南·摽有梅》），或是指梅树（如《小雅·四月》），而不是指梅花（《陈风·墓门》和《秦风·终南》中的梅，一说不是指梅树）。在《楚辞》中，也没有咏到梅花。因此可以说，在先秦时代，尽管梅已出现在中国文学中，但梅花尚未受到人们的注意。这正如宋罗大经《鹤林玉露》卷十六“物产不常”条所说的：“至恨《离骚》集众香草，而不应遗梅。余观三百五篇，如桃李芍药棠棣兰之类，无不歌咏，如梅之清香玉色，迥出桃李之上，岂独取其材与实，而遗其花哉？”他所说的“独取其材与实，而遗其花”，可以说是说到了点子上的。

在汉代的文学作品中，梅花也依然没有出现。在是否是汉人之作还有疑问的《柏梁诗》中，有一句太官令的诗“枇杷橘栗桃李梅”，指的显然也是梅树而非梅花，其倾向和《诗经》一样。不过，值得注意的是，在汉武帝时期，出现了一支名为“梅花落”的乐府曲子（这是李延年所制“横吹曲”二十八曲中的一支）。当时的乐府曲子，往往是配有歌辞的，但汉代“梅花落”的本辞，却没能流传下来，现在所流传的，都是东晋以后的诗人们所作的歌辞。“梅花落”无疑是一个非常富于美感的曲名，它似乎表明汉人不仅注意到了梅花，也注意到了梅花的谢落，进而引起了音乐家的感动，因而作出了这样的曲子。只是由于其本辞已经失传，使我们无从窥见汉代文人对梅花的具体看法了。到了晋代，潘岳的《闲居赋》中有这样的句子：“退而闲居，于洛之涘……梅杏郁棣之属，繁荣丽藻之饰，华实照烂，言所不能及也。”（《文选》卷十六）似乎已注意到了梅花的美丽，但由于他将梅花杂于群芳一笔带过，所以看不出他对梅花有什么特别的兴趣和感受。陶渊明的《蜡日》诗中，则出现了“梅柳夹门植，一条有佳花”这样的诗句，其后半句显然偏指“梅”而非“柳”，比起潘岳来，似更明确地注意到了梅花的美丽。不过他尚未明确地提出“梅花”这个意象，其诗歌的主题也不是特别吟咏梅花的。

对梅花表现出特殊的兴趣和感受，特别吟咏梅花的美丽与芬芳，将梅花意象引入中国文学的第一人，就现存的资料判断，似乎应是南朝宋的鲍照。鲍照的《梅花落》，虽说是根据汉横吹曲而作的，却是现存的中国第一首咏梅诗。鲍照以后，吟咏梅花的诗人开始多了起来，咏梅诗开始大量出现。在现存的南朝诗中，我们能找到二十余首吟咏梅花的诗歌（见附表一），而见于一般诗歌中的有关梅花的诗句那就更多了（见附表二），当然，已经散佚的南朝咏梅诗肯定也为数不少。由此可见，梅花在南朝已经成为一种非常风行的审美对象和文学意象。自此以后，梅花与中国文学乃至中国文化结下了不解之缘，咏梅文学成了中国文学的重要传统之一。罗大经说："至六朝时，乃略有咏之者。及唐而吟咏滋多。至本朝（宋），则诗与歌词，连篇累牍，推为群芳之首。"（同上）其说良确。

梅花为什么不是在先秦两汉时期而是在南朝时期才成为一种普遍的审美对象和文学意象呢？罗大经曾提出过这个问题并尝试作了解释，其说："或者古之梅花，其色香之奇，未必如后世，亦未可知也。盖天地之气，腾降变易，不常其所，而物亦随之。故或昔有而今无，或昔无而今有，或昔庸凡而今瑰异，或昔瑰异而今庸凡，要皆难以一定言。"（同上）他能提出这个问题是很有眼光的，但他的解释却不能令人信服。梅花之所以迟至南朝时才进入文学的殿堂，盖有其历史的和文学的两方面的原因。就前者而言，南朝局处江南，历来为中原文人所忽视的南方风物开始进入文人的眼帘，于是，"性喜温暖湿润"，"多分布于长江以南各地"的梅花，便有机会受到文人的观赏，由此进入中国文学的殿堂。正如小尾郊一所说的："江南地区，它那温醇的气候，明媚的风光，给予南朝文学以极大的影响。南朝文学中表现了美丽的自然，是由于江南的土地；南朝人热爱自然，也是由于江南的土地。"①关于梅花，也完全可以这么说吧？就后者而言，由于南朝文人的兴趣开始投注于山水自然，于是，前此所未曾被注意的梅花，便和其他自然物一起，引起了文人们的歌咏的热情。小尾郊一在谈到南朝咏物诗盛行的原因时曾说："自宋以后，山水诗盛行。随着山水诗的盛行，人们的眼光开始转向广阔的自然，而不是仅局限于山水。这是咏物诗盛行的第一

① 小尾郊一《中国文学中所表现的自然与自然观》，邵毅平译，上海，上海古籍出版社，1989 年，第 162 页。

个原因。第二个原因是，过去人们一直眺望自然的山水，而现在，随着庭园的筑造，人们开始眺望庭园内的山水。也就是说，自然美鉴赏的对象开始缩小到自己周围的日常环境上来……在齐梁时，人们开始在庭园中游乐，人们所接触的自然，大都已不是自然的山水，而是人工的自然。人们所看到的，已不是朴素的自然，而是庭园内的草木和鸟兽。因而，游乐于其中的文人们所吟咏的题材，当然也多为庭园内的东西……第三个原因是，山水诗普及化以后，文人们在作山水诗的同时，试图要开拓更新的境界，其结果，便产生了咏物诗……第四个原因和绘画有关……和山水画一样，画自然物的作品也开始发达，我想，这种倾向和文学也有关系，它助长了咏物诗的发达……此外，当时人开始经常吟咏器物，这也和他们的游乐生活有关。当时人对于纤细描写的好尚，在山水方面已经得不到充分的满足，因而，人们便开始把眼光转向自己周围的新鲜材料，并开始吟咏各种器物。”①这几点，也完全可以用来解释南朝咏梅诗盛行的原因。历史的原因和文学的原因结合在一起，盖可以解答咏梅诗何独萌发和发达于南朝这个问题了。

“原产我国”的梅花，是自何时起以及怎样传入日本的？这迄今尚是一个有待解开的谜。江户后期文人阿部缣洲（1793—1862）在其随笔《良山堂茶话》二编（1828）中曾引同时代文人八木巽处语说，“ウメ”（梅）乃是韩语，则也许梅花是上古时代从中国经由朝鲜半岛传入日本的，故日本人用韩音来呼之。在日本，梅花也不是天生的观赏对象和文学意象，在日本最早的记纪歌谣和《怀风藻》、《万叶集》所收奈良以前汉诗与和歌中，我们看不到梅花的存在。只是到了奈良时代（包括其稍前的藤原宫时代），梅花才开始

① 小尾郊一《中国文学中所表现的自然与自然观》，邵毅平译，第304—307页。

进入日本文学的殿堂。在日本第一部汉诗总集《怀风藻》(751)和第一部和歌总集《万叶集》(759)中,我们可以看到大量的产生于奈良时代的咏梅诗歌(见附表三、四),这表明其时日本的咏梅文学已经相当发达。从时间上看,咏梅的表现首先出现在奈良时代的汉诗中,然后才出现在奈良时代的和歌中。

那么,日本奈良时代咏梅诗歌的盛行,是否曾受过中国南朝咏梅诗歌的影响呢?回答是肯定的。最后的结论,似乎应该通过下文的详细比较才能确立,不过,我们不妨先谈一下一般的情况。日本的奈良时代,正是中国南朝文学的影响盛行的时代。诸如《艺文类聚》(624)这样的设有"梅"项并收入大量南朝咏梅诗的类书,很早便传入了日本,它们对日本古代文学,尤其是日本汉诗的影响,已是众所周知的事实。又,鲍照、谢朓、何逊、庾信、阴铿、徐陵等人都有自己的文集,尽管现在流传的都是后来的重编本,但在当时却是有原编本的,它们都可能自很早起就传入了日本,其中的咏梅诗也许曾受到当时日本文人的注意。此外,传入日本的还有一些收有南朝作品的文学总集,如《玉台新咏》和《文选》等,其中也有咏梅诗。这些传入日本的类书、文集和总集,不会不对日本奈良时代的文学产生影响。梅花作为一种文学意象开始进入日本文学,盖正是这种影响的表现之一。在中国南朝咏梅诗歌与日本奈良咏梅诗歌之间,至少有一百多年的时间差,这是由当时中日之间的交通状况决定的。当时的中日之间的交通,除了宋有过八次来往外,整个齐梁陈代都处于停止状态,只是进入7世纪以后,才再次开始频繁起来。至《怀风藻》和《万叶集》编撰的时候,日本派往中国的遣隋遣唐使累计已有十三次之多。尤其是奈良时代,更是遣唐使的极盛时代。[1] 南朝文学至此时始全面影响日本文学,自是理所当然。

[1] 参见木宫泰彦《日中文化交流史》,胡锡年译,北京,商务印书馆,1980年。

当然，我们也不能排除初唐咏梅诗歌对奈良咏梅文学的影响存在的可能性，但为了稳妥起见（因为同样有一个时间差的问题），我们想暂且不涉及这种影响。

二

南朝人喜欢种梅，在庭园、官衙和路旁，到处都种植着梅花。鲍照《梅花落》的“中庭杂树多，偏为梅咨嗟”，梁简文帝萧纲《采桑》的“春色映空来，先发院边梅”，王筠《和孔中丞雪里梅花诗》的“水泉犹未动，庭树已先知”，苏子卿《梅花落》的“中庭一树梅”，陈后主叔宝《三妇艳词》之八的“下砌折新梅”，侯夫人《春日看梅诗》之一的“庭梅对我有怜意，先露枝头一点春”，等等，都说明南朝人的庭园中往往种有梅花。这些种植在庭园中的梅花，或当窗而发，如庾肩吾《同萧左丞咏摘梅花诗》所云：“窗梅朝始发，庭雪晚初消。”萧悫《春庭晚望诗》所云：“窗梅落晚花。”或对户而开，如徐陵《梅花落》所云：“对户一株梅，新花落故栽。”其花或飘零阶下，如鲍泉《咏梅花诗》所云：“可怜阶下梅，飘荡逐风回。”或吹入门中，如萧子范《春望古意诗》所云：“落花徒入户，何解妾床空。”梁昭明太子萧统《锦带书十二月启·中吕四月》所云：“梅花拂户牖之内。”或拂上妆台，如陈后主叔宝《梅花落》之一所云：“春砌落芳梅，飘零上凤台。”鲍泉《咏梅花诗》所云：“度帘拂罗幌，萦窗落梳台。”总之，在人们的周围，到处都有梅花的倩影，正如梁简文帝萧纲《梅花赋》所描写的：“乍开花而傍巘，或含影而临池，向玉阶而结彩，拂网户而低枝。”这无疑会给人们的生活环境增添美感，给文人的审美感觉带来刺激。不仅在私人庭园中，在公共场所，南朝人也喜栽梅花。如何逊的《咏早梅诗》（一名《扬州法曹梅花盛开》），便是歌咏衙门里的梅花的：“衔霜当路发，映雪拟寒开。枝横却月观，花绕凌风台。”

正是官曹梅花的写照(后来唐代杜甫《和裴迪登蜀州东亭送客逢早梅相忆见寄》诗的“东阁官梅动诗兴,还如何逊在扬州”之诗句,便径称何逊所咏的梅花为“官梅”)。当然,除了人们种植的以外,山里、野外、路边,到处都有野生的梅花,那就更不用说了。如李爽《山家闺怨诗》的“山中多早梅”,观察到了梅花在山里开得较早的现象;张正见《梅花落》的“芳梅映雪野,发早觉寒侵”,则注意到了梅花在雪野里盛开的情景;而梁简文帝萧纲《从顿暂还城诗》的“日照蒲心暖,风吹梅蕊香”,则描写了旅途中看到的梅花。

这样的自然环境,对南朝赏梅风习的形成无疑具有积极的刺激作用。人们或在梅树下歌舞,如江总《梅花落》云:“长安少年多轻薄,两两共唱梅花落。满酌金卮催玉柱,落梅树下宜歌舞。”或在雪地里赏梅,如梁简文帝萧纲《雪里觅梅花诗》云:“绝讶梅花晚,争来雪里窥。”庾信《梅花诗》云:“常年腊月半,已觉梅花阑。不信今春晚,俱来雪里看。”南朝人的喜欢赏梅,即从他们所作的咏梅诗的标题也可看出来,除上引《雪里觅梅花诗》之外,又有《同萧左丞咏摘梅花诗》、《春日看梅花诗》等名目。

南朝人不仅喜欢赏梅,而且还喜欢折梅。如庾肩吾《同萧左丞咏摘梅花诗》的“折花牵短树,攀丛入细条”,庾信《咏画屏风诗》之三的“今朝梅树下,定有折(一作咏)花人”,张正见《梅花落》的“边城少灌木,折此自悲吟”,江总《梅花落》的“梅花芬芳临玉台,朝攀晚折还复开”,等等,都反映了南朝人的这一风习。不仅男性,女性也喜折梅花。如梁简文帝萧纲《春闺情诗》的“摘梅多绕树”,陈后主叔宝《三妇艳词》之八的“小妇偏妖冶,下砌折新梅”等,都表现了女子折梅时的娇美可爱之态。折来梅花,或观赏,或插发,或赠友,大致不出此三途。观赏是不言而喻的,至于插发或赠友,则也是当时的风习。南朝咏梅诗中,多有关于折梅插发的描写。如梁元帝萧绎《龟兆名诗》的“折梅还插鬓”,谢朓《咏落梅诗》的“用持插云髻，翡翠比光辉”，鲍泉《咏梅花诗》的“乍随纤手去，还因插鬓来”，陈后主叔宝《梅花落》之一的“佳人早插髻，试立且裴徊”，徐陵《梅花落》的“啼看竹叶锦，簪罢未能裁”，江总《梅花落》之一的“妖姬坠马髻，未插江南珰”，等等，都反映了当时折梅插发的风习。不过，从上述例子来看，南朝时折梅插发的风习，似乎仅流行于妇女中间；而如下面将要谈到的，这种风习流传到日本以后，则主要流行于男性中间。折梅赠友，也是南朝时流行的风习。这种风习的渊源，盖可以上溯到先秦时代。刘向《说苑·奉使》记载：“越使诸发执一枝梅遗梁王，梁王之臣曰韩子，顾谓左右曰：‘恶有以一枝梅以遗列国之君者乎？’”越使以南方特有的梅花赠中原之人，却为中原之人所不屑，这说明当时的北方人还不懂得欣赏梅花。到了南朝，赠梅却成了一种使授受双方都感到愉悦的雅事，如唐韩鄂《岁华纪丽》卷一“陆凯寄一枝之春色”条记载：“陆凯与范晔相善，自江南寄梅一枝诣长安与晔，赠诗云：‘折花逢驿使，寄与陇头人。江南无所得，聊赠一枝春。’”这是一段流传千古的佳话，而其背景，则是南朝时折梅赠友风习的流行。赠梅的对象，并不限于朋友，还包括恋人。如谢朓《咏落梅诗》的“亲劳君玉指，摘以赠南威”所歌咏的，似乎就是带有爱情色彩的赠梅；又如《西洲曲》中的那个“忆梅下西洲，折梅寄江北”的折梅人，乃是一个“单衫杏子红，双鬓鸦雏色”的女孩，其寄梅的对象，从诗的下半部分来看，自是心上人无疑；又如梁武帝萧衍（一作王金珠）《子夜四时歌》春歌之三的“折梅待佳人，共迎阳春月”，之二的“兰叶始满地，梅花已落枝。持此可怜意，摘以寄心知”，其中的“佳人”、“心知”等，似乎也是指异性对象，至少《子夜四时歌》作为民间恋歌的性质促使我们作此联想。当然，如果不能折梅赠友或恋人以表达自己的心意，那么诗人就会感到痛苦，如庾肩吾《同萧左丞咏摘梅花诗》的“远道终难寄，馨香徒自饶”，所表达的正是这样一种心境。

除此之外，还有一些与赏梅风习盛行有关的现象。徐陵《春情诗》的“竹叶裁衣带，梅花奠酒盘”，就反映了梅花与酒盘的某种关系，虽然其具体情景现在已不容易想象（或是把酒盘做成梅花形）。又如，相传“（南朝宋）武帝女寿阳公主人日卧于含章檐下，梅花落公主额上，成五出之花，拂之不去，皇后留之，自后有梅花妆是也”（见唐韩鄂《岁华纪丽》卷一“人日·梅花妆”条及《太平御览》卷九七〇引《宋书》，后者末无“是也”二字，多“后人多效之”一句）。此种化妆术的出现，显然亦与赏梅风习的盛行有关。当时，歌唱梅花的风习（如“梅花落”），甚至还被小说家采入了传奇故事。如《艺文类聚》卷八六引《述异记》记载：“嘉兴县朱休之有一弟，宋元嘉中，兄弟对坐，家有一犬来，向休之蹲，遍视二人，遂摇头而笑曰：‘言我不能歌，听我歌梅花。今年故复可，奈汝明年何！’其家惊惧，斩犬，榜首路侧。至来岁梅花时，兄弟相斗，弟奋戟伤兄，官收治，并被囚系，经岁得免。至夏，举家时疾，母及兄弟皆死。”其中值得注意的是，此狗所唱的竟然是梅花歌！其时歌唱梅花的风习之盛由此也可见一斑。此外，南朝人还将梅花画上了新造宫殿的横梁，如阴铿《新成安乐宫》的“梁花画早梅”，张正见《重阳殿成金石会竟上诗》的“梅梁横发蕊”等，便都吟咏了画在梁上的梅花。南朝人甚至还将梅花画入了屏风，并因此而产生了吟咏屏风上所绘梅花的题画诗。如庾信的《咏画屏风诗》二十四首中，就有两首是吟咏屏风上所画的梅花的，其三云：“昨夜鸟声春，惊鸣动四邻。今朝梅树下，定有折（一作咏）花人。”其二十四云：“水影摇藂竹，林香动落梅。”便都是题咏屏风上的梅花的。兴膳宏认为：“（前者）画面当是开放的梅花或者梅林中的景色，同时处处点缀有啼鸟……‘定有咏花人’可以认为是一种预测，并非画面上实际呈现的景象，而是作者对包括以下两句酒宴场面在内的想象。这样也更符合鸟鸣报春，一夜过后春天果然到来之意。庾信对赏梅宴的形容也更加细致。”[①]可以想见，这种绘有梅花的屏风，在当时一定还是不少的，这自然也与当时赏梅风习的盛行有关。

在奈良时代的日本，由于受南朝文化与文学的影响，也存在着与南朝相似的风习。当时，梅花的种植无疑已很普遍，在贵族们的庭园里一定栽有许多梅花，因而才会在他们的汉诗里一再出现“庭梅”、“阶梅”、“梅苑”这样的诗语，在他们的和歌里一再出现“わが家の園に”（我家园子里）、“わが園に”（我家园里）、“わがやどに”（我家里）、“わが家の園の”（我家园里的）、“わが園の”（我园的）、“わが宿の”（我宅的）、“吾家の園に”（我家园里）云云的梅花这样的歌语，在和歌的汉文序里出现“园梅”这样的词语。《万叶集》816 歌小岛宪之等注云：“在这三十二首（梅花歌）中，像这种歌咏自宅梅花的作品往往有之。”4500 歌注云：“梅花，指主人中臣清麻吕庭园中的梅花。”3906 歌“み園生の百木の梅”（园中百树梅花）之语注云：“这是指大宰府旅人邸中的很多的梅树。”凡此，均说明在庭园里栽种梅花在当时是很普遍的。453 歌云：“我妹子が植ゑし梅の木見るごとに心むせつつ涙し流る”（吾妹手植之梅树，每见情咽涕泗流），788 歌云：“うら若み花咲きかたき梅を植ゑて人の言しみ思ひそ我がする”（梅花娇嫩尚未开，植梅闲言使我烦），1423 歌云：“去年の春い掘じて植ゑし我がやどの若木の梅は花咲きにけり”（去年春天植梅树，今年园中已发花），这三首歌中均说到了“植梅”之事（尽管 788 歌带有比喻意味），可见当时人喜植梅花之情景。梅花在日本的种植，使“赏梅”成为可能之事；而“赏梅”风习的盛行，又无疑会刺激梅花的种植，这是相辅相成的。

有了栽种梅花的生活环境，再加上中国咏梅文学的影响，赏梅

---

① 兴膳宏《论庾信的题画诗》，收入其《六朝文学论稿》，彭恩华译，长沙，岳麓书社，1986 年，第 356—357 页。

风习便也在奈良时代的日本盛行了起来。最能反映这种风习的典型例子，是天平二年(730)正月十三日在大宰帅大伴旅人宅中举行的梅花宴。《万叶集》卷五《梅花歌卅二首》，便保存了当时与宴者所作的和歌。其序记载其时的盛况道："天平二年正月十三日，萃于帅老之宅，申宴会也。于时，初春令月，气淑风和。梅披镜前之粉，兰薰珮后之香。加以曙岭移云，松挂罗而倾盖；夕岫结雾，鸟封縠而迷林。庭舞新蝶，空归故雁。于是盖天坐地，促膝飞觞。忘言一室之里，开衿烟霞之外。淡然自放，快然自足。若非翰苑，何以摅情？诗纪落梅之篇，古今夫何异矣！宜赋园梅，聊成短咏。"由此序不仅可以想见当时赏梅集会之盛况，也可以看出中国咏梅文学对这样的赏梅和咏梅活动的影响。此序之模拟王羲之的《兰亭集序》自不待言，而其中最值得玩味的，乃是"诗纪落梅之篇，古今夫何异矣"二语。所谓"落梅之篇"，令人联想到盛行于中国南朝的《梅花落》诗；而"古今夫何异"，则暗示了过去的中国南朝的《梅花落》诗与现在的日本奈良的《梅花歌》之间的对比与联系。因而从这两句话中，可以看出奈良文人有意模仿中国南朝的"赏梅"风习和咏梅文学的倾向，颇可说明奈良时代的赏梅风习与中国咏梅文学影响的关系。天平二年的这次赏梅与咏梅盛会，在奈良贵族社会中曾产生过很大的反响，如大伴旅人(一说山上忆良)有《后追和梅花歌四首》(卷五)，吉田宜有《奉和诸人梅花歌一首》(卷五)，大伴书持有《追和大宰之时梅花新歌六首》(卷十七)，大伴家持有《追和筑紫大宰之时春苑梅歌一首》(卷十九)，等等，都是追和此次梅花宴上所作的梅花歌的。大伴书持和大伴家持的追和歌分别作于天平十二年(740)或天平胜宝二年(750)，上距天平二年已有十年或二十年之遥；又，吉田宜因故未能参加这次盛会，大伴旅人将《梅花歌卅二首》寄给他，他读后不胜向往之至，回信写道："兼奉垂示，梅苑芳席，群英摛藻；松浦玉潭，仙媛赠答。类杏坛各言之作，疑衡皋税驾之篇。耽读吟讽，感谢欢怡。"其奉和歌"後れ居て長戀せずはみ園生の梅の花にもならましものを"（未与盛会长恋念，未若为梅生君园）云云，竟然表示愿意做大伴旅人宅中的梅花，可见其心情之迫切。凡此，均可见天平二年梅花宴影响之持久强烈，也说明赏梅咏梅在当时是何等的雅事。这样的赏梅盛会，即在中国的南朝，也是不曾有过的。此外，《怀风藻》中所收的一组以宴长王宅为题的汉诗（见附表三），都吟咏了梅花，恐怕在这样的宴会上也有赏梅活动吧。

从奈良时代的梅花歌中，可以看出当时盛行的赏梅风习之一斑。在美好的新春时节，诗人兴致勃勃地"招待"梅花，觉得无限快乐，815 歌云："正月立ち春の來らばかくしこそ梅を招きつつ樂しき終へめ"（正月春来梅花开，招待梅花且尽欢）；诗人独自看着梅花，一个春日就不知不觉地过去了，818 歌云："春さればまづ咲くやどの梅の花ひとり見つつや春日暮らさむ"（春来梅树先着花，独自看花度春日）；有时候也更希望和朋友一起赏梅，1011 歌云："我がやどの梅咲きたりと告げ遣らば來と言ふに似たり散りぬともよし"（告汝我家梅花开，梅开落尽亦佳哉）；思想着春来开放的梅花，诗人辗转反侧，难以入眠，831 歌云："春なればうべも咲きたる梅の花君を思ふと夜眠も寢なくに"（春来梅花故应开，思君反侧夜难眠）；当那日夜萦绕心头的想和梅花相见的愿望终于实现的时候，诗人抑制不住内心的喜悦，835 歌云："春さらば逢はむと思ひし梅の花今日の遊びに相見つるかも"（春来每每思相会，今日之游会梅花）；当此之际，诗人唯愿梅花年年开放，万世不绝，830 歌云："萬代に年は來經とも梅の花絶ゆることなく咲き渡るべし"（纵过万世复千年，梅花不绝续续开）；由于朝思暮想，梅花竟然出现在诗人的梦中，852 歌云："梅の花夢に語らくみやびたる花と我思ふ酒に浮かべこそ"（梅花梦语亦风流，思之杯中酒亦浮）；谁家的梅花开了呢？我真想去看看，2327 歌云："誰が園の梅にかありけむここだくも咲きてあるかも見が欲しまでに”(谁苑梅花开,我欲赏玩来);梅花是那么的多,可为什么总是看不厌呢? 诗人不禁问自己,3902 歌云:“梅の花み山としみにありともやかくのみ君は見れど飽かにせむ”(梅花如山朵朵开,看君如何看不厌);客人对主人说,你真可恨呀,家里的梅花都谢了,却不叫我来看,4496 歌云:“恨めしく君はもあるかやどの梅の散り過ぐるまで見しめずありける”(思君可恨亦可羡,园梅散尽不让见);主人却回答说,你说想看梅花,我难道说过不许你看吗? 现在梅花谢落了,那是你自己不来看的过错,4497 歌云:“見むと言はば否と言はめや梅の花散り過ぐるまで君が來まさぬ”(君欲见梅无人阻,梅花散尽君不来)。从这些和歌中,我们不难看出奈良时代的赏梅风气之盛以及奈良文人对梅花的热爱之深。

奈良时代也盛行折梅观赏、插发或赠友的风习,这些风习显然都是从中国南朝传入的。《怀风藻》调忌寸老人《三月三日应诏》诗的“折花梅苑侧”,《万叶集》4174 歌的“春のうちの樂しき終へは梅の花手折り招きつつ遊ぶにあるべし”(春来何事乐无穷? 手折梅花游兴浓),便反映了折梅风习之一斑。人们或折取梅花插在头上,820 歌云:“梅の花今盛りなり思ふどちかざしにしてな今盛りなり”(今日梅花正盛开,同志友生插发来);大家头上插着梅花,心里感到无比快乐,832 歌云:“梅の花折りてかざせる諸人は今日の間は樂しくあるべし”(折来梅花插满头,诸人今日乐悠悠);由于人们都头插梅花游玩,所以梅花就越发使人感到可爱了,828 歌云:“人ごとに折りかざしつつ遊べどもいやめづらしき梅の花かも”(人人插花且欢游,愈益可爱是梅花);他们希望每年春天都能像现在这样头插梅花,口饮醇酒,833 歌云:“年のはに春の來らばかくしこそ梅をかざして樂しく飲まめ”(年年春来乐悠悠,头插梅花饮醇酒);像今日这样插花冶游的日子可真是玩不够呵,836歌云:“梅の花手折りかざして遊べども飽き足らぬ日は今日にしありけり”(手折梅花插满头,今日之游不欲休);看到人们头插梅花游玩,便想到了京师里的事情,843歌云:“梅の花折りかざしつつ諸人の遊ぶを見れば都しぞ思ふ”(诸人插梅且欢游,见此回想京师事);彩霞满天的春日里,越来越难以割舍的,正是那插在头上的梅花呵,846歌云:“霞立つ長き春日をかざせれどいやなつかしき梅の花かも”(彩霞满天春日长,插发难舍是梅花)。上面所引和歌,均为天平二年在大宰帅大伴旅人宅中举行的梅花宴上所作,可以想见当时梅树林中人头攒动,人人头上插着梅花的盛况。这种折梅插发的风习,在《万叶集》其他和歌中也有反映,如1883歌记宫人野游情景道:“ももしきの大宮人は暇あれや梅をかざしてここに集へる”(大宫人者何有暇,梅花插头此间集),“野游”是奈良时代的一种民间风习,男男女女在这一天来到野外,举行歌垣,即使在这样一种时刻,人们也不忘头插梅花。总而言之,奈良时代折梅插发的风习,比南朝更为盛行。不过,和中国南朝主要是妇女才插梅花于发的情况略有不同,日本奈良时代的插发风习似乎主要流行于男性中间。

除了折梅插发以外,奈良时代同样也有折梅赠友的风习。《万叶集》中有关这方面的和歌也很多,如2326歌云:“梅の花まづ咲く枝を手折りてばつとと名付けてよそへてむかも”(手折梅花先开枝,欲作赠物怕闲言),歌者折了那先开的梅花,要把它送给自己的友人(或恋人),颇有“聊赠一枝春”之意。当然,与中国南朝的风习一样,梅花也可以赠给自己的恋人,如2330歌云:“妹がためほつ枝の梅を手折るとは下枝の露に濡れにけるかも”(为妹手折末枝梅,下枝之露沾我衣),为了给恋人折取梅花,不惜让露水打湿了衣裳。此外,还可以折取梅花,和柳枝一起供养在佛龛前,祈神佛保佑自己见到恋人,如1904歌云:“梅の花しだり柳に折り交へ花

にそなへば君に逢はむかも”(折取梅花杂垂柳,供养此花欲逢君),这显然是中国风习的一个发展,带有浓厚的日本趣味。又,折梅在奈良和歌中还有另外一层含意,即比喻向女子求爱或摘取爱情之果等,这留待下文讨论梅花与恋爱的关系时再加叙述。

如上所述,无论在中国的南朝还是在日本的奈良时代,都有着植梅、赏梅、折梅、插梅、赠梅的风习,这是南朝和奈良时代咏梅诗歌发生和发达的基础。两国的情况,虽说由于具有影响渊源关系,因而是非常地相似,但也有若干不同。和南朝人的赏梅活动相比,奈良朝人的赏梅活动显得更有娱乐性,更为团体化。像天平二年在大伴旅人宅中举行的梅花宴这样的赏梅活动,在南朝毋宁说是很难见到的;像《万叶集》中许多和歌所描写的人人插花、以遨以游的情况,在南朝咏梅诗中也找不到。其中的原因,或许在于当时的日本贵族文人有着模仿中国文化的倾向,以盛行于中国的赏梅风习为雅事,故纷纷参加;此外,盖也和当时贵族生活的发达和贵族社会的闲暇有关。这样所造成的结果,是赏梅风习在奈良时代的日本这块土壤上流行得更为广泛。

三

以上,我们叙述了中国南朝和日本奈良时代赏梅风习的一般情况;下面,我们想探讨一下中日古代咏梅诗歌是怎样从感官角度来捕捉和表现梅花的美的,并略略述及二者间的渊源影响关系。

我们先来看看中日古代咏梅诗歌是怎样从视觉角度来捕捉和表现梅花的色彩之美的,因为这方面的表现,在中日古代咏梅诗歌中所占的比重最大。

梅花主要有白梅和红梅这两种,但有意思的是,南朝和奈良时代的咏梅诗歌中所吟咏的,却竟然大都是白梅,而几乎没有红梅。

奈良时代和歌中唯一一首可能被认作是歌咏红梅的1644歌云："引き攀ぢて折らば散るべみ梅の花袖に扱入れつ染まば染むとも"（攀折梅花怕散落，纳入袖中任染衣），既说"染"，则一般的认识总是觉得此梅应是红色的，不过小岛宪之等注认为，万叶和歌中，有以白为染的表现，如1859歌即其例，所以这也可以看作白梅。至于为何会产生这种只咏白梅的现象，则还是一个谜。

由于歌咏的主要是白梅，所以中日诗人们纷纷在"白"字上大做文章。在南朝，虽说也有朴实的不做文章的表现，如刘义庆《游鼍湖诗》的"梅花覆树白"便是其例，但这只是咏梅诗产生初期的现象，而咏梅诗发达以后的情况就并非如此了。南朝诗人或把梅花比作佳人梳妆用的白粉，如陈后主叔宝《梅花落》之一的"拂妆疑粉散"，梁简文帝萧纲《梅花赋》的"争楼上之落粉"；或反过来把柳絮比作梅花，如张正见《赋得垂柳映斜谿诗》的"风翻夹浦絮，雨濯倚流枝。不分梅花落，还同横笛吹"，此比喻当然也可以倒看（将柳絮与梅花联系起来表现的诗还有很多，如梁元帝萧绎《和刘上黄春日诗》的"柳絮时依酒，梅花乍入衣"，荀济《赠阴梁州诗》的"柳絮亟如丝，梅花屡成雪"，《子夜四时歌》春歌之十二的"梅花落已尽，柳花随风散"等；在日本也有这样的表现，如纪古麻吕《望雪》诗的"柳絮未飞蝶先舞，梅芳犹迟花早临"即其例）；又或把梅花比作翩翩飞舞的粉蝶，如宗懔《早春诗》的"散粉成初蝶，剪彩作新梅"，江总《梅花落》之二的"偏疑粉蝶散"；又或把梅花比作机中之织素，如王筠《和孔中丞雪里梅花诗》的"落素混冰池"，梁简文帝萧纲《梅花赋》的"夺机中之织素"，等等，类似的表现非常丰富。南朝诗人对白梅的这些联想，也影响了奈良诗人。在奈良诗歌中，虽说也有一般地吟咏梅花色白的作品，如1859歌云："馬並めて高の山邊を白たへににほはしたるは梅の花かも"（梅花真艳色，一染高山白），但这种咏梅诗歌在奈良时代，正如刘义庆的"梅花覆树白"在南朝那样，是较为少见的。在奈良时代更为常见的，是那些受南朝咏梅诗影响的修饰的表现，如纪麻吕《春日应诏》诗的“阶梅斗素蝶”，葛野王《春日玩莺梅》诗的“素梅开素靥”，《梅花歌卅二首》序的“梅披镜前之粉”，等等，分别把梅花比作素蝶、素靥和白粉，便显然承袭了南朝咏梅诗中的类似表现（值得注意的是，这些表现大都见诸奈良时代的汉诗，而不见于当时的和歌）。

不过，在看到梅花时，最能使南朝诗人在色彩方面产生联想的，还要数雪花。由于梅花洁白像雪，而且又往往开放于雪花飞舞、银装素裹的隆冬时节，因此，梅花与雪花这二者间的联系，便常常成为南朝诗人在想象力上争奇斗胜的大好题目。有的诗人描绘出了一个雪花与梅花浑然难辨的银白世界，如荀济《赠阴梁州诗》的“梅花屡成雪”，江总《岁暮还宅诗》的“惊花雪后梅”，王筠《和孔中丞雪里梅花诗》的“翻光同雪舞”，江总《梅花落》之二的“乍似雪花开”，又“梅花色白雪中明”，梁简文帝萧纲《梅花赋》的“乍杂雪而被银”，等等，都强调了梅花与雪花的相似性，用雪花来映衬梅花的洁白与轻盈。而且，人们也因此更喜欢观赏雪中的梅花，如庾肩吾《岁尽应令诗》的“梅花应可折，倩为雪中看”，即其例。不过，有时却未必能看得分明，如梁简文帝萧纲《雪里觅梅花诗》写梅花由于为雪所遮而“下枝低可见，高处远难知”，颇为传神地状出了银白世界的层次，使人仿佛看见那在低处还隐约可见的梅花越到上面便越来越和雪花融在一起并渐渐地消失在一片纯白中的图景。梅雪的相似性，写到这里似乎已是题无剩义了，但是，诗人们又从梅雪的相异性方面来翻花样。有的诗人想象可以用在太阳下是否消融为标准来鉴别梅花和雪花，如阴铿《雪里梅花诗》云：“春近寒虽转，梅舒雪尚飘。从风还共落，照日不俱销。”认为虽说梅花和雪花难以鉴别，但遇到太阳就立时分明了：那见日消融的是雪花，那仍留枝头的是梅花；也有的诗人认为可以根据是否有香气来鉴别梅花和雪花，如苏子卿《梅花落》云："中庭一树梅，寒多叶未开。只言花是雪，不悟有香来。"诗人庭园中的一株梅树尚未长叶子，却已经缀满了白花，但是诗人却误以为都是些雪花，直至闻到从花上传来的阵阵清香才恍然大悟（后来宋代王安石《梅花》诗的"墙角数枝梅，凌寒独自开。遥知不是雪，为有暗香来"，全祖其意而换成正说）。当然，也有倒过来将雪花比作梅花的，如梁昭明太子萧统《貌雪诗》说，雪花"既同摽梅英散"；且有将雪花误认作梅花的，如梁简文帝萧纲《同刘谘议咏春雪诗》说，"看花言可插（一作折），定自非春梅"，差一点将雪花当作梅花来插了；有的则将雪花的飞舞比作梅花的纷谢，如梁简文帝萧纲《雪朝诗》云："落梅飞四注，翻霙舞三袭。"有的感叹雪花下得太早，不能等待阳春时节和梅花争奇斗胜，如王衡《玩雪诗》云："不待阳春节，谁持竞落梅。"又有的认为雪花本来就是为了映衬梅花而随风飘舞的，如何逊《咏春雪寄族人治书思澄诗》云："可怜江上雪，回风起复灭。本欲映梅花，翻悲似玉屑。"以上这些例子，都在不同程度上将雪花与梅花作了对比，正好是如上所述的将梅花与雪花作对比的反面，也正是题中应有之义吧。此外，许多南朝咏梅诗的标题便是将雪与梅连在一起的，如梁简文帝萧纲的《雪里觅梅花诗》、王筠的《和孔中丞雪里梅花诗》、阴铿的《雪里梅花诗》等，表明了二者间的密切联系；又有一些以雪为标题的诗，如何逊的《咏春雪寄族人治书思澄诗》、梁昭明太子萧统的《貌雪诗》、梁简文帝萧纲的《同刘谘议咏春雪诗》和《雪朝诗》、王衡的《玩雪诗》等，其中都咏到了梅花，也表明了二者间的密切关系。南朝诗人关于梅花与雪花在色彩方面的相似性所作的联想，其比喻之贴切，构思之奇特，都使人感到生动，给人带来美感。

和南朝咏梅诗的情况一样，在奈良咏梅诗歌中最为多见的，也是把梅花比作雪花的表现。在《怀风藻》中，就有很多将梅花与雪花联系起来表现的例子，如纪古麻吕《望雪》诗的"梅芳犹迟花早

临”，大伴旅人《初春侍宴》诗的“梅雪乱残岸”，境部王《宴长王宅》诗的“送雪梅花笑”，百济和麻吕《初春于左仆射长王宅宴》诗的“芳梅含雪散”，盐屋古麻吕《春日于左仆射长屋王宅宴》诗的“梅花雪犹寒”，等等，都是其例。在《万叶集》中，把梅花与雪花联系起来描写的和歌那就更多了，粗粗统计一下，竟有二十六首，几占全部梅花歌的四分之一。即使看一下《万叶集》中咏梅歌的标题，也能感受到二者关系之密切。如卷八有角广辨和大伴家持的《雪梅歌》各一首，卷十八有大伴家持的《宴席咏雪月梅花歌》一首，都将梅花与雪花合在一起见诸标题；在卷八安倍奥道的《雪歌》及卷十的《咏雪》歌、《寄雪》歌等以雪为标题的和歌中，都咏到了梅花。凡此，俱可见在奈良歌人的心目中梅花与雪花的密切关系。当奈良歌人歌咏梅花的洁白时，他们像南朝诗人一样喜欢把它和雪花作对比，如849歌云：“殘りたる雪に交じれる梅の花早くな散りそ雪は消ぬとも”（梅花残雪两相杂，雪消梅花勿早落），其前半部分，描绘出一幅梅花与残雪浑然不辨的图画，类似的表现还有1640歌的“我が岡に盛りに咲ける梅の花殘れる雪をまがへつるかも”（吾岳梅花正盛开，花似残雪骤难辨）；其后半部分，殷切地期望梅花不要随着残雪的消融而早早地凋谢，构思与阴铿的《雪里梅花诗》有相似之处，惟没有引出雪消的原因“照日”而已，可比较1833歌的“梅の花降り覆ふ雪を包み持ち君に見せむと取れば消につつ”（飞雪层层覆梅花，欲持赠君雪已融）。又如850歌云：“雪の色を奪ひて咲ける梅の花今盛りなり見む人もがも”（梅花盛开夺雪色，赏花能有几人来），小岛宪之等注云：“‘夺’乃是模仿汉诗的表现手法，《艺文类聚》载梁简文帝《梅花赋》有‘夺机中之织素’之句，类似例子甚多。”其中梅白夺雪之构思，与南朝咏梅诗一脉相承。又如1426歌云：“我が背子に見せむと思ひし梅の花それとも見えず雪の降れれば”（欲与吾友赏梅花，雪花飘飘难分明），歌人本来想让对方看看梅花，不料却因下雪而看不分明了，其构思与梁简文帝萧纲的《雪里觅梅花诗》颇为相似，都是写由于颜色的一致而导致梅雪难辨的。类似的表现还有 2344 歌："梅の花それともみえず降る雪に間使ひ遣らばそれと知らむな"（梅花似雪难辨别，遣使来寻见分明），前三句与 1426 歌的后三句几乎完全一样，但此歌的翻新处在于又进一层，说如派使者去察看一番，便能分辨二者了。有的歌人认为，梅花唯有和雪花在一起，才能显示其花色之洁白，因此，如果没有雪花，也就不应眷恋梅花了，如 1842 歌云："雪をおきて梅をな戀ひそあしひきの山片づきて家居せる君"（非雪莫恋梅，君住近山边），这种表现，使我们联想到何逊的《咏春雪寄族人治书思澄诗》的"本欲映梅花"的说法。从梅雪色彩的一致，奈良歌人又自然而然地想到了它们之间也许会发生竞争，如 1649 歌云："今日降りし雪に競ひて我がやどの冬木の梅は花咲きにけり"（我园冬树梅花开，今日逢雪更竞夸），为了和雪花竞争，梅花特地开出了雪白的花朵，这是一个多么奇妙的构思！其中的"竞"字，与王衡《玩雪诗》"谁持竞落梅"的"竞"字有异曲同工之妙，唯二者的说法相反而已。也许正是从梅雪竞争的角度考虑，奈良歌人又认为雪降能催开梅花，如 1436 歌云："含めりと言ひし梅が枝今朝降りし沫雪にあひて咲きぬらむかも"（梅枝含苞尚未开，今朝逢雪可开哉），为了和雪花相逢，含苞未放的梅树开出了它的花朵。类似的表现还有 1641 歌："沫雪に降らえて咲ける梅の花君がり遣らばよそへてむかも"（雪降催得梅花开，欲持赠君怕人猜），也认为梅花是被雪降催开的。反言之，则梅花的含苞也许正是为了等待雪降，如 4283 歌云："梅の花咲けるが中に含めるは戀ひや隠れる雪を待つとか"（梅花含苞正未开，欲隐恋情欲待雪）。但是，尽管梅花对雪花如此专情，雪花对梅花却不一定友好，因此，有时候雪花不仅不催开梅花，而且还要压萎梅花，如 4287 歌云："うぐひすの鳴きし垣内ににほへりし梅この雪にうつろふらむか”(莺啼垣内梅花开,花开旋散为雪花)。类似的表现还有4282歌的“言繁み相問はなくに梅の花雪にしをれてうつろはむかも”(人言可畏相问少,雪萎梅花散落否),其后三句与4287歌的后三句立意基本相同。

以上,都是通过梅花与雪花的色彩映衬来表现梅花的洁白和梅雪的相互关系的;此外,运用比喻来表现梅雪关系的例子就更多了。其中又可一分为二,一是把梅落比作雪飘的,一是把雪飘比作梅落的,这不过是同一个比喻的正说反说而已。我们先来看前者,这方面的例子最多,不过构思却大致相同。如822歌云:“我が園に梅の花散るひさかたの天より雪の流れ來るかも”(我园梅花落纷纷,恰似飞雪从天降),这是大伴旅人的和歌,和《怀风藻》收录的他的《初春侍宴》诗的“梅雪乱残岸”有异曲同工之妙。十年后,大伴书持的和歌也表现了同样的意境,3906歌云:“み園生の百木の梅の散る花し天に飛び上がり雪と降りけむ”(园中百树梅花落,恰似飞雪从天降)。此外,823歌云:“梅の花散らくはいづくしかすがにこの城の山に雪は降りつつ”(梅花散落何处寻,城山雪花正飞飞),839歌云:“春の野に霧立ち渡り降る雪と人の見るまで梅の花散る”(雾笼春野梅花落,见者疑是雪花飘),844歌云:“妹が家に雪かも降ると見るまでにここだも紛ふ梅の花かも”(怪道妹家降雪来,原是梅花落纷纷),等等,都把梅花的散落比作雪花的纷飞,和前述南朝王筠、荀济、梁简文帝萧纲、江总等人的诗的意境极为相似,可以清楚地看出南朝咏梅诗的影响。再看把雪飘比作梅落的比喻。1841歌云:“山高み降り來る雪を梅の花散りかも來ると思ひつるかも”(山高雪降正飞飞,却认雪飘是梅落),1647歌云:“梅の花枝にか散ると見るまでに風に亂れて雪ぞ降り來る”(风吹雪花乱纷飞,疑是梅花辞故枝),都把雪飘看作梅落。平安初期的桓武天皇有歌云:“梅の花戀ひつつ居れば降る雪を花かも散ると思ひつるかも”(《类聚国史》卷三二),似乃模仿1841歌而作,可见此比喻在平安初期也很流行。有时，那落在梅枝上的雪花，也容易使人误认作梅花，1645歌云：“我がやどの冬木の上に降る雪を梅の花かとうち見つるかも”（雪落我园冬木上，乍看却认是梅花）。那思梅心切的歌人，于是也乐得在梅花未开时姑用雪花来代替梅花了，1642歌云：“たな霧らひ雪も降らぬか梅の花咲かぬが代にそへてだに見む”（雾笼雪飘梅未发，且把雪花作梅看）；《怀风藻》纪古麻吕《望雪》诗的“梅芳犹迟花早临”，“花”指雪花，也是相似的表现。在梅花谢落以后，也可以用雪花来代替，如1834歌云：“梅の花咲き散り過ぎぬしかすがに白雪庭に降りしきりつつ”（梅花纷纷虽开落，尚有白雪洒庭园），显然都与南朝梁昭明太子萧统、梁简文帝萧纲、王衡、何逊等人的诗的意境有相似之处。

以上，我们看到了中日古代诗歌是怎样通过梅雪映衬来表现梅花的洁白的；下面，我们再来看看它们又是怎样通过梅柳对比来达到同一目的的。

迎风摇曳的柳丝和娇嫩鹅黄的柳芽，是春天里最美丽的景色之一，因此，常被中国诗人用来作为春天的象征。当翠绿的杨柳与洁白的梅花置于一处时，由于色彩的鲜明对比而产生的美感就更为强烈了。在中国南朝的咏梅诗歌中，就有这样的表现。如陶渊明《蜡日》诗的“梅柳夹门植，一条有佳花”，刘氏（王淑英妻）《赠夫诗》的“看梅复看柳”，梁简文帝萧纲《和湘东王阳云楼檐柳诗》的“春柳发新梅”，庾肩吾《送别于建兴苑相逢诗》的“梅新杂柳故，粉白映纶红”，梁元帝萧绎《望春诗》的“叶浓知柳密，花尽觉梅疏”，贺彻《赋得长笛吐清气诗》的“柳折城边树，梅舒岭外林”，江总《雉子斑》的“二月柳争梅”、《怨诗》之二的“新梅嫩柳未障羞”、《新入姬人应令诗》的“梅花柳色春难遍”，萧子范《春望古意诗》的“春情寄柳色，鸟语出梅中”，等等，都将杨柳与梅花放在一起表现，可以使人产生“柳青梅白”的色彩联想。像江总《梅花落》的“杨柳条青楼上轻，梅花色白雪中明”，更是明确地将梅雪之白与杨柳之青作对比，“取青妃白”的结果，是白者更白而青者更青，从而给人的视觉带来雅洁的快感(后来唐代杜审言《和晋陵陆丞早春游望》诗的“梅柳渡江春”，亦继承南朝诗的这一传统，将梅柳合为一个意象来运用)。

南朝诗人的这种表现手法，无疑也对奈良歌人产生了深刻的影响。在《怀风藻》和《万叶集》中，我们可以找到不少将梅花与杨柳相提并论的汉诗与和歌，不仅数量超过南朝诗歌，而且想象也更为丰富。如《怀风藻》纪麻吕《春日应诏》诗的“阶梅斗素蝶，塘柳扫芳尘”，百济和麻吕《初春于左仆射长王宅宴》诗的“芳梅含雪散，嫩柳带风斜”，箭集虫麻吕《于左仆射长王宅宴》诗的“柳条未吐绿，梅蕊已芳裾”，大津首《春日于左仆射长王宅宴》诗的“庭梅已含笑，门柳未成眉”，盐屋古麻吕《春日于左仆射长屋王宅宴》诗的“柳条风未暖，梅花雪犹寒”，等等，都将梅柳放在一起来表现。《万叶集》的情况也是如此，如949歌、3905歌、4238歌等中，都出现了“梅柳”这一熟语，显示了这二者在奈良歌人心目中的密切关系。奈良歌人喜欢比较梅柳，如3903歌云：“春雨に萌えし柳か梅の花共に後れぬ常の物かも”(春雨潇潇柳芽萌，早共梅花谢还迟)，诗人认为，梅花与杨柳有相同之处，也有不同之处。相同之处是，梅花是花中最早开放的，杨柳是树中最早发芽的；不同之处是，梅花花期短暂，杨柳春夏常绿。不过，尽管梅柳有这些不同之处，诗人们却认为二者很难分出等差，如826歌云：“うちなびく春の柳と我がやどの梅の花とをいかにか别かむ”(吾园梅花与春柳，二者如何分等差)，这是因为梅白柳绿，各有千秋。于是人们常常同时赏玩这二者，以取其色彩对比之美。比如，将梅花与杨柳同插于头，青白相间，很是好看，821歌云：“青柳梅との花を折りかざし飲みての後は散りぬともよし”(青柳梅花插于头，饮罢散落几时休)；而且，他们认为这样最是快乐，3905歌(此歌乃和821歌者)云：“遊ぶ内の樂しき庭に梅柳折りかざしてば思ひなみかも”(游中最乐是游园,折取梅柳插于发);或者,在赏梅的时候头插柳枝,青青的柳枝在梅花丛中摇曳,同样收到青白相间的美妙效果,如817歌云:“梅の花咲きたる園の青柳は縵にすべくなりにけらずや”(梅花朵朵开满园,青柳折来做发饰),又825歌云:“梅の花咲きたる園の青柳を縵にしつつ遊び暮らさな”(梅花朵朵开满园,青柳插发且欢游);又或者,插柳于发,浮梅于酒,酒中倒影,青白相间,也很好看,如840歌云:“春柳縵に折りし梅の花誰か浮かべし酒杯の上に”(谁折春柳作发饰,谁浮梅花酒杯上)。这种赏梅时插柳于发或梅柳共插于发的风习,是南朝时未曾出现过的,或是奈良人自己发展出来的。正因为梅花与杨柳的关系这般密切,所以他们看见梅花,也就往往会自然而然地联想到杨柳,如1853歌云:“梅の花取り持ち見れば我がやどの柳の眉し思ほゆるかも”(取持梅花看几回,转思吾家新柳眉);反之,他们看见杨柳,也会自然而然地联想到梅花,如1856歌云:“我がかざす柳の絲を吹き亂る風にか妹が梅の散るらむ”(头插柳丝风吹乱,妹家梅花风中散),这吹乱了我头上的柳枝的风,也将吹落妹家的梅花吧?在这里,两种自然界中关系密切的植物,投上了人间恋爱双方的影子,其象征的基础便是梅柳的密切相关性。正因为这样,在有些歌人的笔下,梅柳便一同成了供奉神祇、祈求爱情的吉物(见本文上节)。当然,不限于爱情,“梅柳”上也同样可以投上友情的影子,如4238歌云:“君が行きもし久にあらば梅柳誰と共にか我がかづらかむ”(念君此行若长久,谁与梅柳插发游),正如梅柳不能分开,朋友也不能分开。以上这些表现,都是南朝咏梅诗中所未曾出现过的,显示了奈良咏梅歌相对于南朝咏梅诗的进步和发展。

以上,我们考察了中日古代咏梅诗歌是怎样从视觉角度来捕捉和表现梅花的色彩之美的;下面,我们再来看看中日古代咏梅诗歌是怎样从嗅觉角度来捕捉和表现梅花的芬芳之美的。

梅花不仅以其色彩见长，也以其清香著称。对于梅花的清香，南朝诗人已注意欣赏。如梁简文帝萧纲《玄圃寒夕诗》的“细蕊发香梅”，江总《梅花落》的“梅花芬芳临玉台”，陈后主叔宝《梅花落》的“金砌落芳梅”，张正见《梅花落》的“芳梅映雪野”，等等，都表现了梅花的芬芳；苏子卿《梅花落》的“只言花是雪，不悟有香来”，以是否有香作为判别梅雪的根据，是歌咏梅花清香的一个巧妙构思；顾野王《芳树》的“风吹梅径香”和王由礼《赋得岩穴无结构诗》的“早梅香野径”，说梅花的芬芳染香了小路；江总《梅花落》的“转袖花纷落，春衣共有芳”，说梅花的芬芳染香了春衣；徐君蒨《初春携内人行戏诗》的“梅香渐着人”，说梅花的芬芳渐渐袭人；庾信《咏画屏风诗》之二十四的“林香动落梅”，说梅花的芬芳染香了树林，也都是很美丽的表现。侯夫人《春日看梅诗》之二的“香清寒艳好”，更在“香”字下注以“清”字，颇得梅香之神韵。现在，“清香”已成为中国人梅花观念的一个不可分割的组成部分了，其创始者似乎就是侯夫人。在梅香的发散方面，南朝诗人的表现更是传神，他们不约而同地引入风来帮忙，如顾野王《芳树》的“风吹梅径香”，梁简文帝萧纲《从顿暂还城诗》的“风吹梅蕊香”，张正见《梅花落》的“落远香风急”，江总《梅花落》之一的“缥色动风香”，陈后主叔宝《梅花落》的“迎风香气来”，梁简文帝萧纲《梅花赋》的“香随风而远度”，等等，构思均甚巧妙：香因风而传远，风因梅而带香；香乘风而袭人，人迎风而得香。后来宋代林逋《山园小梅》诗的“暗香浮动月黄昏”，不写风而自有风，是风送花香的臻于极致的表现，其源头则在南朝。梅香既“清”又“动”，则其消歇自不免使人怅惋，如江总《梅花落》之二的“可怜香气歇”，即对此深表遗憾。而这样芬芳的梅花不能寄给友人，则其清香亦不免浪费，如庾肩吾《同萧左丞咏摘梅花诗》的“远道终难寄，馨香徒自饶”，便表达了这种感受。由此可见，在南朝咏梅诗中，关于梅花清香的表现实占有一个重要的位置。

在奈良时代的汉诗中，也有不少吟咏梅花芬芳的表现，如田边百枝《春苑应诏》诗的“梅花薰带身”，纪古麻吕《望雪》诗的“梅芳犹迟花早临”，百济和麻吕《初春于左仆射长王宅宴》诗的“芳梅含雪散”，箭集虫麻吕《于左仆射长王宅宴》诗的“梅蕊已芳裾”，等等，皆是其例。不过，在奈良时代的和歌中，有关梅花香气的表现却只有一例，这就是《万叶集》的第4500歌，歌云：“梅の花香をかぐはしみ遠けども心もしのに君をしそ思ふ”（人品宛如梅花香，隔远思君我心伤），小岛宪之等注云：“《万叶集》中吟咏梅香的和歌只有这一首。”何以南朝诗人关于梅花色彩的表现受到奈良歌人的充分发挥，而关于梅花芬芳的表现却几乎不受注意呢？又何以奈良时代的汉诗多吟咏梅香，而奈良时代的和歌却不加吟咏呢？小岛宪之认为这是由当时的万叶歌咏圈的审美倾向决定的：“梅香之歌之所以受限制而一般不加吟咏，难道不应该认为是由相当闭锁的万叶歌咏圈的倾向决定的吗？因此，不能由此而断定上代人对于花香的感觉比较迟钝。如果不是由于这个原因的话，那么又怎样理解同为奈良朝人的《怀风藻》诗人的诗里是处可见梅香这一事实呢？”“这还是由官吏构成的万叶歌咏圈的问题，而并不是万叶人对于梅香有不感性。在散心的酒宴上咏梅香的歌只要有一首，也显示了其背后有着对于梅香的爱好这个不难察知的事实。《怀风藻》的诗的表现源于六朝初唐诗之处甚多，关于梅的姿态和香气的表现皆属其例。可以认为，其中所表现的上代人对于梅香的美意识，不仅是自己原本就有的，而且更是由异国文学的新的表现所触发的。”①这样的解释还是颇值得倾听的。顺便提一下，到了平安时代，梅花的芳香已成为梅花歌的重要表现内容之一，如在《古今集》的三十首以梅花为主

---

① 小岛宪之《上代日本文学と中国文学》下册，东京，塙书房，1965年，第1335页，第1340页。

题或提到梅花的和歌中，就有十六首吟咏了梅香，占总数的一半以上，[①]比起《万叶集》来，显示了惊人的进步，从而形成了平安梅花歌不同于奈良梅花歌的特色。似乎可以认为，南朝咏梅诗这一方面的影响，直到平安时代才开始变得显著起来。

以上，我们考察了中日古代咏梅诗歌是怎样从嗅觉角度来捕捉和表现梅花的芬芳之美的；下面，我们再来看看中日古代咏梅诗歌是怎样从初看之下与梅花无关的听觉角度来捕捉和表现梅花的联想之美的。

在中日古代诗人共同描绘的这幅梅花图上，已经有了雅洁的色彩和清冽的芬芳，但是，诗人们似乎觉得这幅画的画面还不够热闹，于是，又独出心裁地添上了几只春鸟。如鲍照《代春日行》的“园中鸟，多嘉声，梅始发，桃始青”，梁简文帝萧纲《春日看梅花诗》的“昨日看梅树，新花已自生。今旦闻春鸟，何啻两三声”，刘氏（王淑英妻）《暮寒诗》的“梅花自烂熳，百舌早迎春”，以春鸟与梅花并举；又如萧子范《春望古意诗》的“春情寄柳色，鸟语出梅中”，已经将春鸟藏入梅花之中。而在当时的绘画之中，也的确有以春鸟和梅花一起绘入图画的，如庾信《咏画屏风诗》之三的“昨夜鸟声春，惊鸣动四邻。今朝梅树下，定有咏花人”，吟咏的就是一幅春鸟梅花图。这种绘画与诗歌的相同构思，有可能是画家师法了诗人，也有可能是诗人师法了画家，当然更有可能是诗人和画家共同师法了自然。如果说梅花代表了春天的色彩，那么可以说春鸟代表了春天的声音，中国古代的诗人和画家大概正是因此而将二者组合在一起来表现的吧！在春鸟之中，最受中国诗人青睐的无疑要数黄莺了，如江总《梅花落》的“梅花密处藏娇莺”，描绘了一幅显处是花、隐处是莺的“莺梅图”；又如宗懔《早春诗》的“莺鸣一两啭，花树

① 土井健司《日本の歌　中国の诗》，东京，白帝社，1989年，第188页。

数重开。散粉成初蝶，剪彩作新梅”，也将莺鸣与梅花放在一起，作为早春的两大代表来表现，都是这方面的好例子。

不过，这种艺术构思在南朝诗歌中还较少见，传到日本以后，就引起了奈良诗人的更多的仿效和翻新。他们也将梅花与春鸟放在一起来表现，如834歌云：“梅の花今盛りなり百鳥の聲の戀しき春來るらし”（梅花盛开百鸟鸣，花开鸟鸣春天来）；而更多的，则是将春鸟中的黄莺和梅花放在一起来表现。他们也同样歌唱隐于梅林中的黄莺，如《怀风藻》葛野王《春日玩莺梅》诗的“素梅开素靥，娇莺弄娇声”，便是奈良汉诗中的例子；而在《万叶集》中，类似的表现就更多了，如827歌云：“春されば木末隱りてうぐひすそ鳴きて去ぬなる梅が下枝に”（春来黄莺隐树梢，载飞载鸣梅下枝），1840歌云：“梅が枝に鳴きて移ろふうぐひすの羽白たへに沫雪そ降る”（黄莺飞鸣梅枝间，积雪染得莺翼白），不仅像江总的诗那样描写了“隐”于梅中的黄莺，还更进一步描写了梅中黄莺的载飞载鸣，这是奈良歌人更胜南朝诗人一筹的地方。在1854歌中，诗人索性称梅花为“うぐひすの木傳ふ梅”（莺闹之梅），更显示了莺梅的密切关系。黄莺喜居梅树林中，正因为这样，所以奈良歌人认为住在梅花盛开的冈边，就会不断听到黄莺的鸣声，如1820歌云：“梅の花咲ける岡邊に家居れば乏しくもあらずうぐひすの聲”（家居冈边梅花开，黄莺之声不绝耳）。奈良歌人更想象梅花的开放是为了招徕黄莺，如837歌云：“春の野に鳴くやうぐひすなつけむと我が家の園に梅が花咲く”（欲徕春野之鸣莺，我园梅花正盛开）。但是，他们也不无遗憾地注意到，黄莺的鸣声，往往和梅花的凋谢有关，如841歌云：“うぐひすの音聞くなへに梅の花我家の園に咲きて散る見ゆ”（才闻莺声报春信，又见梅花落我宅），此歌以莺鸣与梅开的相继出现表示春天的来临，令人想起上引梁简文帝萧纲的《春日看梅花诗》。不仅在花落的地方可以听到莺鸣,如838歌云:“梅の花散り紛ひたる岡邊にはうぐひす鳴くも春かたまけて”(梅花纷飞落山旁,黄莺乱啼好春光),而且在莺鸣的地方也可以见到花落,如4287歌云:“うぐひすの鳴きし垣内ににほへりし梅この雪にうつろふらむか”(莺啼垣内梅花开,花开旋散为雪花)。由于莺啼与花落之间有着这样的联系,因此,有的歌人猜测黄莺的啼鸣是因为等梅花凋落等得不耐烦了,如845歌云:“うぐひすの待ちかてにせし梅が花散らずありこそ思ふ兒がため”(黄莺等待梅花落,梅花不落为我爱);但有的歌人却认为黄莺不仅不会这么狠心,而且恰恰相反,它们是为梅花的凋谢而发出痛惜之声,如824歌云:“梅の花散らまく惜しみ我が園の竹の林にうぐひす鳴くも”(痛惜梅花四散落,我园竹林莺正鸣),842歌云:“我がやどの梅の下枝に遊びつつうぐひす鳴くも散らまく惜しみ”(莺游我园梅下枝,鸣叫声声惜花落),这两首歌的表现几乎完全相同,都写黄莺为梅落而痛鸣。这种莺飞梅落的景象,在奈良歌人看来是非常美妙的,如1873歌云:“いつしかもこの夜の明けむうぐひすの木傳ひ散らす梅の花見む”(此夜何时将放明,欲见莺飞落梅花),诗人竟为了看莺飞梅落而等着天亮。类似的表现还有4277歌:“袖垂れていざ我が園にうぐひすの木傳ひ散らす梅の花見に”(垂袖邀游我园中,忽见莺飞落梅花),后面三句的表现与1873歌完全相同,不过不仅是自己看,还要邀请别人一起来看。由此可见,在中国南朝诗歌中偶尔出现的“莺梅”构图,在日本奈良和歌中却出现得异常之多,而且构思也更为巧妙,完全超过了中国诗歌。奈良歌人听到莺鸣就会联想到梅花,看到梅花就会联想到莺鸣,这无疑使梅花的观赏带上了听觉成分,是从听觉角度捕捉和表现了梅花之美吧。

以上,我们考察了南朝和奈良时代的诗人们是怎样从视觉(色彩)、嗅觉(清香)、听觉(由莺鸣联想到梅花)等感官角度来捕捉和表现梅花的美的，并略略述及了二者间的渊源影响关系。通过比较可以看出，在大多数场合，奈良歌人都曾受到南朝诗人的影响，因此，奈良咏梅诗歌可以说是南朝咏梅诗歌的一个延续。但是，同时也可以看出，除了个别场合（如梅香）奈良歌人的表现不及南朝诗人外，在大多数场合（如色彩和莺梅构图等），奈良歌人都要比南朝诗人走得更远，似乎是南朝诗人出了题目，而奈良歌人则将它发挥得题无剩义了，因此，奈良咏梅诗歌又可以说是南朝咏梅诗歌的一个发展。

不过，在另一方面，南朝咏梅诗在从感官角度捕捉和表现梅花之美时所表现出来的丰富多彩性，却远非奈良咏梅歌所能企及。鲍照《梅花落》的“摇荡春风媚春日”，写梅花在春风中摇曳，在春日下盛开的动态；谢朓《咏落梅诗》的“新叶初冉冉，初蕊新菲菲”，写梅花的嫩叶和初蕊之美；何逊《咏早梅诗》的“枝横却月观”，写梅花在建筑物上投下的扶疏枝影（可比较宋代林逋《山园小梅》诗的“疏影横斜水清浅”）；庾肩吾《同萧左丞咏摘梅花诗》的“窗梅”，鲍泉《咏梅花诗》的“阶下梅”，徐陵《梅花落》的“对户一株梅”，写欣赏梅花的一种特定视角；宗懔《早春诗》的“剪彩作新梅”，说梅花是春风春气剪裁而成的（唐代贺知章《咏柳》诗的“不知细叶谁裁出，二月春风似剪刀”，改而以春风剪柳）；阴铿《雪里梅花诗》的“叶开随足影，花多助重条”，写梅花的阴影与重叠；分别从不同的角度和侧面对梅花给人的视觉印象作了细致的表现。又如柳䛒《奉和晚日杨子江应制诗》的“梅风吹落蕊”，以“梅风”状春风，构思新颖。隋炀帝杨广《正月十五日于通衢建灯夜升南楼诗》的“春风含夜梅”，用一“含”字，生动地表现了梅花在春夜里从容舒展的氛围；而其《幸江都作诗》的“梅花笑杀人”，虽被人附会为诗谶，但用一“笑”字，却极好地表现了梅花怒放的样态。张正见《陪衡阳王游耆阇寺诗》的“细雨濯梅林”、《赋得梅林轻雨应教诗》的“梅树耿长虹，芳林散轻雨……飘花更濯枝，润石还侵柱”，描写了细雨中的梅林之美。诸如此类的表现,都是为奈良的咏梅歌所缺乏的。相比之下,奈良汉诗中的一些表现,似乎更接近南朝咏梅诗而非奈良咏梅歌,如《怀风藻》大石王《侍宴应诏》诗的“梅花灼景春”,大津首《春日于左仆射长王宅宴》诗的“庭梅已含笑”,境部王《宴长王宅》诗的“送雪梅花笑”,等等,便是咏梅歌中未曾出现过的表现,这无疑表明了汉诗与和歌这两种不同诗型之间的差别。总的来看,奈良咏梅歌不如南朝咏梅诗丰富多彩,南朝咏梅诗不如奈良咏梅歌单纯精致。这一差异,一方面固然可以如上所述用中日诗歌类型的不同来解释,如汉诗容量大,因此能从各个侧面来描写梅花,和歌容量小,因此只能抓住一点,不及其余;另一方面,也可用中日民族审美趣味的不同来解释,如中国人喜欢丰富的美,所以南朝咏梅诗的内容就丰富,日本人喜欢单纯的美,所以奈良咏梅歌的内容就单纯。

四

以上,我们考察了中日古代咏梅诗歌是怎样从感官角度来捕捉和表现梅花的美的;下面,我们想探讨一下中日古代咏梅诗歌是怎样从象征和比喻角度来捕捉和表现梅花的美的。如果说,在从感官角度捕捉和表现梅花的美方面,中日古代咏梅诗歌表现出了较多的一致性的话,那么,在从象征和比喻角度捕捉和表现梅花的美方面,中日古代咏梅诗歌就可以说表现出了较大的相异性。

梅花的最主要的特征之一,是它的早开(当然也就早落)。隆冬腊月,冰天雪地,万木萧疏,百草枯萎,然而,就在此时,红红白白的梅花却在路旁、水边、墙角、窗前悄然开放,或数枝,或几丛,向人们透露着春的消息。这种美丽动人的景象,当然会激起诗人们的灵感。在南朝时,梅花的早开已受到诗人们的普遍关注。何逊诗与谢燮诗均有以“早梅”命名者。何逊《咏早梅诗》的“兔园标物序,惊时最是梅”，吴均《春咏诗》的“春从何处来，拂水复惊梅”，江总《梅花落》的“腊月正月早惊春，众花未发梅花新”，不约而同使用了“惊”字，均着眼于梅开之早。梁昭明太子萧统《锦带书十二月启·太簇正月》的“梅花舒两岁之装”，开江总《梅花落》“腊月正月”表现的先河，用日历上的巧合来表现梅花的早开。梁简文帝萧纲《有所伤》之三的“入林看碚礧，春至定无赊”，认为只要看到了梅花的蓓蕾，就知道春天为时不远了，这是从另一个角度表现梅花的早开的。而李爽《山家闺怨诗》的“山中多早梅”，更是注意到了山中梅花开得尤早这一现象。何逊《咏早梅诗》的“衔霜当路发，映雪拟寒开”，梁简文帝萧纲《采桑》的“春色映空来，先发院边梅”，王筠《和孔中丞雪里梅花诗》的“水泉犹未动，庭树已先知”，张正见《梅花落》的“芳梅映雪野，发早觉寒侵”，谢燮《早梅诗》的“迎春故早发，独自不疑寒”，辛德源《成连》的“霜落梅初寒”，等等，都歌咏了梅花的早开，并纷纷提到了梅花“衔霜”、“拟寒”、“觉寒侵”、“不疑寒”、“初寒”而开的特点，在对梅花的早开作“物理”描写的同时，又隐约地作了“拟人”描写(正如“衔”、“觉”、“疑”等字所表示的)。对于梅花早开的原因，南朝诗人也充分发挥想象力，进行了拟人化的艺术悬想。如何逊的《咏早梅诗》认为是“应知早飘落，故逐上春来”，谢燮的《早梅诗》认为是“畏落众花后，无人别意看”，一说梅花因为知道自己早谢所以才特意早开，一说梅花怕杂于众芳之中不引人注目所以才早开，构思都很巧妙。梁简文帝萧纲《梅花赋》则认为梅花早开是因为它在百花中最先得到春天的消息：“梅花特早，偏能识春。”侯夫人的《春日看梅诗》之一的说法就更为巧妙了：“庭梅对我有怜意，先露枝头一点春。”表现了物我交融的化境和女性特有的敏感。吴均的《梅花诗》的说法是：“梅性本轻荡，世人相陵贱。故作负霜花，欲使绮罗见。但愿深相知，早摧非所恋。”说梅花早开是为了改善自己在世人心目中“轻荡”的形象。所有这些，都是诗人凭想象对梅花冲寒早开的特性所作的解释，在梅花的早开上加上了人类心理的投影，并赋予了一定的人格象征色彩。此外，南朝诗人还进一步表现了梅花的早开在人们心里所激起的各种反应和不同情绪，使梅花的早开与人们的心理发生更密切的关系。梅花的早开，往往使悲观的人们感到年华似水，往事如烟，引起无限的惆怅之感，如梁元帝萧绎《咏梅诗》云："梅含今春树，还临先日池。人怀前岁忆，花发故年枝。"王筠《和孔中丞雪里梅花诗》云："今春竞时发，犹是昔年枝。唯有长憔悴，对镜不能窥。"宗懔《早春诗》在写了"散粉成初蝶，剪彩作新梅"后又说："游客伤千里，无暇上高台。"都表现了面对早开的梅花所感到的思乡、伤年、忆人的感伤情绪。梁简文帝萧纲《梅花赋》的"于是重闺佳丽，貌婉心娴，怜早花之惊节，讶春光之遣寒"，也表现了惊时的感伤情绪。这种种心理描写，无疑起源于不仅仅将梅花的早开视作一种与人无关的自然现象，也将之视为一种和人有关的自然现象的观赏态度。在鲍照手里，梅花的早开更被赋予了一种人格象征意义，其《梅花落》云："中庭杂树多，偏为梅咨嗟。问君何独然？念其霜中能作花，露中能作实，摇荡春风媚春日。"就认为梅花"霜中能作花，露中能作实"而言，鲍照的表现是和南朝其他诗人一致的，但值得注意的是，鲍照对此作了进一步的发挥。在鲍照此诗中，所谓"霜中能作花，露中能作实"，是作为"中庭杂树多，偏为梅咨嗟"的理由提出来的。也就是说，诗人之所以"偏为梅咨嗟"，是因为梅花有"霜中能作花，露中能作实"的特点；而诗人之所以不为杂树咨嗟，乃是因为杂树没有这样的特点。很明显，作者是赞赏（"咨嗟"）梅花的这一特点的。不过，这还仅是表面意思，此诗的隐义，显然是将"杂树"与"梅花"分别看作两种截然不同的人格的象征，通过它们之间的对比，赞成梅花式的人格，而反对杂树式的人格。这样一来，梅花的早开便不再仅是一种"物理"现象，也成了一种人格的象征了。诗人以人格赋予梅花,又以梅花象征人格,这不仅使此诗成为南朝咏梅诗中的第一名作,也在中国文学史上发生了很大影响。因为正是这种具有人格象征意义的梅花,而不是作为自然现象的梅花,成了中华民族的象征,受到历代诗人的赞美。顺便说一句,鲍照赋予梅花早开以人格象征意义,虽然走得比其他南朝诗人更远,但也仍然不出他们的阃域。换句话说,正如上文所谈到的,整个南朝咏梅诗,其实或多或少都具有对梅花的早开作拟人化或人格化描写的倾向。

在奈良咏梅歌中,我们也能见到有关梅花早开的吟咏。有的歌人惊叹梅花的开放之早,如1434歌云:"霜雪もいまだ過ぎねば思はぬに春日の里に梅の花見つ"(霜雪凛凛尚未消,梅花已见春日里),其表现与何逊、王筠、张正见等人的作品有异曲同工之妙。又如1862歌云:"雪見ればいまだ冬なりしかすがに春霞立ち梅は散りつつ"(见雪犹尚是冬天,春霞已升梅已落),这首歌虽然写的是梅落而非梅开,但从它强调"雪見ればいまだ冬なり"来看,它所歌咏的毋宁说是梅花的早开,因为连其谢落时尚未出冬天,更何况其开时。有的歌人劝梅花不要开得太早,因为外面还是寒冷的冰天雪地,如2329歌云:"雪寒み咲きには咲かず梅の花よしこのころはかくてもあるがね"(雪寒梅花暂不开,此时还是不开好),是从反面来表现梅花的早开的。也有歌人表现了由于梅花早开而产生的感伤情绪,如1857歌云:"年のはに梅は咲けどもうつせみの世の人我し春なかりけり"(年年梅花开,空蝉如世人,我独无有春),和南朝王筠等人诗的意境相近,但在奈良咏梅歌中这样的歌甚少。又如818、831、835歌,也强调了春天一来梅花就开的特征。此外,许多吟咏梅雪的和歌,也间接地表现了梅花的早开,由于上文谈梅雪时已经指出,故在此不再赘举。然而,有意思的是,奈良歌人对梅花早开的表现即到此为止,而不像南朝诗人那样作拟人化或人格化的描写,更不用说赋之以人格象征意义了。这是中日

古代咏梅诗歌的一个相当重要的不同点，也是预示梅花在后来中日两国文学史和文化史上不同命运的征兆之一。

梅花的另一个主要特征，是它的早落（当然，这也是由它的早开决定的，除了何逊的意见正好相反以外）。冬天尚未过去，春天刚刚来临，冰雪尚未消融，百卉刚刚苏醒，梅花却已纷纷飘落，这自然也会引起诗人的灵感吧！早在汉代，就有横吹曲“梅花落”。到了南朝，还有吹“梅花落”和唱“梅花落”的风习，前者如伏知道《从军五更转》之三所描写的：“三更夜警新，横吹独吟春。强听梅花落，误忆柳园人。”又如庾信《杨柳歌》所描写的：“欲与梅花留一曲，共将长笛管中吹。”后者如江总《梅花落》所描写的：“长安少年多轻薄，两两共唱梅花落。”此外，根据这支曲子作诗的人也很多，在流传到今天的二十四首南朝咏梅诗中，以《梅花落》为题的就占了十首。很多南朝诗人，是以客观的态度来表现梅花的早落的，如鲍照《采桑》的“季春梅始落，女工事蚕作”，《幽兰》之一的“梅歇春欲罢”，《拟行路难》之三的“春燕差池风散梅”，梁武帝萧衍《子夜四时歌》春歌之二的“兰叶始满地，梅花已落枝”，梁元帝萧绎《望春诗》的“叶浓知柳密，花尽觉梅疏”，庾信《咏画屏风诗》之二十四的“林香动落梅”，柳䛒《奉和晚日杨子江应制诗》的“梅风吹落蕊，酒雨减轻尘”，等等，都纯粹把梅花早落作为自然现象来描写。此外，还有个别诗人，更是以乐观的态度来表现梅花的早落的，如《子夜四时歌》春歌之六的“杜鹃竹里鸣，梅花落满道。燕女游春月，罗裳曳芳草”，描写了落梅时节少女们的欢快游乐；又如侯夫人《春日看梅诗》之二的“玉梅谢后阳和至，散与群芳自在春”，认为虽然梅花谢了，却把春天散给了群芳（可参照毛泽东《卜算子・咏梅》词的“俏也不争春，只把春来报。待到山花烂漫时，她在丛中笑”），这都是非常乐观的表现。不过，比起客观的和乐观的表现来，在南朝吟咏梅花早落的诗中，悲观的表现更为多见，可以说是主流性的存在。

发生于汉代的横吹曲“梅花落”，正如朱乾《乐府正义》所说的：“梅花落，春和之候，军士感物怀归，故以为歌。”本身便是一支忧郁感伤的曲子。江总《梅花落》描写其演奏情景道：“横笛短箫凄复切，谁知柏梁声不绝。”说明其乐声是非常凄切的。而且，南朝《梅花落》诗的调子，也大都比较低沉，有的充满了浓厚的感伤气息。梅花的早落，会牵起人们的边愁，如江总《梅花落》之二云：“胡地少春来，三年惊落梅。”张正见《梅花落》云：“落远香风急，飞多花径深……边城少灌木，折此自悲吟。”苏子卿《梅花落》云：“上郡春恒晚，高楼年易摧。织书偏有意，教逐锦文回。”又会惹起人们的乡情，如鲍泉《咏梅花诗》云：“可怜阶下梅，飘荡逐风回。度帘拂罗幌，萦窗落梳台。乍随纤手去，还因插鬓来。客心屡看此，愁眉敛讵开。”又会引起妇女的闺怨，如萧子范《春望古意诗》云：“落花徒入户，何解妾床空。”徐陵《梅花落》云：“娼家怨思妾，楼上独徘徊。啼看竹叶锦，簪罢未能裁。”《孟珠》之七云：“适闻梅作花，花落已成子。杜鹃绕林啼，思从心下起。”它是恋情消歇的标志，如谢朓《咏落梅诗》云：“逢君后园宴，相随巧笑归。亲劳君玉指，摘以赠南威。用持插云髻，翡翠比光辉。日暮长零落，君恩不可追。”梅花在这里是作为爱情的信物而出现的，它的零落，是爱情消歇的标志，“日暮”、“梅落”与“君恩不可追”，将天候、物理、人事三者交织在一起，使人感到无限的感伤。它又是人心多变的代表，如鲍照《中兴歌》之十云：“梅花一时艳，竹叶千年色。愿君松柏心，采照无穷极。”将易落的梅花与长青的竹叶（还包括松柏）作了对比，以梅花代表不能永恒而反复多变的人心（可见其时尚无松竹梅“岁寒三友”的概念）。它又是青春易逝的警告，如《子夜四时歌》春歌之十二云：“梅花落已尽，柳花随风散。叹我当春年，无人相要唤。”梁简文帝萧纲《梅花赋》云：“春风吹梅长落尽，贱妾为此敛娥眉。花色持相比，恒愁恐失时。”都从梅花的早落联想到了自己青春的易逝。它又是人生无常的象征，如鲍照《梅花落》在称赞了梅花的早开以后，又笔锋一转，感叹起梅花的早落来："念尔零落逐寒风，徒有霜华无霜质。"诗人从梅花的早落中，感到了生命的易逝和脆弱，于是这梅花的早落，便又成为人生无常的象征。由于有这种种联想，所以南朝诗人不希望梅花早落，如萧悫《春庭晚望诗》云："窗梅落晚花……不愁花不飞，到畏花飞尽。"而希望梅花能和春日一起在芙蓉池中交相辉映，如吴均《梅花落》云："终冬十二月，寒风西北吹。独有梅花落，飘荡不依枝。流连逐霜彩，散漫下冰澌。何当与春日，共映芙蓉池。"总而言之，在大多数南朝诗人看来，梅花的早落不单纯是一种自然现象，它也和人们的心理活动密切相关，尤其是和诸如边愁、乡情、闺怨、恋情消歇、人心多变、青春易逝、人生无常之类悲观心理密切相关。就此意义而言，和梅花的早开一样，南朝诗人关于梅花早落的表现，仍然是具有人格化特征和人格象征意义的。在后来的中国咏梅诗歌中，这种关于梅花早落的具有人格象征意义的表现，也一直具有很大的影响，如宋代陆游的《卜算子・咏梅》词（"零落成泥碾作尘，只有香如故"所表现的自伤身世飘零而又坚持不改初衷的寄托）便是其典型例子。

在奈良时代，歌咏梅花早落的诗歌要比歌咏梅花早开的诗歌多得多。这是否是受了南朝咏梅诗的"梅花落"主题的影响呢？回答是肯定的，天平二年《梅花歌卅二首》序的"诗纪落梅之篇"之语便是明证。小岛宪之等注云："'落梅之篇'，谓梅花散落之诗歌，非指特定的诗。这一题材，六朝诗中特多，故称'篇'。"其说良是。在《怀风藻》和《万叶集》中，有很多汉诗与和歌都歌咏了梅花的早落。但是，奈良诗人却并未像南朝诗人那样，着重表现梅花的早落在人们心里引起的悲观情绪，也没有赋予梅花的早落以人格象征意义，而只是把它作为自然现象和春日美景来表现的。如《怀风藻》纪麻吕《春日应诏》诗的"阶梅斗素蝶"，大伴旅人《初春侍宴》诗的"梅雪

乱残岸”，长屋王《元日宴应诏》诗的“玄圃梅已故，紫庭桃欲新”，百济和麻吕《初春于左仆射长王宅宴》诗的“芳梅含雪散”，等等，便都是非常明朗的表现，而且都没有寄托什么寓意。又如《万叶集》816 歌云：“梅の花今咲けるごと散り過ぎず我が家の園にありこせぬかも”（今日梅开未落尽，我园尚存两三枝），829 歌云：“梅の花咲きて散りなば櫻花繼ぎて咲くべくなりにてあらずや”（梅花朵朵开落后，继开岂不是樱花），也仅把梅花早落看作一种自然现象，而并不寄托什么意念。有的奈良歌人把梅花早落看作一种春日美景，希望朋友们一起来欣赏，如 851 歌云：“我がやどに盛りに咲ける梅の花散るべくなりぬ見む人もがも”（我舍梅花正盛开，盛开欲落待人赏），2328 歌云：“來て見べき人もあらなくに我家なる梅の初花散りぬともよし”（唯惜无人来赏玩，我苑早梅散亦佳），都为无人欣赏梅花早落而深感遗憾。又如前引 1873 歌所表现的，有的歌人焦急地等待着天明，好欣赏莺飞梅落的景致，其心情也与上述二歌相同。当然，也有歌人认为不必等待天明，月夜梅落也很好看，如 2325 歌云：“誰が園の梅の花そもひさかたの清き月夜にここだ散り來る”（太空清辉明月夜，谁苑梅花散几许）。以上这些和歌，都是把梅花的早落当作一种美丽的景致来欣赏的。当然，奈良歌人也往往有为梅花的早落而惋惜的，他们希望山风不要吹落梅花，如 1437 歌云：“霞立つ春日の里の梅の花山のあらしに散りこすなゆめ”（彩霞满天春日里，山岚莫吹梅花落），并因为惋惜花落而劝梅花暂且莫开，如 1871 歌云：“春されば散らまく惜しき梅の花しましは咲かず含みてもがも”（春去散落太可惜，梅花含苞待片时），但这种惋惜仍然没有带上人类悲观心理的投影，仍然是客观的观照欣赏式的。在奈良咏梅歌中，只有一首歌表现了由看到梅花谢落而引起的对旅人的思念之情，这就是 1918 歌：“梅の花散らす春雨いたく降る旅にや君が廬りせるらむ”（春雨多零梅花落，君在客中

入何庐），小岛宪之等注云："女子看见潇潇春雨，便不免想起了在旅途上艰难跋涉的男子。"这种表现，倒颇接近于南朝咏梅诗，尽管具体内容有所不同。但这只是例外的情况，就上述大部分例子来看，奈良咏梅诗歌都只是把梅花的早落当作一种自然现象来吟咏的，而不像南朝咏梅诗歌那样赋予梅花的早落以人格象征意义。正因为这样，所以奈良咏梅诗歌才只吟咏梅花谢落时被雪映衬、为莺惋惜、受人欣赏的情况，而没有作更进一步的发挥。这是中日古代咏梅诗歌的又一个相当重要的不同点，也是预示梅花后来在中日两国文学史和文化史上不同命运的征兆之一。

除了早开和早落这两个在花卉中只有梅花才有的特征之外，梅花当然还有它作为"花卉"的共性的一面。众所周知，在古今东西的文学中，花卉常常是和女性联系在一起的。"花像女性"，"女性像花"，这也许是古今东西文学中最为古老的比喻之一。那么，在南朝和奈良时代开始受到吟咏的梅花的情况又如何呢？通观南朝与奈良时代的咏梅诗歌，我们发现，南朝诗人很少将女性比作梅花，而奈良歌人则经常将女性比作梅花，这恰与南朝诗人重视赋予梅花的早开与早落以人格象征意义，而奈良歌人则大都仅视之为一种自然现象的情况形成了有趣的对照。

在南朝咏梅诗中，梅花的确是经常和女性联系在一起的，这在上文也略有涉及。陈后主叔宝《三妇艳词》之八的"小妇偏妖冶，下砌折新梅"，梁简文帝萧纲《春闺情诗》的"摘梅多绕树"，都描写了女子的折梅娇态，这里的梅花，是女子采折的对象。《西洲曲》的"忆梅下西洲，折梅寄江北"，梁武帝萧衍《子夜四时歌》春歌之二的"兰叶始满地，梅花已落枝。持此可怜意，摘以寄心知"、之三的"折梅待佳人，共迎阳春月"，谢朓《咏落梅诗》的"亲劳君玉指，摘以赠南威"，都描写了女子折梅以赠男子或男子折梅以赠女子的情景，这里的梅花，是男女间爱情的信物。鲍泉《咏梅花诗》的"乍随纤手去，还因插鬓来"，谢朓《咏落梅诗》的“用持插云髻，翡翠比光辉”，都描写了女子用自己折来的或爱人所赠的梅花插发的情景，这里的梅花，是女性美的装饰品。萧子范《春望古意诗》的“落花徒入户，何解妾床空”，陈后主叔宝《梅花落》的“春砌落芳梅，飘零上凤台”，徐陵《梅花落》的“娼家怨思妾，楼上独徘徊”，梁简文帝萧纲《梅花赋》的“于是重闺佳丽，貌婉心娴，怜早花之惊节，讶春光之遣寒”，都描写了女子因看到梅花而产生的孤独寂寞之情，这里的梅花，是触发女子愁绪的媒介物。《孟珠》之七的“适闻梅作花，花落已成子。杜鹃绕林啼，思从心下起”，《子夜四时歌》春歌之十二的“梅花落已尽，柳花随风散。叹我当春年，无人相要唤”，梁简文帝萧纲《梅花赋》的“春风吹梅长落尽，贱妾为此敛娥眉。花色持相比，恒愁恐失时”，都描写了女子因看到梅花的谢落而产生的青春易逝、韶光难留的感慨，这里的梅花，也是触发女子感情的媒介物，略带比喻意味，而更像“兴”。在南朝咏梅诗中，将女性明喻为梅花的诗只有一首，那就是梁简文帝萧纲的《有所伤》之三，其中云：“入林看碚礧，春至定无赊。何时一可见，更得似梅花。”但这与其说是有意识地将女性比作梅花，毋宁说是在看到梅花的蓓蕾并预想到梅花的开放已指日可待时，诗人心中所涌起的想要马上见到那女子的愿望。也就是说，这里所侧重的，是像“见”梅花那样见到那女子，而不是说那女子美如梅花（当然也不能说毫无这样的隐意）。总而言之，尽管在南朝咏梅诗中梅花和女性具有密切的关系，但梅花大都是以采摘对象、爱情信物、装饰品、触发感情之媒介物的形象出现的，而很少被用作女性的比喻。这当然并不是说南朝诗人不喜欢或不善于用花卉来比喻女性，恰恰相反，这样的比喻其实是很多的。但是，南朝诗人也许更关心梅花所独有的早开与早落的特点，而把比喻女性的任务交给就外观来说也许更为美丽的其他花卉（如桃花、莲花等）。而且，即使是描写梅花与女性的关系，南朝诗人也大都是从梅花的早开早落最容易（在所有花卉中也最早)引起女性的“失时”之感的角度去表现的,这从另一个侧面说明了南朝诗人关心的重点之所在。

在奈良咏梅歌中,和南朝咏梅诗一样,也有不少表现男女之间折梅相赠及见到梅花而想念恋人的和歌,在这些和歌中,梅花也或是爱情的信物,或是触发感情的媒介物。如上文引用过的 2330 歌,描写了歌人为了给恋人折取梅花而不惜让露水沾湿衣裳的情景,1641 歌描写了想赠梅花给恋人却又怕别人说闲话的心理,4134 歌描写了想要折取梅花赠给可爱的女子的心情,其中的梅花都是爱情的信物,这和南朝咏梅诗的表现没有什么不同。如果说有什么不同的话,那就是南朝咏梅诗中有不少是用女性赠梅者(如《西洲曲》)或女性受赠者(如谢朓《咏落梅诗》)的口气来写的,而上述奈良咏梅歌则大都是用男性赠花者的口气来写的。但是,在奈良咏梅歌中更经常出现的,是将女性比作梅花,或将梅花的各个生长阶段作为女性一生的各个不同时期的比喻的表现。这样的表现在《万叶集》的“譬喻歌”、“相闻”及女性所作的歌中出现得最多。这并不是偶然的,因为“譬喻歌”本身便要求比喻,“相闻”中有不少是男女间的情歌,情歌的特点也是喜用比喻的;而女性所作的歌,尤其是和爱情有关的歌,自然也是喜用比喻的。这三种歌,在《万叶集》中是最有民族特色的,因而其中的梅花歌表现出与南朝咏梅诗不同的特色,也就不足为奇了。奈良歌人往往将女性比作梅花,如 1438 歌云:“霞立つ春日の里の梅の花花に問はむと我が思はなくに”(彩霞满天春日里,问花不语不如无),小岛宪之等注云:“此歌收入‘杂歌’类,但观其内容,实属‘譬喻歌’,其中的梅花,乃指作为赠歌对象的某女性。”奈良歌人又以梅花含苞未开为女子尚未成熟的比喻,如 786 歌云:“春の雨はいやしき降るに梅の花いまだ咲かなくいと若みかも”(春雨绵绵落不休,梅花含苞尚未开),小岛宪之等注云:“以下数歌中的‘梅’和‘梅花’,均为家持女

儿之比喻。”“‘いと若みかも’乃暗示女儿尚未成熟。”又指出，788歌云：“うら若み花咲きかたき梅を植ゑて人の言しみ思ひそ我だする”（梅花娇嫩尚未开，植梅闲言使我烦），其中的“うら若み”，“乃指女儿的年轻”。这两首歌，都是藤原久须麻吕向大伴家持要求娶其女儿时大伴家持的回答，歌中以梅花未开比喻女儿尚未成熟，婉拒了藤原久须麻吕的求婚。藤原久须麻吕也作了一首和歌（792歌）作答：“春雨を待つとにしあらし我がやどの若木の梅もいまだ含めり”（欲待春雨潇潇下，我园嫩梅尚含苞），也用了同样的比喻。这三首和歌，收入卷四“相闻”类。而梅花结子，则是女子成熟的标志，如398歌云：“妹が家に咲きたる梅のいつもいつもなりなむ時に事は定めむ”（妹家梅花结子时，婚姻之事定下来），小岛宪之等注云：“第四句乃是女儿成熟的比喻，第五句意谓考虑婚姻之事。”又399歌云：“妹が家に咲きたる花の梅の花實にしなりなばかもかくもせむ”（妹家梅花已结子，婚姻之事随心愿），小岛宪之等注云：“第四句意谓女子成熟的话。”这两首和歌，都以梅花结子比喻女子成熟，都被收入卷三“譬喻歌”类。既然如此，那么梅花未结实而落，便自然会成为女子“红颜薄命”的象征了，如1445歌云：“風交じり雪は降るとも實にならぬ我家の梅を花に散らすな”（风乱雪降未结实，我家梅花莫飘零），这是大伴坂上郎女所作的和歌，其中的梅花显然是她自己的比喻，明写担心梅花未结实而飘零，暗寓自怜自艾之意。此外，“梅花谢落”和“梅枝被折”则是女子失去贞操的比喻，如392歌云：“ぬばたまのその夜の梅をた忘れて折らず來にけり思ひしものを”（当夜梅花忘折枝，此来相思又奈何），这是一首“譬喻歌”，其中的“折梅”，指向女子索取贞操；又400歌云：“梅の花咲きて散りぬと人は言へど我が標結ひし枝ならめやも”（人云梅花已开落，岂是吾所占有者），这也是一首“譬喻歌”，小岛宪之等注云，第一、第二句“意指女儿成熟失去处女贞操”。此外，歌中的“標結ひし”，“多指独占某女子，监视之以不让他人染指”，而其字面意思乃谓在梅花周围圈上栅栏。这一表现，可比较卷十“春杂歌”《咏花》二十首之五的1858歌：“うつたへに鳥ははまねど縄延へて守らまく欲しき梅の花かも”（不准鸟来吃，张网守梅花），小岛宪之等注云：“可看作把恋人比作梅花的比喻歌。”所谓张网守梅花，不让其他鸟儿染指，也是同样的意思。因此，由把女子比作梅花，又生发出张网和结栅守梅花的比喻。进一步的，是大胆的女子主动要求男子来“折取梅花”，如1652歌云：“梅の花折りも折らずも見つれども今夜の花になほしかずけり”（折与不折请来看，今夜梅花它不如），今夜的梅花美丽无比，无论“折”与“不折”请来看看，这是多么大胆的挑逗！同样的表现又见于1653歌：“今のごと心を常に思へらばまづ咲く花の地に落ちめやも”（我心如今常不变，梅花先开先落地），以梅开喻爱情洋溢，以梅落喻爱情消歇。又如1661歌云：“ひさかたの月夜を清み梅の花心開けて我が思へる君”（花有清香月有阴，梅花心开我思君），以梅花喻心开，以心开托梅花，表达了对异性和爱情的渴望。值得注意的是，这几首歌都是女子所作的（1652歌为他田广津娘子作，1653歌为县犬养娘子作，1661歌为纪小鹿女郎作），而且，都带有情歌的特征。此外，还有一些恋歌，歌咏了梅花，很难说是“兴”还是“比”。如卷十“春相闻”《寄花》九首之二的1900歌云：“梅の花咲き散る園に我行かむ君が使ひを片待ちがてり”（园里梅花开复落，我欲行之待君使），又卷十“冬相闻”《寄花》一首的2349歌云：“我がやどに咲きたる梅を月夜良み夕夕見せむ君をこそ待て”（我园梅花月夜开，欲使君赏夜夜待），卷十“春相闻”《寄花》九首之八的1906歌云：“梅の花我は散らさじあをによし奈良なる人も來つつ見るがね”（吾不愿令梅花落，平城之人欲来见），小岛宪之等注云：“这是以自家的梅花为媒介，等待都中

男子访问的歌。”以上三首歌中的梅花，都很难说是自然意义上的梅花还是女子的比喻；或者，如注所说的乃是一种“媒介”和“口实”。

总之，奈良梅花歌中，以梅花为女性比喻的恋歌特别多，这与南朝咏梅诗中以梅花为人格象征的诗歌特别多形成了鲜明的对照。当然，在南朝咏梅诗中，我们也能看到像梁简文帝萧纲《有所伤》之三这样的将女性明喻为梅花的例子；同样，以梅花为人格象征的和歌在奈良时代也不是一首都没有的，如4500歌云：“梅の花香をかぐはしみ遠けども心もしのに君をしそ思ふ”（人品宛如梅花香，隔远思君我心伤），小岛宪之等注云：“这首歌中的梅花，是主人可敬的人品的象征。”这首歌，不仅如上所述是《万叶集》中唯一一首歌咏梅香的歌，也是唯一一首以梅花作为人格象征的歌。不过，这些毕竟都只是例外，南朝咏梅诗在象征比喻方面的主要倾向，毕竟以人格象征为主；而奈良咏梅歌在象征比喻方面的主要倾向，则毕竟以女性比喻为主。中日咏梅诗歌从一开始起就有的这种在象征比喻表现方面的差异，对它们后来的发展具有不容忽视的意义。由于中国咏梅诗中的梅花具有人格象征意义，因此，梅花在中国文学中便有了不同于其他花卉的特殊意义，终于能够成为中华民族的象征，并被许多人看作中国的国花；而由于日本梅花歌中的梅花只具有女性比喻的意义，而这种意义也可由其他花卉来表达（如同在《万叶集》中，除了梅花以外，用作女性比喻的花卉就还有百合、杜若、山菅、莲花等①），因而梅花在日本文学中便始终只能是一种普通的花卉。如联系在奈良时代还很普通的樱花（在《万叶集》中，樱花歌只有四十二首，只占梅花歌一百十九首的三分之一强），后来由于被日本人赋予象征意义而成为日本的国花这一事实，就可以看得更清楚了。我想这一对比，不仅显示了中日古代咏梅诗歌之间的根本差异，也显示了中日文学乃至

---

①　土井健司《日本の歌　中国の诗》，第106—111页。

中日文化之间的根本差异。也就是说，在注重政治理念和人格修养的中国文人看来大有深意的梅花的早开和早落，在缺乏这种传统和背景的日本文人看来却未必有什么意思；相比之下，那如樱花般倏然开放又倏然谢落的人生盛衰之理，那如花儿般美丽而略带忧伤的恋情，无疑更多地吸引了他们的注意力。也许正是在这里面，隐藏着梅花和樱花之所以会分别成为中日两个民族之象征的秘密吧！

五

对南朝和奈良时代咏梅诗歌的巡礼就这样匆匆结束了。在作这个巡礼的时候，我的脑海中经常浮现出我曾经看到过的梅花，其中有在我的故乡无锡的梅园中所看到的梅花，也有在我曾生活过约一年的武藏野丘陵地带所看到的梅花。在我的印象里，它们是那么的相似，那姿态，那色彩，那芬芳，那氛围；但我也知道，植物学家能指出它们之间的不同。我想起当我面对梅花时心里曾涌起过的念头：为什么一种本来和人类无关的花卉，会那样地牵动人类的感情，成为人类感动的对象呢？而且这种感动跨越了时间和空间，成了人类永恒的乡愁之一？我自认无力解答这个问题，因为谜底也许深藏在人类的心灵深处，谁也无法找到通往那儿的路径。不过尽管这样，我还是希望能通过这番巡礼，为解答这个问题提供一些线索。在这个巡礼中我们看到，是中日诗人的心灵，使梅花超越了普通植物的状态，变得美丽迷人起来；与此同时，这种“超凡脱俗”的梅花，也使中日诗人的心灵变得更为美丽迷人。我们还看到，中日诗人的心灵，是那么的容易共鸣，就像原产中国的梅花也容易成活在日本的土地上一样；与此同时，它们之间又有着那么多微妙的变奏，就像植物学家会指出的中日梅花之间的不同一样。正是这种共鸣与变奏，谱就了中日咏梅诗歌的最初乐章。

附　　表

一、南朝咏梅诗一览表(二十四首)

时代	作　　者	作　　　品
宋	鲍　照	梅花落
齐	谢　朓	咏落梅诗
梁	何　逊	咏早梅诗(一名扬州法曹梅花盛开)
	吴　均	梅花落 梅花诗
	梁简文帝萧纲	雪里觅梅花诗(附梅花赋) 春日看梅花诗
	庾肩吾	同萧左丞咏摘梅花诗
	王　筠	和孔中丞雪里梅花诗
	鲍　泉	咏梅花诗
	梁元帝萧绎	咏梅诗
	庾　信	梅花诗*
陈	阴　铿	雪里梅花诗
	张正见	梅花落
	陈后主叔宝	梅花落二首
	徐　陵	梅花落
	谢　燮	早梅诗
	江　总	梅花落二首 梅花落(七言)

(续表)

时代	作　　者	作　　　品
陈	苏子卿	梅花落
隋	侯夫人	春日看梅诗二首

* 庾信的《梅花诗》作于在梁时,故入梁。

二、南朝提到梅花的诗一览表(六十七首)

时代	作　　者	作　　　品
	(清商曲辞)	子夜四时歌·春歌之六、之十二
	(清商曲辞)	孟珠之七
	(杂曲歌辞)	西洲曲(《玉台新咏》作江淹作)
晋	陶渊明*	蜡日
宋	刘义庆	游鼍湖诗
	陆　凯	赠范晔诗
	鲍　照	采桑 幽兰之一 中兴歌之十 拟行路难之三 代春日行
梁	梁武帝萧衍	子夜四时歌·春歌之二、之三(之三一作王金珠作)
	沈　约	初春诗
	何　逊	咏春雪寄族人治书思澄诗
	吴　均	春咏诗

（续表）

时代	作　　者	作　　　　品
梁	梁昭明太子萧统	貌雪诗（附锦带书十二月启）
	萧子范	春望古意诗
	梁简文帝萧纲	采桑 有所伤之三 从顿暂还城诗 玄圃寒夕诗 春闺情诗 同刘谘议咏春雪诗 雪朝诗 和湘东王阳云楼檐柳诗
	庾肩吾	送别于建兴苑相逢诗 岁尽应令诗
	梁元帝萧绎	针穴名诗 龟兆名诗 咏石榴诗 和刘上黄春日诗 望春诗
	徐君蒨	初春携内人行戏诗
	荀　济	赠阴梁州诗
	王金珠	子夜四时歌·春歌之一（一作梁武帝萧衍作）
	刘氏（王淑英妻）	暮寒诗 赠夫诗
	萧　悫**	春庭晚望诗
	宗　懔	早春诗

（续表）

时代	作　　者	作　　　品
梁	庾　信	杨柳歌 奉和赵王春日诗 咏画屏风诗之三、之二十四
陈	阴　铿	新成安乐宫
	顾野王	芳树
	张正见	陪衡阳王游耆阇寺诗 赋得垂柳映斜谿诗 赋得梅林轻雨应教诗 重阳殿成金石会竟上诗
	陈后主叔宝	三妇艳词之八 七夕宴乐修殿各赋六韵
	徐　陵	春情诗
	贺　彻	赋得长笛吐清气诗
	李　爽	山家闺怨诗
	江　总	雉子斑 怨诗之二 岁暮还宅诗 新入姬人应令诗
	伏知道	从军五更转之三
隋***	辛德源	成连
	隋炀帝杨广	正月十五日于通衢建灯夜升南楼诗 幸江都作诗
	柳　䛒	奉和晚日杨子江应制诗

（续表）

时代	作　者	作　品
隋***	王　衡	玩雪诗
	王由礼	赋得岩穴无结构诗

*　陶渊明由晋入宋，也可以说是南朝诗人。

**　以下三人皆为由梁入北者，这里所列各诗，有作于在梁时者，有作于入北后者。但即使是作于入北后者，亦仍可视为南朝文学影响的产物。因梅花在当时尚为南方特有之风物，吟咏梅花亦为南方文学特有之现象，则即使这些诗人入北后仍继续吟咏梅花，亦不过是将南方式的风物和表现带入了北方文学而已，故仍可视为南朝文学的延续。

***　隋五人中，至少有两人为由南朝入隋者。

三、《怀风藻》所收奈良提到梅花的诗一览表(十四首)

编号	作　者	诗型	作　品	作　年*
10	葛野王	五言	春日玩莺梅	约 700
14	纪麻吕	五言	春日应诏	约 700
22	纪古麻吕	七言	望雪	约 700
28	调忌寸老人	五言	三月三日应诏	约 700
37	大石王	五言	侍宴应诏	约 720
38	田边百枝	五言	春苑应诏	约 720
44	大伴旅人	五言	初春侍宴	约 720

（续表）

编号	作　者	诗型	作　　品	作　年*
50	境部王	五言	宴长王宅	729 以前
67	长屋王	五言	元日宴应诏	729 以前
75	百济和麻吕	五言	初春于左仆射长王宅宴	724—729
82	箭集虫麻吕	五言	于左仆射长王宅宴	724—729
84	大津首	五言	春日于左仆射长王宅宴	724—729
106	盐屋古麻吕	五言	春日于左仆射长屋王宅宴	724—729
外 3	无名氏	五言	叹老	

* 葛野王享年三十七，生于天智天皇八年（669），殁于庆云二年（705）；纪麻吕享年有三十、三十七、四十五、四十七各说，殁于庆云二年（705），大宝元年（701）正三位大纳言，《怀风藻》载其头衔同；纪古麻吕享年五十九，庆云二年（705）正五位上，《怀风藻》载其头衔同；调忌寸老人大宝元年（701）正五位上，《怀风藻》载其头衔为正五位下；以上诸人之诗，似均应作于 7、8 世纪之交，姑系于 700 年左右。奈良时代，一般认为始于和铜三年（710），但这只是根据首都所在地而作的权宜的划分，从政治史文化史方面来说，一般也把迁都前的藤原宫时代（694—710）划入奈良时代，因此，我们把以上各诗也置入奈良诗范围。又，长屋王享年五十四，神龟元年（724）任正二位左大臣，天平元年（729）因变被迫自杀，其诗和境部王诗均应作于 729 年前；百济和麻吕、箭集虫麻吕、大津首、盐屋古麻吕诸人之诗，因均提到"左仆射"，故均应作于 724 年至 729 年之间。大石王、田边百枝、大伴旅人等均为奈良时人，据《怀风藻》的编排原则"略以时代相次，不以尊卑等级"（《怀风藻》目录附注），他们的诗亦应作于 720 年代左右。又，释智藏的《玩花莺》诗，一般认为其中的花是指梅花，但为慎重起见，本表没有列入，本文也没有论及。

四、《万叶集》所收奈良梅花歌及提到梅花的歌一览表(一百十九首)

卷次	部类	编号	作　　品	作　　者	作年*
卷三	譬喻歌	392	大宰大监大伴宿祢百代梅歌一首	大伴百代	约730
		398	藤原朝臣八束梅歌二首之一	藤原八束	730后
		399	藤原朝臣八束梅歌二首之二	藤原八束	730后
		400	大伴宿祢骏河麻吕梅歌一首	大伴骏河麻吕	730后
	挽歌	453	还入故乡家即作歌三首之三	大伴旅人	730
卷四	相闻	786	大伴宿祢家持报赠藤原朝臣久须麻吕歌三首之一	大伴家持	759前
		788	大伴宿祢家持报赠藤原朝臣久须麻吕歌三首之三	大伴家持	759前
		792	藤原朝臣久须麻吕来报歌二首之二	藤原久须麻吕	759前
卷五	杂歌	815	梅花歌卅二首(并序)之一	大贰纪卿	730
		816	梅花歌卅二首之二	少贰小野大夫	730
		817	梅花歌卅二首之三	少贰粟田大夫	730
		818	梅花歌卅二首之四	筑前守山上大夫	730
		819	梅花歌卅二首之五	丰后守大伴大夫	730
		820	梅花歌卅二首之六	筑后守葛井大夫	730
		821	梅花歌卅二首之七	笠沙弥	730
		822	梅花歌卅二首之八	大伴旅人	730
		823	梅花歌卅二首之九	大监伴氏百代	730
		824	梅花歌卅二首之十	少监阿氏奥岛	730
		825	梅花歌卅二首之十一	少监土氏百村	730

（续表）

卷次	部类	编号	作　　品	作　　者	作年*
卷五	杂歌	826	梅花歌卅二首之十二	大典史氏大原	730
		827	梅花歌卅二首之十三	少典山氏若麻吕	730
		828	梅花歌卅二首之十四	大判事丹氏麻吕	730
		829	梅花歌卅二首之十五	药师张氏福子	730
		830	梅花歌卅二首之十六	筑前介佐氏子首	730
		831	梅花歌卅二首之十七	壹岐守板氏安麻吕	730
		832	梅花歌卅二首之十八	神司荒氏稻布	730
		833	梅花歌卅二首之十九	大令史野氏宿奈麻吕	730
		834	梅花歌卅二首之二十	少令史田氏肥人	730
		835	梅花歌卅二首之二十一	药师高氏义通	730
		836	梅花歌卅二首之二十二	阴阳师矶氏法麻吕	730
		837	梅花歌卅二首之二十三	算师志氏大道	730
		838	梅花歌卅二首之二十四	大隅目榎氏钵麻吕	730
		839	梅花歌卅二首之二十五	筑前目田氏真上	730
		840	梅花歌卅二首之二十六	壹岐目村氏彼方	730
		841	梅花歌卅二首之二十七	对马目高氏老	730
		842	梅花歌卅二首之二十八	萨摩目高氏海人	730
		843	梅花歌卅二首之二十九	土师氏御通	730
		844	梅花歌卅二首之三十	小野氏国坚	730
		845	梅花歌卅二首之三十一	筑前掾门氏石足	730
		846	梅花歌卅二首之三十二	小野氏淡理	730
		849	后追和梅花歌四首之一	大伴旅人或山上忆良	730后
		850	后追和梅花歌四首之二		730后
		851	后追和梅花歌四首之三		730后
		852	后追和梅花歌四首之四		730后
		864	奉和诸人梅花歌一首	吉田宜	730

（续表）

卷次	部类	编号	作　　品	作　者	作年*
卷六	杂歌	949	四年丁卯春正月敕诸王诸臣子等散禁于授刀寮时作歌一首并短歌(反歌)一首		727
		1011	冬十二月十二日歌舞所之诸王臣子等集葛井连广成家宴歌二首之一	葛井广成	736
卷八	春杂歌	1423	中纳言阿倍广庭卿歌一首	阿倍广庭	约727—732
		1426	山部宿祢赤人歌四首之三	山部赤人	约724—730
		1434	大伴宿祢三林梅歌一首	大伴三林	约729—732
		1436	大伴宿祢村上梅歌二首之一	大伴村上	约729—732
		1437	大伴宿祢村上梅歌二首之二	大伴村上	约729—732
		1438	大伴宿祢骏河丸歌一首	大伴骏河麻吕	约729—732
		1445	大伴坂上郎女歌一首	大伴坂上郎女	约729—732
	春相闻	1452	纪女郎歌一首(名曰小鹿也)	纪小鹿女郎	约732
	冬杂歌	1640	大宰帅大伴卿梅歌一首	大伴旅人	约730
		1641	角朝臣广辨雪梅歌一首	角广辨	约730
		1642	安倍朝臣奥道雪歌一首	安倍奥道	约730
		1644	三野连石守梅歌一首	三野石守	约730
		1645	巨势朝臣宿奈麻吕雪歌一首	巨势宿奈麻吕	约730—740

（续表）

卷次	部类	编号	作品	作者	作年*
卷八	冬杂歌	1647	忌部首黑麻吕雪歌一首	忌部首黑麻吕	约730—740
		1648	纪小鹿女郎梅歌一首	纪小鹿女郎	约730—740
		1649	大伴宿祢家持雪梅歌一首	大伴家持	约730—740
		1651	大伴坂上郎女歌一首	大伴坂上郎女	约738
		1652	他田广津娘子梅歌一首	他田广津娘子	约738
		1653	县犬养娘子依梅发思歌一首	县犬养娘子	约738
	冬相闻	1656	大伴坂上郎女歌一首	大伴坂上郎女	约738
		1660	大伴宿祢骏河麻吕歌一首	大伴骏河麻吕	约738
		1661	纪小鹿女郎歌一首	纪小鹿女郎	约738
卷十	春杂歌	1820	咏鸟（十三首）之二		
		1833 1834 1840 1841 1842	咏雪（十一首）之二 咏雪（十一首）之三 咏雪（十一首）之九 咏雪（十一首）之十 咏雪（十一首）之十一		
		1853	咏柳（八首）之八		
		1854 1856 1857 1858 1859 1862 1871 1873	咏花（二十首）之一 咏花（二十首）之三 咏花（二十首）之四 咏花（二十首）之五 咏花（二十首）之六 咏花（二十首）之九 咏花（二十首）之十八 咏花（二十首）之二十		
		1883	野游（四首）之四		

（续表）

卷次	部类	编号	作　品	作　者	作年*
卷十	春相闻	1900 1904 1906	寄花（九首）之二 寄花（九首）之六 寄花（九首）之八		
		1918	寄雨（四首）之四		
		1922	寄松（一首）		
	冬杂歌	2325 2326 2327 2328 2329	咏花（五首）之一 咏花（五首）之二 咏花（五首）之三 咏花（五首）之四 咏花（五首）之五		
		2330	咏露（一首）		
	冬相闻	2335	寄露（一首）		
		2344	寄雪（十二首）之八		
		2349	寄花（一首）		
卷十七		3901	追和大宰之时梅花新歌六首之一	大伴书持	740
		3902	追和大宰之时梅花新歌六首之二	大伴书持	740
		3903	追和大宰之时梅花新歌六首之三	大伴书持	740
		3904	追和大宰之时梅花新歌六首之四	大伴书持	740
		3905	追和大宰之时梅花新歌六首之五	大伴书持	740
		3906	追和大宰之时梅花新歌六首之六	大伴书持	740

（续表）

卷次	部类	编号	作品	作者	作年*
卷十八		4041	于时期之明日将游览布势水海仍述怀各作歌八首之六	田边福麻吕	约 748
		4134	宴席咏雪月梅花歌一首	大伴家持	749
卷十九		4174	追和筑紫大宰之时春苑梅歌一首	大伴家持	750
		4238	二月二日会集于守馆宴作歌一首	大伴家持	751
		4241	大使藤原朝臣清河歌一首	藤原清河	751
		4277	廿五日新尝会肆宴应诏歌六首之五	藤原永手	752
		4278	廿五日新尝会肆宴应诏歌六首之六	大伴家持	752
		4282	五年正月四日于治部少辅石上朝臣宅嗣家宴歌三首之一	石上宅嗣	753
		4283	五年正月四日于治部少辅石上朝臣宅嗣家宴歌三首之二	茨田王	753
		4287	十一日大雪落积尺有二寸因述拙怀歌三首之三	大伴家持	753
卷二十		4496	二月于式部大辅中臣清麻吕朝臣之宅宴歌十五首之一	大原今城	758
		4497	二月于式部大辅中臣清麻吕朝臣之宅宴歌十五首之二	中臣清麻吕	758
		4500	二月于式部大辅中臣清麻吕朝臣之宅宴歌十五首之五	市原王	758
		4502	二月于式部大辅中臣清麻吕朝臣之宅宴歌十五首之七	甘南备伊香	758

* 作年据土屋文明《万叶集年表》(东京，岩波书店，1980 年第 2 版)。卷十作者作年不详，在此姑置入奈良歌范围。

论中国文学分类规范对日本平安时期文学总集分类规范的影响

日本平安时期的文学总集，大致上可以分成三个系统：第一个是汉诗文系统，其中包括《凌云集》、《文华秀丽集》、《经国集》、《日观集》、《扶桑集》、《本朝丽藻》、《本朝文粹》、《朝野群载》、《本朝续文粹》、《本朝无题诗》等汉诗文集；第二个是和歌系统，其中包括《新撰万叶集》、《古今集》、《新撰集》、《如意宝集》、《深窗秘抄》、《金玉集》、《丽花集》、《后撰集》、《拾遗抄》、《拾遗集》、《后拾遗集》、《金叶集》、《词花集》等敕撰、私撰和歌集；第三个是"文学辞典"系统，其中包括唐诗佳句选集《千载佳句》，和歌总集《古今和歌六帖》（此书虽为和歌总集，但其性质却和其他和歌集有所不同，故列入此类），以及中日汉诗文佳句、和歌佳句的综合性选集《和汉朗咏集》等集子。这三个系统的文学总集的分类规范，既互相独立，又互相渗透，但在形成过程中，曾分别受到过中国文学分类规范的影响。其中有一些影响，尚未受到中日学者的足够注意。本文或陈已知之事实而综贯之，或揭未知之隐情而解说之，探讨其影响的具体表现，以就正于方家。

一

日本平安时期汉诗文集的分类规范，首先是受中国《文选》的影响，其次也受唐人选唐诗及《唐文粹》、唐宋类书的影响。其中有三种情况：诗文兼收的总集，如《经国集》，则其分类规范一如《文选》，先依文体分部，然后各种文体之中又依题材细分；主要收文的总集，如《本朝文粹》，则在《文选》的影响之外，还得加上《唐文粹》、唐宋类书的影响；只收诗歌的总集，如《凌云集》、《文华秀丽集》，则其分类规范或如《文选》依题材分，或如大多数唐人选唐诗以诗系人。这是平安时期汉诗文总集分类规范的一般情况。在分析这一点之前，我们先追述一下奈良时期的汉诗集《怀风藻》的情况。

《怀风藻》(751)一卷，是现存日本第一部汉诗集，收有大友皇子以下六十四人的一百二十首诗(现存一百十七首，一说一百十六首)。其编排原则是“略以时代相次，不以尊卑等级”(《怀风藻》目录附注)，即依作者的时代先后排列，这是和唐人选唐诗一致的。但是有的日本学者，又根据其内容，把它分成下列十三类：侍宴、从驾，宴集，游览，述怀、述志，闲适，七夕，赠与，咏物，凭吊，忆人，贺算，释奠，临终。① 把这十三类内容与《文选》诗部的内容对照一下，就可以看出二者是十分接近的。比如“侍宴”、“从驾”、“宴集”、“释奠”等与《文选》的“公宴”相当(《文选》“公宴”类中有颜延年《皇太子释奠会诗》一首)；“游览”与《文选》的“游览”相当；“述怀”、“述志”、“临终”与《文选》的“咏怀”相当(《文选》“咏怀”类中有欧阳坚石《临终诗》一首)；“赠与”与《文选》的“赠答”相当；“凭吊”与《文选》的“哀伤”、“挽歌”相当；“忆人”在《文选》中被包括于“杂诗”中(《文选》“杂诗”类中有曹颜远《思友人诗》一首、《感旧诗》一首)；仅其中的“闲适”、“七夕”、“咏物”、“贺算”等项目，在《文选》诗部中找不到适当的对等物，但其本身一望而知为中国式的内容无疑。这种现象，充分说明奈良时期《文选》的影响之巨大。当时的“大学四

① 山岸德平《日本汉文学史总说》，收入其编《日本汉文学史论考》，东京，岩波书店，1974 年，第 16 页。

道”之一的“文章道”（也称“纪传道”），就是以《文选》等取士的。《怀风藻》作为日本第一批模仿中国诗歌的作品的选集，其内容与当时流行的汉诗文权威选集《文选》一致，当然也是不足为奇的。后来，在《文华秀丽集》中，明确采用《文选》式的分类规范，其渊源可说就是《怀风藻》。

平安初期三部有名的“敕撰集”《凌云集》、《文华秀丽集》、《经国集》，陆续出现于嵯峨天皇弘仁年间（810—823）、淳和天皇天长年间（824—833）。其中《经国集》是诗文集，另外两部是诗集。“三敕撰集”的分类规范有两种，一种是唐人选唐诗式的，一种是《文选》式的。两种分类规范同时并存于平安前期的三部汉诗文集中，这说明唐代文学与六朝文学影响的消长变化。

“三敕撰集”的第一部《凌云集》（814）一卷，小野岑守《凌云集序》云：“起自延历元年（782），终于弘仁五年（814），作者二十三人，诗总九十首，合为一卷，名曰《凌云新集》。”（然仲雄王《文华秀丽集序》却称《凌云集》：“凡所缀缉，九十二篇。”）其分类是依人排列的，首先是天皇，其次是臣工，臣工又以爵位高低为序，而不是按作品题材排列的。小野岑守序又云：“得道不居上，失时不降下，无言存亡，一依爵次。”这种排列方法，据有的日本学者说，是受了唐代《搜玉小集》及《河岳英灵集》（753）编排体例的影响。① 这种说法大致上是可取的，但须先剔除其中的有问题之处。首先，像《河岳英灵集》这样的唐诗选集，其人物顺序并不依官职大小而定。其次，《搜玉小集》的编排体例，与其他唐人编选的唐诗集都不一样，它不是

① 久松潜一等编《（增补新版）日本文学史》（中古），东京，至文堂，1979 年，第 38 页。又参见小岛宪之《文华秀丽集解说》，载《日本古典文学大系》本《文华秀丽集》，东京，岩波书店，1964 年，第 22 页。但小岛宪之提到了《河岳英灵集》和御览诗（《元和御览》、《选进集》），而没有提到《搜玉小集》，其理由见下文。

按人排列，而是按题材排列的。虽说它没有明确地标出分类的名目，但仔细分析一下，可以看出它是依“奉和”、“边塞”、“春秋闺怨”、“柳树”、“赠答”、“述怀”、“九日”、“元宵”、“人日”、“上巳”、“中秋”、“侍宴”、“挽歌”、“登临”、“咏物”等项目排列的，秩序井然，不相混淆。毛晋此书后记说：“第其中先后不伦，彼此相混，如玄成诸君子互虚一二，而延清辈又各浮二三。”乃是拘泥于依人分类之见的说法，实不足取。小岛宪之亦看出了以上两点差别，他说：“(《凌云集》)诗的排列方法依官位高低而定，不是当时一般唐代诗集的方法。唐人撰唐诗集……纯依个人排列的方法占了绝大部分(《搜玉集》基本上是依题材排列的)。”①不过，即使是依爵位高低为序，也仍是以诗系人，依人排列。因而可以说，《凌云集》的排列方法，在本质上与《河岳英灵集》等唐人选唐诗还是一致的，只是在具体排法上稍稍有所出入而已。

“三敕撰集”的第二部《文华秀丽集》(818)三卷，仲雄王《文华秀丽集序》云：“自厥(《凌云集》)以来，文章间出，未逾四祀，卷盈百余……先漏《凌云》者，今议而录之……凡作者廿六人，诗一百四十八首，分为三卷，名曰《文华秀丽集》。”(因下卷末脱落五首，故现存一百四十三首。)有的日本学者说，其书名本身即是模仿梁代的《古今诗苑英华集》、唐代的《河岳英灵集》等中国诗集而起的；又有的日本学者说，“文华”、“秀丽”等词语也是出自《文选》等书的，故书名应是来自《文选》的。② 由此看来，它的分类规范承袭《文选》，也就不足为奇了。仲雄王序又云：“并皆以类题叙，取其易阅。”全书根据题材分成十一类：游览、宴集、饯别、赠答、咏史、述怀、艳情、

---

① 小岛宪之《凌云集の基础的研究》，收入山岸德平编《日本汉文学史论考》，第93—94页。

② 久松潜一等编《(增补新版)日本文学史》(中古)，第38页。毅平按：冈田正之持前说，小岛宪之持后说。

乐府、梵门、哀伤、杂咏。这些名目，除了“梵门”以外，主要是从《文选》的诗部分类而来的，个别的来自赋部。如其中的“游览”相当于《文选》的“游览”，“宴集”相当于《文选》的“公宴”，“饯别”相当于《文选》的“祖饯”，“赠答”相当于《文选》的“赠答”，“咏史”相当于《文选》的“咏史”，“述怀”相当于《文选》的“咏怀”，“乐府”相当于《文选》的“乐府”，“哀伤”相当于《文选》的“哀伤”（包括“挽歌”），“杂咏”相当于《文选》的“杂诗”，“艳情”相当于《文选》赋部的“情”[①]。由此可见，比起《怀风藻》的诸项题材来，《文华秀丽集》的分类规范进一步向《文选》靠拢，几乎达到了亦步亦趋的地步。即使是“梵门”，虽说不见于《文选》，也同样是受中国文学影响的产物，正如小岛宪之所指出的：“其原因之一，盖是因为进入平安朝，出现了最澄、空海这样的佛家，佛教思想开始横溢；但同时，当时传入的许多唐代诗集中，收了许多与佛教有关的诗，‘梵门’盖即准此而设，这大概是另一大原因——这使我们想到唐代的风潮，类聚六朝以前诗的《艺文类聚》中没有这一部门，而同样类聚初唐诗的《初学记》中就有了道释部。”[②]指出了唐代诗集和佛教思想的传入给予《文华秀丽集》分类规范的影响，其说甚是。

“三敕撰集”的最后一部《经国集》(827)二十卷（现存卷一、卷十、卷十一、卷十三、卷十四、卷二十等六卷），滋野贞主《经国集序》云：“自庆云四年(707)，迄于天长四载(827)，作者百七十八人，赋十七首，诗九百十七首，序五十一首，对策三十八首，分为两帙，编成廿卷，名曰《经国集》。冀映日月而长悬，争鬼神而将奥。先入

① 小岛宪之认为，“艳情”一名，更有可能来自奈良时已传入日本的《骆宾王集》(《文华秀丽集解说》，载《日本古典文学大系》本《文华秀丽集》，第23页)。

② 小岛宪之《文华秀丽集解说》，载《日本古典文学大系》本《文华秀丽集》，第23页。

《秀丽》者,即不刊之书也,彼所漏脱,今用兼收。人以爵分,文以类聚。”与《凌云集》、《文华秀丽集》的纯为诗集不同,《经国集》乃是包括赋、诗、序、策四类文体的诗文集(原书卷一为赋,卷二至十六为诗,卷十七、十八为序,卷十九、二十为策),就性质而言,更接近《文选》。其书名源于魏文帝曹丕《典论・论文》的“文章经国之大业”一语(滋野贞主序所谓“魏文《典论》之智,经国而无穷”是也;其实小野岑守《凌云集序》已经引用此语,却未想到用“经国”作书名)。其分类规范,则一仿《文选》。从大的方面来看,其依文体分为赋、诗、序、策四部,名目及顺序固然同于《文选》(《文选》中无“策”,《经国集》这一部类显然与平安朝模仿唐代科举制度以“四道”取士的制度有关,在唐人文集中可以找到对应的例子);从小的方面来看,即其各体内部的分类亦同于《文选》。我们来看其中诗部的分类。原书二十卷中,有十五卷是诗,但由于散佚严重,故现今诗部只存“乐府”一卷与“杂咏”三卷,据有的日本学者推测,此外还应有“游览”、“赠答”、“咏史”等项目,[①]与《文华秀丽集》的分类规范基本一致。换言之,也同样是从《文选》的分类规范而来的。

“三敕撰集”出现在平安初期,与《怀风藻》的六朝诗风格不同,主要是唐诗风格,标志就是《怀风藻》所收绝大多数是五言“古风”,“三敕撰集”所收则多为五七言近体诗,显示了唐代文学影响的增强。但是,“三敕撰集”的分类规范,除了《凌云集》外,却完全根据六朝文学总集《文选》。这是因为在9世纪初,白居易的作品还没有传入日本,尽管唐代文学的影响稳步增长,却没有一部唐人诗集能压倒《文选》;而且,即使白居易的作品传入日本以后,因为它不是文学总集,因此不能在分类规范上对平安文学总集发生影响;此外,平安时期另一系统的分类规范,即以《古今和歌集》为代表的四

---

① 久松潜一等编《(增补新版)日本文学史》(中古),第40页。

季分类规范，在9世纪初还没有成熟。所以除了采用《文选》的分类规范外，也就别无他途了。

此后，有相当一个时期没有出现汉诗文集。到了平安中期的朱雀天皇天庆年间(938—946)，才出现了一部由大江维时(888—963)编撰的《日观集》二十卷，收有仁明天皇承和年间(834—847)至醍醐天皇延喜年间(901—922)包括小野篁在内的十个诗人的作品，可惜后来亡佚了。据载于《朝野群载》卷一的大江维时此书序，《日观集》是踵《凌云集》、《文华秀丽集》而编的，由此可以推测，它的分类大概也是《文选》式的，或唐人选唐诗式的。又，大江维时此书序中，还特别提到了当时日本文人对汉诗的倾倒，留下了宝贵的历史记录："夫贵远贱近，是俗人之常情；闭聪掩明，非贤哲之雅操……我朝遥寻汉家之谣咏，不事日域之文章。"

接着，纪齐名(959—999)编撰了《扶桑集》(995—998)十六卷(现仅存卷七、卷九等二卷，且二卷也不完整)，收录醍醐天皇延喜年间(901—922)、村上天皇天历年间(947—956)等时期七十六人的汉诗，作者有小野篁、都良香、菅原道真、三善清行、纪长谷雄、菅原文时、菅原淳茂、大江朝纲、藤原雅量、橘在列、源顺等人。分类编撰，但具体情况不详。从残存的二卷中，仅知有哀伤、隐逸(附樵隐)、赠答、怀旧、文、武等部，看上去也是《文选》式的。部类下的细目，卷七，哀伤部有悼亡、叹、病等类，隐逸部有隐逸、樵隐、无隐、处士、山居等类，赠答部有赠答、蕃客赠答等类，怀旧部有怀旧、话旧等类；卷九首阙，文部有毛诗、孝经、史记、蒙求、咏史、劝学、及第、落第、笔等类，武部有弓等类；看来还是分得很细的，且开始具有了日本特色。

稍后，高阶积善(？—约1014)编撰了《本朝丽藻》(约1010)二卷(卷首阙)，收录一条天皇时期(987—1011)三十四人的汉诗，以七律为主，作者有一条天皇、具平亲王、藤原道长、藤原伊周、藤原敦信、藤原为时、大江匡衡、大江以言、大江通直、高阶积善等人。它分为十七部：四季、山水、佛事、神祇、山庄、闲居、帝德、法令、书籍(附勤学)、贤人、赞德、诗、酒、赠答、饯送、怀旧、述怀。其中引人注目地出现了"四季部"，也就是四季分类法，而且是分量最大的部，一部就占了一卷，也就是全书的一半篇幅。这在当时的汉诗文集里是较少见的(同时期，大江匡衡的《江吏部集》也有"四时部")，在和歌集中却是很流行的，所以应该是受了和歌集的影响。其他部类仍大都取自《文选》，又以佛事、神祇、山庄等，显示了日本特色。

再后来，大约在后冷泉天皇康平年间(1058—1064)，藤原明衡(989—1066)编撰了《本朝文粹》十四卷①，收录自嵯峨天皇弘仁年间(810—823)至后一条天皇长元三年(1030)二百余年间六十九人的四百三十二篇诗文(篇数依版本不同而略有出入)。它的书名，模仿中国宋代姚铉编撰的《唐文粹》(1011)，但又上承高阶积善的《本朝丽藻》，在"文粹"前冠以"本朝"字样，与平安前期"三敕撰集"的名称完全模仿唐人选唐诗不同，既意识到了中国的存在，又显示了本国意识的增强。它的分类，根据文体分成三十八类(数目接近《文选》的三十七类)：赋、杂诗、诏、敕书、敕答、位记、敕符、官符、意见封事、对册(对策)、论奏、表、奏状、书状、序(书序、诗序、和歌序)、词、行、文、赞、论、铭、记、传、牒、祝文、起请文、奉行文、禁制文、怠状、落书、祭文、咒愿文、表白文、发愿文、知识文、回文、愿文、讽诵文。② 这种分类，就赋、诗、文的先后顺序而言，仍然是和《文

---

① 关于《本朝文粹》的编撰年代，日本学界有各种不同的说法，这里仅取其中的一家之说(川口久雄、小岛宪之)，此外还有后朱雀天皇长历至宽德年间(1037—1045)说(至文堂刊《日本文学史》中古)。参见小岛宪之《本朝文粹解说》，载《日本古典文学大系》本《本朝文粹》，东京，岩波书店，1964 年，第 29—30 页。

② 此书分类名目，正文与目录稍有不同，这里依据正文。"对册"(对策)分为策文和对策的话，就成为三十九类。

选》一致的，尽管因为它偏重于文，诗部只收了“杂诗”一类。① 另外，除赋、诗部外，文部的许多类目，如诏、对册（对策）、表、书状、序、词、文、赞、论、铭、祭文等，都和《文选》的同类项目相当；另有一些类目，如记、传等，则与《唐文粹》的同类项目相当。正如宽永本《新刊本朝文粹序》所云：“盖拟诸梁《文选》、《唐文粹》矣。”因此，有的日本学者认为它仍然是模仿《文选》的，有的则认为它也受了《唐文粹》的影响，有的则认为它“名”取《唐文粹》而“实”取《文选》。② 而在各部类的细目方面，比如赋的天象、水石、树木、音乐等，诗序的天象、时节、山水、帝道等，都按照天、地、人的顺序排列，从宏观的自然向微观的人事聚焦，却是受了唐宋类书的影响。③ 不过，不管

---

① 关于诗部只收“杂诗”类（排除近体诗而只收古体诗）以及本书的卷数，大曾根章介解释说：“本书（《本朝文粹》）虽规模《文选》而编纂，但两书间也有很大的差异。其一是《文选》收了四百三十余首诗，与此相对，本书却只收了二十八首杂诗。之所以看不到当时广为流行的七言律诗和绝句，大概是因为已经编纂了汉诗集，也就是《扶桑集》和《本朝丽藻》。虽然两部汉诗集都有残缺，但据《二中历》卷十二《诗作者》说，《本朝文粹》的六十九个作者，大都与两部汉诗集的诗人重叠。其中《扶桑集》网罗了延喜、天历文运隆盛时代的诗人，给予《本朝文粹》的编纂以很大的影响……编者大概想要与汉诗集的代表《扶桑集》一起，完成一部日本的《文选》，于是为了与《文选》三十卷相匹敌，他在《扶桑集》的十六卷上，加上了《本朝文粹》的十四卷，这大概是他最初在脑海中想象的卷数。”（《本朝文粹解说》，载《新日本古典文学大系》本《本朝文粹》，东京，岩波书店，1992年，第435页）小岛宪之则认为，“杂诗”类与《文选》名同实异，而更接近《唐文粹》。至于本书的卷数，小岛宪之认为应加目录一卷，而成为十五卷，以为《文选》三十卷（非李善注本）之半（《本朝文粹解说》，载《日本古典文学大系》本《本朝文粹》，第33页，第30页）。其说与大曾根章介不同，盖未考虑进《扶桑集》的因素，似不如大曾根章介说合理。

② 参见小岛宪之《本朝文粹解说》，载《日本古典文学大系》本《本朝文粹》，第29页，第33页。即如其所认为的，“杂诗”类名同《文选》而实同《唐文粹》。

③ 参见小岛宪之《本朝文粹解说》，载《日本古典文学大系》本《本朝文粹》，第33页；大曾根章介《本朝文粹解说》，载《新日本古典文学大（转下页）

是受《文选》的影响，还是受《唐文粹》的影响，还是受唐宋类书的影响，都无非是来自中国的影响。

再后来，三善为康（1049—1139）编撰了《朝野群载》（1116，1135—1139①）三十卷（现存二十一卷），依傍《本朝文粹》而编撰，内容是实用汉文范文集，书名却模仿唐代张鷟的《朝野佥载》。现存部分分为二十三门，收录平安中后期的诗文、书简、诏敕、官符、奏文等，其分类规范也是《文选》式或《唐文粹》式的。

题藤原季纲编撰的《本朝续文粹》（1142—1155）十三卷（一说十四卷），也依傍《本朝文粹》而编撰（既然它继《本朝文粹》而编，则十四卷说似更合理），收录自后一条天皇宽仁二年（1018）至崇德天皇保延六年（1140）一百二十余年间四十多人的二百二十九篇文章和四首诗。它依据文体分成二十八类：赋、杂诗、诏、敕答、位记、勘文、策、表、状、奏状、书状、施入状、序、诗序、和歌序、词、赞、论、铭、记、牒、都状、定文、祭文、咒愿、表白、愿文、讽诵文，比《本朝文粹》大为简化，其分类规范也是《文选》式或《唐文粹》式的。而在诗序的内部，又按天、地、人的顺序排列，也是受了唐宋类书的影响。

（接上页）系》本《本朝文粹》，第443页；兴膳宏《〈文选〉と〈本朝文粹〉——特に赋について》，载《新日本古典文学大系》月报36，第27卷附录，东京，岩波书店，1992年5月。兴膳宏还认为，《文苑英华》编撰于北宋初期，稍早于《本朝文粹》的编撰，其分类规范也受唐宋类书的影响（如赋、诗类的细目都始于天、地），而不像《唐文粹》之效仿《文选》；在这方面，《本朝文粹》与《文苑英华》似有冥契。毅平按：其实在当时的日本，不仅总集的分类规范是这样，别集的分类规范也是如此，如大江匡衡（952—1012）的《江吏部集》卷上，即以天部、四时部、地部、居处部分类（所以大曾根章介同上文认为，诗序的细目依据了日本先行的别集）。又，一般认为，藤原明衡编撰《本朝文粹》时参考过《和汉朗咏集》，后者所收日本文人佳句的九成都见于前者，那么，前者的分类规范应该也会受到后者的影响，而《和汉朗咏集》的分类规范正是效法唐宋类书的。

① 此书编撰于永久四年（1116），续有增补，终成于保延年间（1135—1141）。

引人注目的是编者不详的《本朝无题诗》(1163—1164)十卷，收录平安后期三十人的七百七十五首汉诗，根据题材分成三十六门：行幸、宴贺、尚齿会、天象、时节、地仪、植物、动物、人伦、杂物、屏风、花下、月前、七夕、春、夏、秋、冬、杂部、水阁、池台、泉亭、林亭、亭、别业、山家、田家、野店、旧宅、山林、野外、河边、旅馆、山寺、禅房、山洞，门类数目接近《本朝文粹》，且除卷一为与宫廷有关外，自卷二起也是天、地、人的顺序，同样显示了唐宋类书的影响。同时，其又加入了四季和许多有关日常生活的门类，显示了日本特色，已非中国式的分类规范所能牢笼。

综上所述，平安时期汉诗文总集的分类规范，是在中国文学总集(主要是《文选》、唐人选唐诗、《唐文粹》、唐宋类书)的影响下形成的，这反映了平安朝汉诗文与六朝文学及唐代文学的密切关系。但是，这绝不是说平安时期汉诗文总集的分类规范完全是中国式的。平安朝汉诗文总集的分类规范的发展，与平安朝汉诗文的发展一样，也经历了一个从完全模仿中国到逐步形成本国特色的过程。如果说平安前期的"三敕撰集"的分类规范还差不多完全受中国影响牢笼的话，那么，平安中期的《本朝丽藻》、《本朝文粹》的分类规范就已经颇具本国特色了。前者引入了和歌集里流行的四季分类法；后者据小岛宪之说："本书特有的门类也很多，如以卷十三、卷十四为中心的愿文、讽诵文、表白等文体，不见于《文选》，可以说展示了平安文学的种种类型。与《文选》或《唐文粹》不同，本书取名'本朝'的理由，也可以说正在这里。"①又据大曾根章介说："本书模仿《文选》，但比较一下目录的话，它有不少独特之点，如诗只收录杂诗，愿文、表白等则不见于《文选》。学制的确立与文章道

① 小岛宪之《本朝文粹解说》，载《日本古典文学大系》本《本朝文粹》，第33页。

的隆盛，尤其是皇室及摄关家频频举行的讲诗作文会及对辞表、愿文等的依赖等……必然规定了与中国书不同的分类内容。”[①]“《本朝文粹》中关于佛事的文章不见于《文选》，序中包含了和歌序，公文书的种种文体也为我国所独有。它与《文选》的差异，不限于文体名称的有无，有的文体名称一致，内容上却相隔悬殊……这些差异，是由社会状况和文学传统的差异造成的。”[②]而平安后期的《本朝无题诗》，其分类规范富于日本特色，在本国化方面走得更远。当我们强调平安时期汉诗文总集的分类规范所受的中国影响时，确实不应该忘记这一点。

二

如果说“三敕撰集”等汉诗文集的分类规范主要受《文选》等的影响的话，那么，《古今集》等和歌集的分类规范可以说主要受中国六朝民歌及六朝隋唐类书的影响。这一点，与当时汉诗、和歌的相互地位有密切关系。就像六朝民歌相对文人诗歌而言是非主流的存在一样，和歌在《古今集》以前比起汉诗来显然也是非主流的存在。因此，既然平安时期的汉诗文集主要以《文选》的分类规范为榜样，那么当时的和歌集自然也就更多地向六朝民歌的分类规范

① 吉田精一编《日本文学鉴赏辞典》（古典编）“《本朝文粹》”条，东京，东京堂出版，1979 年第 20 版，第 644 页。关于“诗只收录杂诗”，参见上文脚注的解释。又，同时稍前的清少纳言（约 965—约 1028）的《枕草子》第一七三段也提到，当时流行的“文”，除了《文集》（《白氏文集》）、《文选》（一本还有《新赋》、《史记・五帝本纪》）等以外，还有文章博士所作的申文（一本还有愿文、表）等日本汉文（周作人译，上海，上海人民出版社，2015 年，第 340 页，第 365—366 页），可与《本朝文粹》的情况参看。

② 大曾根章介《本朝文粹解说》，载《新日本古典文学大系》本《本朝文粹》，第 441—442 页。

靠拢了。在中国，潜藏于六朝民歌中的季节意识逐渐增强，以至于成为隋唐类书中的首要分类规范；在日本，潜藏于和歌中的季节意识也由隐到显，以至于成为和歌总集中首要的分类规范。因此，平安时期和歌集中四季分类规范的发展，和中国文学中季节分类规范由六朝至唐代的发展进程有相似性，这暗示了二者之间的渊源关系。

平安和歌集四季分类规范的渊源，可以上溯到奈良时期的和歌集《万叶集》。《万叶集》(759)的编撰，有的日本学者认为是由《文选》诱发的，因此，它的分类规范也是借自《文选》的："既然当时是热心于大陆文化输入的时代，是以《文选》等考试录用官吏的时代，那么在把玩大陆诗文之余，自己也动念编撰一部诗集，恐怕毫无不自然之处吧。分类项目的借自《文选》，难道不是暗示性的事实吗？""《万叶集》的分类以杂歌、相闻、挽歌为主干。这种项目名称大概取自中国的《文选》。"①这种说法诚然有其正确的一面，因为"杂歌"和"挽歌"都是借自《文选》诗部的分类项目，"相闻"则令人联想到《文选》的"赠答"，这些都的确显示了《文选》的影响。但值得注意的是，《万叶集》的分类规范，仅仅是"借用"，而且仅仅是"部分借用"《文选》而已，其内容既与《文选》很少有相似之处，其分类项目与内容之间的关系亦很松散。因此，简单地用《文选》来概括其分类规范的来源，显然是不够的。比如《万叶集》卷八与卷十把杂歌、相闻分别分成春、夏、秋、冬四类，成为春杂歌、春相闻、夏杂歌、夏相闻、秋杂歌、秋相闻、冬杂歌、冬相闻等，在日本文学总集中，第一次以四季作为分类规范(尽管尚不是独立使用的)，成为后

---

① 高木市之助、五味智英、大野晋《万叶集解说》，载《日本古典文学大系》本《万叶集》第一册，东京，岩波书店，1957 年，第 29 页，第 27 页；中译文据施小炜译文，载杨烈译《万叶集》卷首，长沙，湖南人民出版社，1984 年，第 28 页，第 25 页。

来《古今集》等四季分类规范的滥觞，这在《文选》中就是看不到的。

《万叶集》卷八与卷十的四季分类规范，在整个《万叶集》的分类规范中，只能算是不引人注目的附庸；但是，当和歌经历了一百多年的沉寂，到9、10世纪之交再度复兴之时，和歌总集中的四季分类规范，却已从附庸蔚成大国，变成了首要的分类规范。宽平五年(893)或稍前举行的"宽平后宫歌合"，有春、夏、秋、冬、恋五题。同年，当菅原道真据此歌合及"是贞亲王家歌合"撰成《新撰万叶集》(893)时，就采用了四季分类规范，把上卷分成春歌、夏歌、秋歌、冬歌、恋歌五类，把下卷分成春歌、夏歌、秋歌、冬歌、思歌五类，即如序中所说的："各献四时之歌，初成九重之宴，又有余兴，加恋、思二咏。"也就是说，共分春、夏、秋、冬、恋、思六类(一说思歌就是广义的恋歌的一部分，是恋爱过程开始阶段所咏之歌，那么，就只有五类了)，在日本文学史上第一次独立地将四季分类规范施于文学总集(就现在所能见到的和歌集而言)，因此具有十分重要的意义。

此后到《古今集》出现之前的宫廷歌合与和歌集，都以四季为主要分类规范。如"宽平中宫歌合"，分为春、夏、秋、冬、恋五题。延喜五年(905)举行的"平定文家歌合"，又把四季细分为首春、仲春、暮春、首夏、晚夏、初秋、仲秋、暮秋、初冬、晚冬及不会恋、会恋十二题，显示了季节意识的深化。这些歌合都在《古今集》之前。在《新撰万叶集》与《古今集》间撰成的和歌集《秋萩集》，从现存的四十八首歌的分类(秋歌、冬歌、杂歌、述怀)来看，原本也是以四季分类的。大江千里的《句题和歌》(894)，则分成春、夏、秋、冬、风月、游览、离别、抒怀、咏怀等九类，也是以四季打头的。

《古今和歌集》(905)的出现，标志着四季分类规范在和歌总集中的完全确立与巩固。并且，由于《古今集》是第一部敕撰和歌集，所以它的分类规范对于平安时期其他敕撰或私撰和歌集都有着重大影响。人们后来在谈到四季分类规范时，往往也首先提及《古今集》。《古今集》将和歌分成春、夏、秋、冬、贺、离别、羁旅、物名、恋、哀伤、杂、杂体、大歌所御歌等十三类，除羁旅、物名、杂体、大歌所御歌等四项外，其余各项都是从《古今集》的前身《续万叶集》来的。值得注意的是，《古今集》（包括《续万叶集》）的分类规范，和它之前的和歌集如《新撰万叶集》比起来，除了四季分类规范外，又多了许多其他项目，而其中的部分项目，和《文选》诗部的一些项目相同。因此我认为，《古今集》的分类规范，标志着四季分类规范与《文选》式分类规范的合流，而又以四季分类规范为主。《古今集》之前的“三敕撰集”的分类规范深受《文选》的影响，《古今集》的编撰者具有很深的汉文修养，联系这两点考虑，《古今集》分类规范中《文选》式项目的存在也就不足为奇了。

《古今集》以后的歌合和敕撰、私撰和歌集，都以《古今集》为模范，采用《古今集》以四季为主的分类规范。如有名的延喜十三年（913）“亭子院歌合”以春、夏、秋、冬、恋为题，“论春秋歌合”以春、夏、秋、冬、恋、思为题；平安中期的“私撰集”《新撰集》（943—945）有春、夏、秋、冬、贺、哀伤、离别、羁旅、恋、杂十类，《如意宝集》（996—997）有春、夏、秋、冬、贺、别、恋、杂八类，《深窗秘抄》有春、夏、秋、冬、恋、杂六类，《金玉集》有春、夏、秋、冬、恋、杂六类，《丽花集》（1005—1009）有春、夏、秋、冬、思、恋、贺、别、杂九类；平安中期的“敕撰集”《后撰集》（955—958）有春、夏、秋、冬、恋、杂、离别、羁旅八类，《拾遗抄》（996—997）和《拾遗集》（1005—1007）有春、夏、秋、冬、贺、别、物名、杂歌、神乐、恋、杂春、杂秋、杂贺、杂恋、哀伤十五类；平安后期的《后拾遗集》（1086）有春、夏、秋、冬、贺、别、羁旅、哀伤、恋、杂（释教神祇）十类，《金叶集》（1124—1126）有春、夏、秋、冬、贺、别离、恋、杂八类，《词花集》（1151—1153）有春、夏、秋、冬、贺、别、恋、杂八类。这些敕撰或私撰和歌集的分类规范都一傍《古今集》。由此可见，由四季、人类感情及杂歌三部分内容构成的分类规范，是平安时期和歌集的正统分类规范。这种分类规范的影响，甚至波及平安时期的私家集与汉诗文集（如大江匡衡的《江吏部集》有“四时部”、高阶积善的《本朝丽藻》有“四季部”）。

以上，我们勾勒了平安时期和歌集分类规范的大致轮廓。那么，从《万叶集》至《新撰万叶集》、《古今集》，四季分类规范由隐至显，由附庸至大国，最终成为日本文学总集中最重要的分类规范的变化过程，又是怎样完成的呢？四季分类规范的确立，完全是日本民族的季节意识的反映，还是同样曾受过中国文学的影响呢？这是不能不作探讨的。我以为有以下几个方面的因素值得考虑。

首先，从《万叶集》到《新撰万叶集》的一百三十多年间，日本民族的季节意识一直是在缓慢地发展着的，这从介于二者中间的《文华秀丽集》、《经国集》的分类规范也能看出来。《文华秀丽集》的分类规范一依《文选》，但是，“游览”、“艳情”两类诗歌的内部却是依季节顺序排列的，这种现象在《文选》中是看不到的。“这作为后世日本诗歌中喧传一时的季节观的起源之一，是值得注意的。”①不过，分量最多的“杂咏”类诗歌尚没有按季节顺序排列。这一点到《经国集》中也改变了，《经国集》“杂咏”三卷，其中“春”诗和“秋冬”诗各一卷。“《万叶集》虽然亦将和歌作四季分类，但在其内部则往往是根据歌的制作年代或歌中所咏之物再作细分的；而《经国集》中的季节诗，则相当彻底地按季节顺序排列，这一点……可以认为是后来敕撰和歌集的先驱。”②由此可见，在《万叶集》和《新撰万叶集》之间，四季分类规范尽管没有在和歌系统中得到发展，但是在汉诗文系统中却在缓慢成长着。所以，《新撰万叶集》中四季分类

① 久松潜一等编《（增补新版）日本文学史》（中古），第39页。
② 久松潜一等编《（增补新版）日本文学史》（中古），第40页。

规范的出现也并不过于突然。

其次，有的日本学者认为，“相当彻底地按季节顺序排列”这一点是“非常日本式的”①，我认为这种说法不很确切。因为在中国六朝民歌中，就有以四季分类的民歌。平安时期和歌总集分类规范中季节意识的发展，不能排除中国六朝民歌影响的可能性。宋郭茂倩编《乐府诗集》中，收晋、宋、齐代的《子夜四时歌》七十五首，其中春歌二十首、夏歌二十首、秋歌十八首、冬歌十七首；又收梁武帝《子夜四时歌》七首，其中春歌一首、夏歌三首、秋歌二首、冬歌一首；又收梁武帝同时代人王金珠《子夜四时歌》八首，其中春歌三首、夏歌二首、秋歌二首、冬歌一首（卷四四）。到了唐代，王翰、崔国辅、薛耀、郭元振、李白、陆龟蒙等诗人都作过《子夜四时歌》（卷四五）。此外，梁武帝曾敕沈约造“四时白纻歌”，有春白纻歌、夏白纻歌、秋白纻歌、冬白纻歌四类（卷五六）。王运熙论述其起源说：“在《子夜四时歌》产生之前，吴地的民歌，大约原有叫做《四时歌》的，后来《子夜》的声调盛行，文人乐工们就用它来制造《子夜四时歌》的乐曲了。”②由此可见，早在六朝时代，中国即已有径以季节命名的诗歌了，因此，说四季分类规范完全是日本式的，并不完全恰当。这些《子夜四时歌》，《玉台新咏》中收过一部分。如卷十“近代吴歌九首”中有《子夜四时歌》四首，即径以春歌、夏歌、秋歌、冬歌为题。在与《新撰万叶集》约略同时的《日本国见在书目录》（891）中，已经著录了《玉台新咏》，而且还著录了收有《子夜四时歌》的李白的文集，因此，《新撰万叶集》的歌人及撰者是应该知道这些书及其中的春歌夏歌等名目的，这或许是和歌集中四季分类规范由附庸变为大国的一个契机。

---

① 久松潜一等编《（增补新版）日本文学史》（中古），第 40 页。

② 王运熙《吴声西曲杂考》，收入其《六朝乐府与民歌》，上海，上海文艺联合出版社，1955 年，第 66 页。

第三，关于四季分类规范中的中国影响，可能还有另外一个来源，即空海的《文镜秘府论》。其中地卷有一篇“九意”，是汉诗佳句选集，首先即是以四季分类的，其名有春意、夏意、秋意、冬意、山意、水意、雪意、雨意、风意等九类。“九意”的来源，肯定是中国，这是因为，“在《文镜秘府论》中，可以肯定是成于空海之手的文章，总共只有天卷总序及东西两卷序这三篇。其他部分则可以断定，空海只能是编撰者，而绝不是执笔者”①，“九意”当然也不例外。南卷“论文意”说：“凡作诗之人，皆自抄古今诗语精妙之处，为随身卷子，以防苦思。作文兴若不来，即须看随身卷子，以发兴也。”这种“随身卷子”，也就是《新唐书·艺文志》中所载的《文场秀句》、《古今诗人秀句》之类东西，“九意”盖即是取汲于此类“随身卷子”的，其分类，当然亦为原本所有无疑。《文镜秘府论》成书于 810 年至 820 年之间，早于《经国集》，而与《凌云集》、《文华秀丽集》约略同时，在平安时期是一部影响颇大的著作。其中的四季分类规范，不可能不对和歌集的分类规范产生影响。而且，“九意”所取汲的这类秀句，在平安前期就已经传入了日本，如《日本国见在书目录》总集家中，即著录有“《秀句集》一卷”、“《古今诗人秀句》二卷”、“《词林警句集》三十卷”等书。这些书的分类完全有可能和“九意”一样，当时的歌人都能看到。只因我们无法直接验证这一点，所以才远取《文镜秘府论》来立说的。

第四，关于和歌集四季分类规范的形成，还应该考虑中国类书分类规范的影响。隋唐的一些类书中，都有“岁时部”，就是以季节分类的。如隋代《北堂书钞》的第十八部就是“岁时部”。入唐以后，“岁时部”的地位更有所提高，如在《艺文类聚》、《初学记》中，一

① 兴膳宏《〈文心雕龙〉在〈文镜秘府论〉中的反映》，李庆、邵毅平译，载《中华文史论丛》1985 年第 2 期。

跃而为仅次于“天部”的第二部，反映了唐代季节意识的增强。另一类书《类林》中，从六至九，是春、夏、秋、冬四部。在《白氏六帖》中，四时部也在卷一中。此后的类书中，“岁时部”（或称“时序部”）都位于类书之首。像《艺文类聚》、《初学记》、《类林》、《兔园策》、《白氏六帖》这些类书，都很早就传到了日本，前四种都著录于《日本国见在书目录》，因此，说中国类书中的四季分类意识影响了平安时期的歌人，也许不为无据。小岛宪之等人即认为，像《万叶集》卷十那种先依四季分类，每个季节内部再依所咏之物细分的分类方法，其间接的成因，即是“对于唐代的一大类书《艺文类聚》等的模仿”①。既然《万叶集》的分类规范已曾模仿隋唐类书，那平安时期的和歌集就更不用提了。此外，下文将要叙述的《古今和歌六帖》、《和汉朗咏集》等书的分类规范，都仿照中国类书，而其中的开头部分，就是四季分类。

由上观之，四季分类规范固然是日本民族的季节意识发展的结果，但在他们的季节意识由模糊至清晰、四季分类规范由附庸到大国的发展进程中，明显地存在着中国影响。在这中间，“日本式”仅仅表现为：在和歌集中，季节意识及四季分类规范成为压倒一切的东西，而不像在中国文学中那样，仅仅是众多文学意识及分类规范中一种不太引人注意的东西。也就是说，日本民族的季节意识比起中华民族来似更为强大。

三

平安时期的文学总集中还有一类作品，既如上述两类作品一

① 小岛宪之、木下正俊、佐竹昭广《日本古典文学全集》本《万叶集》第三册《解说》，东京，小学馆，1973年，第14页。

样具有文学总集的性质，又兼有文学辞典的性质。在这类作品中，既有专集唐诗佳句的《千载佳句》，也有专集和歌佳作的《古今和歌六帖》，也有混集和歌佳句、中日汉诗文佳句的《和汉朗咏集》。尽管它们的内容遍及中日汉诗文佳句、和歌佳句佳作等各个方面，颇不一致，但它们在作为文学范本供人借鉴和模仿这一点上倒是一致的。所以，它们的分类规范就既不取《文选》式的，也不取季节式的，而是自然而然地倾向于分得极细的中国类书式。

大江维时编撰的《千载佳句》(925—929)二卷，是一部兼有文学辞典与佳句选集双重性质的作品，收有白居易等一百四十九个唐代诗人(包括若干新罗诗人)的一千零八十三联七言佳句，分成十五部二百五十八类。《古今和歌六帖》(976—987)六卷，收有和歌四千三百七十首，是平安时期收和歌数目最多的，可以说是一部名副其实的和歌总集。编者把这四千余首和歌根据题材分成六帖、十六部、五百十七类。藤原公任(966—1041)编撰的《和汉朗咏集》(约 1018)二卷，是一部中日汉诗文佳句、和歌佳句的综合性选集，收有和歌二百十六首、汉诗文佳句五百八十八句(其中中国汉诗文佳句二百三十四句，日本汉诗文佳句三百五十四句)，合计八百零四首(句)。它是根据题材而不是根据体裁来分类的，共分成一百二十五类，大部分分类项目都是《千载佳句》、《古今和歌六帖》中已经出现过的，所以和它们属于同一个系统。①

由此可以看出，这些总集的分类非常琐细，既非“三敕撰集”之类汉诗文集式的，也非《古今集》之类和歌集式的，而是一种不同的分类规范，其来源，就是中国类书。久曾神升说：“‘六帖’的名称，

① 川口久雄《和汉朗咏集解说》，载《日本古典文学大系》本《和汉朗咏集》，东京，岩波书店，1965 年，第 19—22 页。又，江户学者林鹅峰(1618—1680)《千载佳句跋》(1664)云：“想夫公任《朗咏》效此(《千载佳句》)部类……而加本朝诗句者乎?”

或许是分载六册的结果，但不能忘了《白氏六帖》的影响。恐怕正是因为根据《白氏六帖》，才有意识地把和歌分载于六册的。”①小泽正夫说：“《白氏六帖》又影响及于和歌，因而产生了像《古今和歌六帖》这样的书籍。”②都指出了《古今和歌六帖》与唐代白居易自编的类书《白氏六帖》的关系。川口久雄在谈到《和汉朗咏集》的分类规范时说：“尤其是上卷四季的各个项目‘立春、早春、春兴、春夜、子日（附若菜）、三日、暮春、三月尽、闰三月’等，根据月令及节句的意识展开，再配以‘莺、霞、雨、梅（附红梅）、柳、花（附落花）、踯躅、藤、款冬’之类各个季节的天象和草木。像这种微妙而广泛的分类意识，不仅超过了《古今集》等书的简单的分类意识，而且无疑有着中国类书的投影，更交织着绘画的要求。又下卷杂部的各个项目，初看之下似乎很纷杂，但实际上各各都条分区划，反映了中国类书的分类意识，志在绘解百科全书式的唐风知识。”③指出了《和汉朗咏集》与中国类书的关系。这些说法，都联系中国类书来谈这些文学总集兼文学辞典的分类规范，可以说是抓住了要害的。

中国类书很早就传入了日本。如六朝末类书《琱玉集》（约6世纪），是在奈良时期传入日本的。日本尾张真福寺藏有此书旧钞卷子本残卷十二、十四两卷，涩江全善、森立之《经籍访古志》卷五“《琱玉集》零本二卷”条云：“十四卷末记云：‘用纸一十六张，天平十九年岁在丁亥三月写。’文字遒劲，似唐初人笔迹。”可见这是一个奈良时期钞本。天平十九年是747年，四年以后，《怀风藻》编成，十二年以后，《万叶集》编成。但当时日本文学中的分类意识尚处于萌芽阶段，文集的编撰目的也与中国类书不同，故《琱玉集》的

① 久松潜一等编《（增补新版）日本文学史》（中古），第135页。

② 久松潜一等编《（增补新版）日本文学史》（中古），第52页。

③ 川口久雄《和汉朗咏集解说》，载《日本古典文学大系》本《和汉朗咏集》，第21页。

分类规范并没有发生什么影响。成书于平安前期的《日本国见在书目录》(891)杂家类中,著录了不少当时已传到日本的中国类书,其中有梁代类书《华林遍略》(516—523)六百二十卷,北齐类书《修文殿御览》(572)三百六十卷,隋代类书《编珠录》(611)三卷,唐代类书《艺文类聚》(624)一百卷,《初学记》(727)三十卷,总集家中,著录了《兔园策》(636—652)九卷。9世纪以前纂成的中国类书,在上述这些平安总集编撰之前,大部分已传入日本,所以能够对它们发生直接的影响。

中国类书传入日本以后,曾引起过一些文人和学者编撰日本类书的兴趣。淳和天皇时期(823—833),出现了滋野贞主(785—852)编撰的《秘府略》(831)一千卷(现仅存卷八六四"百谷部"中、卷八六八"布帛部"三等二卷),据《文德实录》卷四"仁寿二年(852)二月乙巳(八日)"条记载:"天长八年(831),敕与诸儒撰集古今文书,以类相从,凡有一千卷,名《秘府略》。"这是一部"从汉籍中收集事物出典"①的类书,其性质与中国类书显然是一样的。后来,892年,菅原道真(845—903)把"六国史"中的记事,按神祇、帝王、后宫、人、岁时、政理等类目,重新分类改编,纂成洋洋洒洒二百卷的《类聚国史》(另有目录二卷、帝王系图三卷;现存六十一卷、佚文一卷),其性质与中国类书中的专科类书(如后来宋代的《册府元龟》)相似。而且,这只不过是"当时编撰的许多类书中的一种"②。像《秘府略》、《类聚国史》这样的日本类书的出现,证明中国类书在当时的影响是很大的。

当然,中国类书的影响不仅表现在,并且不是主要表现在直接促使日本类书的产生这方面,而是表现在对日本平安时期文学总

① 久松潜一等编《(增补新版)日本文学史》(中古),第55页。
② 久松潜一等编《(增补新版)日本文学史》(中古),第58页。

集分类规范的影响上面。初看起来，这似乎有点奇怪，因为在中国，类书和总集是两个不同的概念，它们之间一般有着明显的区别。但仔细观察一下便可以发现，中国类书，尤其是隋唐类书的一个主要功能，就是供文人在作文吟诗时参考用的，这和上述这些总集的功能是一致的。中国类书的编撰目的，在各个时代不尽相同。魏晋南北朝时期的类书，以供研究学问为主。如类书之祖《皇览》(220—222)，就像它的书名所显示的那样，是一部供皇帝省览用的类书，《三国志・魏书・文帝纪》说："初，帝好文学，以著述为务……使诸儒撰集经传，随类相从，凡千余篇，号曰《皇览》。"南朝梁武帝萧衍时所撰的《寿光书苑》(502—508 后)，是抄撮经、史、子、集四部材料而成的；《类苑》的编撰(约 511)，据《梁书・安成康王秀传》说，是因为萧秀"精意术学，搜集经记"；《华林遍略》的体例，也是重事不重文，"直书其事"(欧阳询《艺文类聚序》)，与《修文殿御览》相同。由此可见，魏晋南北朝的类书，都与学问有关，与文学的关系并不密切。到了隋唐，今体诗大兴，讲究用典和对仗，迫切需要这方面的工具书，于是类书的内容转而趋向于为诗文创作服务，以提供典故、词藻、范文为目的的类书应运而生。隋大业年间杜公瞻编撰的《编珠》，是这种新概念类书中的第一部，其自序称："皇帝在江都日，好为杂咏及新体诗，偶缘属思，顾谓侍读学士曰：'今经籍浩汗，子史恢博，朕每繁阅览，欲其故实简者，易为比风。'爰命微臣编录。"可见此书是为作新体诗(即近体诗)提供典故而编撰的。《北堂书钞》(605—617)的体制也是这样，刘悚《隋唐嘉话》中云："虞公之为秘书，于省后堂集群书中事可为文用者，号为《北堂书钞》。"说明《北堂书钞》是供作文之用的。《艺文类聚》的编撰目的，也是为了"俾夫览者易为功，作者资其用"(欧阳询《艺文类聚序》)，给文人提供方便；而且由于它也收文，便也因此兼有了文学总集的功能。关于《初学记》，据刘肃《大唐新语》卷九说："玄宗谓张说曰：‘儿子等欲学缀文，须检事及看文体……卿与诸学士撰集要事并要文，以类相从，务取省便，令儿子等易见成就也。’说与徐坚、韦述等编此进上，诏以《初学记》为名。”也兼有文学总集的功能。此外，像《兔园策》，“皆偶丽之语”（晁公武《郡斋读书志》），《白氏六帖》，“杂采成语故实，备词藻之用”（《四库全书总目》），都是供写诗作文之用的。由此可见，隋唐类书主要是为诗文写作服务的。对这一点，平安时期的日本诗人也有相当的认识。《经国集》中所收的嵯峨天皇的《重阳节菊花赋》，“利用了类书《艺文类聚》菊部的很多佳句，作为表现的源泉”①，可见他们是很重视利用中国类书的这种功能的。而平安时期的上述文学总集，也同样具有这种功能。小泽正夫谈到《千载佳句》、《和汉朗咏集》的产生原因时说：“要问当时为什么需要这类书籍，这一方面是因为在醍醐、朱雀天皇时期，平安贵族间产生了所谓‘朗咏’，即吟咏汉诗诗句的风习；另一方面，是由于创作诗歌时需要参考古人的名句，为此要求有一种辞典性的书籍。前一种要求后来产生了《和汉朗咏集》及《新撰朗咏集》，后一种要求使这时从中国传来的《白氏六帖》大为流行。”②所谓“创作诗歌时需要参考古人的名句，为此要求有一种辞典性的书籍”，和隋唐类书产生的原因基本上是一致的。它们同时兼有文学辞典的功能，也就是同时兼有类书的功能，在供人们借鉴、参考、模仿、取材诸方面，和中国类书，至少和唐代类书是一致的，这是中国类书的分类规范能够影响平安时期这部分文学总集的基本前提。此外，《和汉朗咏集》看起来是另一种性质（即为“朗咏”服务）的东西，但其实与《千载佳句》等仍属同一个系统，正如川口久雄所说的，“朗咏集的大部分类目，都是《千载佳句》、《古今和

---

① 吉田精一编《日本文学鉴赏辞典》（古典编）“《经国集》”条，第 201 页。
② 久松潜一等编《（增补新版）日本文学史》（中古），第 52 页。

歌六帖》等书中已经出现过的”,“反映了中国类书的分类意识”①。可以说,《千载佳句》、《古今和歌六帖》分别是唐诗佳句、和歌佳作的辞典,《和汉朗咏集》则是中日汉诗文佳句、和歌佳句的综合性辞典。这三部书合在一起,满足了平安社会对文学辞典的需要,它们在日本平安朝的作用,类似于隋唐类书在中国隋唐时所起的部分作用。

当然,我们在指出这些文学总集的分类规范受中国类书影响的同时,也不能忽视它们所具有的民族特色。这一点,倘仔细比较一下二者异同的话就能看出来。比如,《和汉朗咏集》二卷,上卷四季,下卷杂部,类似和歌集。② 又如,在中国类书中,春、夏、秋、冬四部下面不再细分,但在上述日本文学总集中,春、夏、秋、冬四部下面却又分得很细。如《和汉朗咏集》的春部又分为立春、早春、春兴、春夜、暮春、三月尽、闰三月各项;夏部又分为更衣、首夏、夏夜、纳凉、晚夏各项;秋部又分为立秋、早秋、秋兴、秋晚、秋夜、九月尽各项;冬部又分为初冬、冬夜各项;同时,又把在中国类书中隶属于天部的霞、雨、露、雾、霜、雪、冰、霰,隶属于果、木、花、草部的梅、柳、花、藤、踯躅、款冬、花橘、莲、女郎花、菊、萩、兰、槿,隶属于鸟兽部的莺、郭公、萤、蝉、雁、虫、鹿等项目,都分别归入春、夏、秋、冬四部,而且其中又有一些项目,是中国类书中所没有的,如落花、落叶、红叶、前栽等,这充分反映了日本民族对于四季的特殊敏感性和感受力。此外,在平安文学总集中处于极重要地位的“恋部”,在中国类书中也是无法看到的。这与平安文人,甚至整个日本民族,偏重于季节感受与内心感受的特点是分不开的。此外,《和汉朗咏

① 川口久雄《和汉朗咏集解说》,载《日本古典文学大系》本《和汉朗咏集》,第21页。

② 川口久雄《和汉朗咏集解说》,载《日本古典文学大系》本《和汉朗咏集》,第19页。

集》比起在它之前的《千载佳句》、《古今和歌六帖》来，民族的时代的特色更为浓厚。川口久雄认为，其中的帝王、法皇、亲王、王孙、执政等为《千载佳句》、《古今和歌六帖》所无的项目，“的确反映了宽弘期的政治社会与藤原文化的和样化倾向”，“是摄关制社会的反映”①。所以，当我们指出这些文学总集的分类规范深受中国类书影响的时候，我们只能就其总的倾向而言，不能一概而论。

四

以上，我们讨论了平安时期三个系统若干文学总集的分类规范所受到的中国影响，并附带提到了它们的民族特色。分类意识是文学意识的一个侧面，一个缩影。当一个民族某一时期的文学意识深受外来影响时，他们的分类意识也必然会深受外来影响。分类意识的外来影响，如同文学意识其他方面的外来影响一样，在开始时，能够扩大接受民族的审美眼界，促进该民族文学事业的发展。比如，从奈良朝以前稀稀落落的分类项目到平安朝五花八门的分类项目的变化中，不正可以看出平安文学相对于奈良文学的长足进步吗？当然，外来分类意识和规范归根结底必须转化为接受民族自己的东西，否则，它到后来反而会阻碍接受民族文学意识的发展。此外，我们认为，通过对不同民族分类意识的影响研究，不仅能更深入地认识接受民族的分类意识的特质，而且能更深入地认识施予民族的分类意识的特质，但这已不属于本文的讨论范围了。

---

① 川口久雄《和汉朗咏集解说》，载《日本古典文学大系》本《和汉朗咏集》，第22页。

论白居易诗歌对日本平安时期文学的影响

一

白居易(772—846)的诗歌,在他还活着的时候,就已经流传到了日本。白居易自己也知道这一点,他在逝世前一年(845)所作的《白氏长庆集后序》中,历数自己文集的五个副本后说:"其日本、新罗诸国及两京人家传写者,不在此记。"(《白居易集》外集卷下)白诗传入日本的具体情况,今天已不甚清楚,但尚有一些材料可供我们参考。

据《文德实录》卷三"仁寿元年(851)九月乙未(二十六日)"条所附藤原岳守(808—851)小传记载,仁明天皇承和五年(唐开成三年,838),大宰少贰藤原岳守在检查中国来的船舶时,获得了"元、白诗笔",献于朝廷,受到仁明天皇的奖赏:"因捡校大唐人货物,适得元、白诗笔,奏上,帝甚耽悦,授从五位上。"——《续日本后记》卷八"仁明天皇承和六年(839)春正月庚申(七日)"条所载诏授藤原岳守从五位上,盖即指此事。"元、白诗笔"具体指什么集子,可惜没有说明,我们无从了解。当然,此事虽发生于白居易生前,但我们不能就此认定,这是白诗传入日本的最早年份。

在圆仁(794—864)的《慈觉大师在唐送进录》(839)中,可以看到《杭越寄和诗并序》一帖、《任氏怨歌行》一帖、《揽乐天书》一帖等,这些文献的传入日本,是在承和六年(839),圆仁托最后一次遣唐使带回的。这比藤原岳守献“元、白诗笔”仅晚了一年，也同样是在白居易生前。此外，在圆仁的《入唐新求圣教目录》(847)中，可以看到《白家诗集》六卷等，这又与下述惠萼带回《白氏文集》约略同时。①

日本天理图书馆善本丛书汉籍之部收有宽喜三年(1231)白集卷第三十三旧钞卷子本一种，其末有附记云：“会昌四年(844)五月二日夜，奉为日本国僧惠萼上人写此本。且缘匆匆夜间睡梦，用笔都不堪任，且充草本了。”花房英树的《解说》说明此事经过道：“(白集)传入我国，是从白居易生前编定的诸本开始的，其中主要是留学僧惠萼带回来的本子。在武宗加紧抑佛政策的会昌四年(844)，惠萼也受到了遣送回国的处分。他作为裹头僧在苏州南禅院等待渡海船。这时，他得到寺僧的帮助，抄写了贮藏在经藏中的白居易手定文集。不久，在大中元年(847)归国时带了回来。”②惠萼这次带回日本的《白氏文集》钞本所据的原本，盖是白居易于开成四年(839)编成后藏于苏州南禅院千佛堂内的第五次结集本，凡七帙六十七卷、三千四百八十七首(参《白居易集》卷七十《苏州南禅院白氏文集记》)。不过，这并不是第一次传入日本的完整白集，因为它被带到日本，已经是白氏逝世以后的事了，显然不符合白居易生前自己了解到的情况。

综合有关材料来看，白集的七次结集本中，第一、五、六次结集本曾传入日本。如藤原佐世编撰的《日本国见在书目录》(891)的别集家中，著录了《白氏长庆集》二十九卷，这是由元稹于长庆四年

---

① 参见太田晶二郎《白氏诗文の渡来について》，载《国文学：解释と鉴赏》第21卷第6号，1956年6月，第15—21页；收入《太田晶二郎著作集》第一册，东京，吉川弘文馆，1991年，第183—191页。

② 天理图书馆善本丛书汉籍之部《白氏文集》卷子本附花房英树《解说》，东京，八木书店，1980年，第29页。

(824)编撰的白居易作品的第一次结集本，原本五十卷，《日本国见在书目录》著录的虽不是全本，但可见白集的第一次结集本是传入日本的。[①] 同书目又著录了《白氏文集》七十卷，这应是会昌二年(842)的第六次结集本，其中正集五十卷，后集二十卷。[②] 此前的第五次结集本，也就是六十七卷本，则如上所述，847 年由惠萼带回日本。而第二、三、四、七次结集本，亦即五十余卷本、六十卷本、六十五卷本、七十五卷本，则未见传入日本之记载。[③] 这些是白诗的全集本。此外，《日本国见在书目录》总集家中，又著录《刘白唱

---

① 藤原实兼(1085—1112)记录大江匡房(1041—1111)晚年谈话的《江谈抄》(约 1104—1107)第四"闭阁唯闻朝暮鼓，登楼遥望往来船"(《行幸河阳馆》，弘仁御制)条云："故贤相传云：《白氏文集》一本诗，渡来在御所，尤被秘藏，人敢无见。此句在彼集，睿览之后，即行幸此观，有此御制也。召小野篁(802—852)令见，即奏曰：'以"遥"为"空"，弥可美者。'天皇大惊，敕曰：'此句乐天句也，试汝也，本"空"字也。今汝诗情与乐天同也者。'文场故事，尤在此事。仍书之。"(山根对助、后藤昭雄校注《新日本古典文学大系》本《江谈抄》，东京，岩波书店，1997 年，第 107 页，第 508 页)木宫泰彦认为，嵯峨天皇秘藏的白集，是白集的第一次结集本，也就是《白氏长庆集》："早已传到日本，而为嵯峨上皇所欣赏的《白氏文集》，是其前著《长庆集》五十卷。"(《日中文化交流史》，胡锡年译，北京，商务印书馆，1980 年，第 197 页)毅平按：白集第一次结集本的编定(824)，已在嵯峨天皇(809—823 在位)退位以后，所以木宫泰彦说的是"嵯峨上皇"，而不是"嵯峨天皇"。又，白集第五次结集本的传入日本(847)，已在嵯峨天皇(786—842)身后，第六次结集本传入日本当更晚，而第二、三、四、七次结集本，则未见流传日本之记载(参见本页注③)，故嵯峨天皇秘藏的白集，只能是其第一次结集本，木宫泰彦所说甚为合理。倘《江谈抄》此传说靠谱，则白集的第一次结集本，至迟在 842 年前已传入日本。(不知是否即在 838 年藤原岳守获得并献上的"元、白诗笔"中?)

② 都良香(834—879)的《白乐天赞》称："集七十卷，尽是黄金。"(《都氏文集》卷三)表明至迟在 879 年前，白集的第六次结集本已传入日本。

③ 参见孙猛《日本国见在书目录详考》，上海，上海古籍出版社，2015 年，第 1990 页。

和集》二卷、《杭越寄和诗》二卷[①]。在《菅家后集》(903)中,菅原道真又提到他有《白氏洛中集》十卷[②],其《咏乐天北窗三友诗》云:"白氏洛中集十卷,中有北窗三友诗。"这些是白诗的单行本。由此可见,白集的各种本子(主要是写本),至迟在9世纪下半叶以前,大都已经传入了日本。白居易知道自己的文集已传入日本,却未必清楚传入得竟如此之多吧?

白诗传入日本的时候,是平安朝(784—1192)的前期,正是日本全盘接受汉文化之际。岛田翰介绍白诗传入日本的背景说:"我邦之有《白氏文集》,盖自乐天在日……当是之时,世际嵯峨、淳和之盛,遣唐之使,留学之生,靡靡不绝,举世沉涸于唐俗。其记籍则记以骈体与古文,不复用邦语雅言。唐习之化,流俗不鲜,而文学之所被为殊甚。"(《古文旧书考》卷第三《旧刊本考》"《白氏文集》七十一卷"条)白诗在这种情况下传入日本以后,马上受到了平安文人的热烈欢迎,其影响遂遍及平安文学的各个领域。那波道圆描述当时白诗影响之盛况道:"大凡秉笔之士,皆以此为口实。至若倭歌、俗谣、小史、杂记,暨妇人小子之书,无往而不沾溉斯集中之残膏剩馥,专其美于国朝,何其盛哉!"(《四部丛刊》影印日本活字覆宋本《白氏文集》附《和刻白氏文集后序》)这种情况,即使在汉文学衰落、和文学兴盛的平安中期以后,也没有改变,白诗的影响笼盖了整个平安时期。正如伊藤正雄、足立卷一等人所说的:"(平安)中期以后,(汉)诗文渐渐衰落,但是唐代诗人白乐天的诗集《白氏文集》,却由于它的通俗易懂,容易为日本人理解,因而受到了广泛的吟诵,给予包括《源氏物语》在内的几乎所有的古典文学作品

① 原作"二十二卷",此据孙猛《日本国见在书目录详考》,第2083页。毅平按:应即839年圆仁托最后一次遣唐使带回日本者。

② 白居易《洛中集》完成于开成五年(840),原名《洛下游赏宴集》。

以不小的影响。”①下面，我们就来考察一下白诗影响的各个侧面。

二

白居易诗歌首先直接影响了平安时期的汉诗。

日本奈良时期的汉诗主要受中国六朝及初唐诗歌的影响，以五言诗为主，辞藻华丽，风格绮靡。进入平安时期，唐代诗歌，尤其是盛中唐诗歌的影响开始日益增长。在平安初期编撰的“三敕撰集”中，五七言近体诗已经占据主要地位。白诗的传入，无疑迎合了当时汉诗发展的趋势，同时也促进了汉诗诗风的转变。西乡信纲说：“七言诗取代《怀风藻》的五言诗占据了统治地位，恰好在这时传来的白乐天的作品，其影响开始变得显著起来。”②日本文学史研究会编《日本文学史》也说：“以《白氏文集》的传来为契机，（日本汉诗）从绮丽淫靡的齐梁体转向清新活泼的元白体，形成了重视技巧的流丽的诗风，内容也多富情趣。”③也就是说，白诗传入日本以后，对日本汉诗的影响首先表现在两个方面：在体裁上，促进了从《怀风藻》的五言诗向“三敕撰集”以后的七言诗的转变；在风格上，促进了日本汉诗从绮丽淫靡的齐梁体向清新活泼的元白体的转变，使日本汉诗形成了重视技巧、富于情趣的新诗风。也许可以这么说，平安前期的日本汉诗，是在白诗的相当影响下成长起来的。

在深受白诗影响的平安汉文学家中，菅原道真（845—903）是

---

① 伊藤正雄、足立卷一《要说日本文学史》，东京，社会思想社，1977年，第43页。

② 西乡信纲《日本文学史：日本文学の传统と创造》，东京，厚文社，1953年，第53页。

③ 日本文学史研究会编《（增补新版）日本文学史》，东京，酒井书店，1974年，第39页。

一个典型代表。菅原氏是平安时期的文章博士世家，正如菅原道真在《博士难》一诗中所说的："吾家非左将，儒学代归耕。"(《菅家文草》卷二)文章博士是平安时期汉文化的主要保存者和传播者，当时传入日本的《白氏文集》，基本上也掌握在他们手中。如惠萼带回日本的《白氏文集》，后来就入了菅原家。[①] 菅原道真出身于这样一个书香家庭，又有着非一般文人所能企及的直接接触白集的机会，他的诗歌成为学习白诗的典范，也就是理所当然的了。林罗山《菅丞相传》说："元庆六年(882)，渤海国使者来，诸儒往鸿胪馆见之。使者一日见右大臣(菅原道真)所作诗稿，称曰：'风制似白乐天。'大臣闻而悦之。"(《林罗山文集》卷三七)那波道圆《和刻白氏文集后序》也说："菅右相者，国朝诗文之冠冕也。渤海客睹其诗，谓似乐天，自书为荣。"(《四部丛刊》影印日本活字覆宋本《白氏文集》附)"渤海国使者"和"渤海客"云云，都是指渤海国使臣裴颋，882 年至 883 年、894 年至 895 年他两度出使日本时，菅原道真都曾为馆伴。《菅家文草》卷二中，第 104 至第 112 共九首诗，卷五中，第 419 至第 425 共七首诗，皆为菅原道真与裴颋唱酬之诗。"闻而悦之"、"自书为荣"云云，反映了他以学白诗学得像为荣的态度。仁和二年(886)，他被贬为讚州守，赴任时所带的四部书籍中，有一部就是白诗(其他三部是《百一方》、《老子》、《汉书》)。他的《客舍书籍》诗咏道："讴吟白氏新篇籍。"(《菅家文草》卷四)正是他客途生涯的写照。他在讚州，常常把白诗抄出诵读。在《咏乐天北窗三友诗》中他写道："身多忌讳无新意，口有文章摘古诗。古诗何处闲抄出，官舍三间白茅茨。"(《菅家后集》)所抄古诗，即是《白氏洛中集》中的诗句。白居易对待谪居生活的旷达态度，激励他忍受

---

① 天理图书馆善本丛书汉籍之部《白氏文集》卷子本附花房英树《解说》，第 30 页。

不幸的遭遇，挨过痛苦的日子。而且，他来到讚州以后，初次接触到了下层人民的生活，体验了他们的痛苦，使他开始对《白氏文集》中白居易最重视的讽喻精神有所领悟，于是，他仿照《新乐府》和《秦中吟》写出了《寒早十首》，仿照《新丰折臂翁》写出了《路遇白头翁》等（《菅家文草》卷三），都是反映民生疾苦的名篇。在《寒早十首》中，他写了“走还人”（逃亡农民）、“浪来人”（流浪者）、“老鳏人”（孤老头）、“夙孤人”（孤儿）、“药圃人”（种药草者）、“驿亭人”（驿吏）、“赁船人”（船夫）、“钓鱼人”（渔夫）、“卖盐人”、“采樵人”（樵夫）等各种社会底层人物，写出了他们的不幸，对他们满怀同情。对地方上民生疾苦的认识，对白诗中讽喻精神的领会，使他后期的诗风为之一变，题材更为丰富，感情更为深沉，其诗歌的价值也因此而更高了。瀬川ヒサヱ认为，菅原道真讚州时代的社会诗，模仿了他所爱读的白乐天的讽喻诗，如果放在中国，可以归入白乐天的讽喻诗系统。[①] 此外，他后期的其他诗也深得白诗神髓。川口久雄认为：“尤其是《菅家后集》中的代表性杰作《咏乐天北窗三友诗》、《不出门》、《叙意一百韵》，从形式到内容，都带有《白氏文集》的浓重投影。”[②]也许正因为他的诗学白居易学得像，不仅形似，而且神似，所以如同白诗一样，还在他生前，便已受到市井的广泛欢迎，到处被人传诵，“凡厥文章，多在人口”（《菅家传》）。以致昌泰三年（900）八月，当菅原道真向年仅十六岁的醍醐天皇献上自己的《菅家文草》时，平时爱读《白氏文集》的醍醐天皇读了也大为倾倒，觉得还要胜白诗一筹，反把《白氏文集》锁进书箱，束之高阁了，其

① 瀬川ヒサヱ《菅原道真の讚岐守时代》，收入早稻田大学平安朝文学研究会编《冈一男博士颂寿记念论集——平安朝文学研究・作家と作品》，东京，有精堂，1971 年，第 635—648 页。

② 川口久雄《菅家文草・菅家后集解说》，载《日本古典文学大系》本《菅家文草・菅家后集》，东京，岩波书店，1966 年，第 41—42 页。

《见右丞相献家集》诗云:“更有菅家胜白样,从兹抛却匣尘深。”自注云:“平生所爱,《白氏文集》七十卷是也。今以菅家,不亦开帙。”(见《菅家后集》卷首)直到今天,当人们谈到受白居易影响的平安汉文学家时,还总要首先想起菅原道真。

平安朝汉文学的代表,除了菅原氏以外,就要数大江氏了。大江氏也是文章博士世家。当时从中国传入日本的七十卷本《白氏文集》(盖即会昌二年的第六次结集本,亦即都良香所谓“集七十卷,尽是黄金”者,亦即《日本国见在书目录》所著录者),即为大江家所得。① 大江匡衡(952—1012)的《李部大卿述沉滞怀忝赐御章问声相应敢押本韵》诗注,谈到了大江氏世代为《白氏文集》侍读的情况:“近日蒙纶命,点《文集》七十卷。夫江家之为江家,白乐天之恩也。故何者?延喜(901—922)圣代,千古、维时父子共为《文集》之侍读;天历(947—956)圣代,维时、齐光父子共为《文集》之侍读;天禄(970—972)御宇,齐光、定基父子共为《文集》之侍读;爰当今盛兴延喜、天历之故事,匡衡独为文集之侍读。”(《江吏部集》卷中“人伦部”)这大概可以说明大江家一代又一代人深受白诗影响的部分原因吧?出身于大江氏的大江维时(888—963),为了给平安贵族写作汉诗提供参考,在 10 世纪上半叶,编选了一部兼有唐诗佳句选集与文学辞典双重性质的《千载佳句》(925—929),收有白居易等一百四十九个唐代诗人(包括若干新罗诗人)的一千零八十三联七言佳句,分成十五部二百五十八类。其中白诗所占比重最大,达五百三十五联,占到一半,可说是全书的中心。这些白诗,就是从他们家族收藏的七十卷本《白氏文集》中选录的。②《千载佳

---

① 天理图书馆善本丛书汉籍之部《白氏文集》卷子本附花房英树《解说》,第 30 页。

② 天理图书馆善本丛书汉籍之部《白氏文集》卷子本附花房英树《解说》,第 30 页。

句》在平安时期的影响非常之大，①白诗在相当程度上是靠它而扩大在日本的影响的。据金子彦二郎研究，《枕草子》和《源氏物语》都经常利用《千载佳句》；②据品川和子研究，《蜻蛉日记》的情况也同样如此。③ 此外，《和汉朗咏集》在白诗的选择上也深受《千载佳句》的影响，它所收的一百三十五句(联)白诗佳句(占其所收全部唐诗佳句一百九十五句的三分之二多)中，有九十八句(联)是和《千载佳句》相同的。④ 白诗通过《蜻蛉日记》、《枕草子》、《源氏物

---

① 山田孝雄《千载佳句题记》云："《本朝书籍目录》中虽可见《日本佳句》、《本朝佳句》、《拾遗佳句》、《续本朝佳句》，但无'千载佳句'之名。然而上述诸书盖效本书而编成者。此外还有《本朝秀句》、《续本朝秀句》、《新撰秀句》、《续新撰秀句》、《近代丽句》、《当世丽句》等，亦皆追步本书而出之。"(大江维时编纂、宋红校订《千载佳句》附录一，宋红译，上海，上海古籍出版社，2003 年，第 170—171 页)毅平按：山田孝雄所说，仅为《千载佳句》影响的一个侧面。

② 金子彦二郎《平安时代文学と白氏文集——句题和歌・千载佳句研究篇》(增补版)，镰仓，艺林舍，1977 年覆刻本，第 532—536 页。

③ 品川和子《蜻蛉日记と汉诗文の关系について》，载《学苑》1963 年 11 月号。

④ 川口久雄《和汉朗咏集解说》，载《日本古典文学大系》本《和汉朗咏集》，东京，岩波书店，1965 年，第 26 页。(毅平按：《和汉朗咏集》所收白诗佳句，川口久雄前文说是一百三十五句，这里说是一百三十三句，我们姑取前者。)又，不仅是白诗，《和汉朗咏集》及后来的《新撰朗咏集》，其中所收唐诗七言佳句，也大都取自《千载佳句》。川口久雄《和汉朗咏集解说》又云："《和汉朗咏集》所收唐人诗句一百九十三句中，与《千载佳句》重复者达到一百三十九句。"(毅平按：《和汉朗咏集》所收唐诗佳句，川口久雄前文说是一百九十五句，这里说是一百九十三句；与《千载佳句》重复者，前文说是一百四十八句，这里说是一百三十九句。上下文中均不一致，我们姑取其中之一。)山田孝雄《千载佳句题记》又云："我认为本书与'和汉'、'新撰'二《朗咏集》关系极为密切。《和汉朗咏集》收唐人诗句二百三十余首，其中七言二句者一百九十首，见载于本书者实有一百五十余首。《新撰朗咏集》载唐人诗句一百三十余首，其中七言二句者一百零一首，见载于本书者约八十首。也就是说二书共有十分之八的内容取自本书。进而可以这样考虑：本书原是文人的帐中秘籍，在所谓朗咏(转下页)

语》和《和汉朗咏集》等作品，又进一步影响了平安文学的各种样式。尤其是《和汉朗咏集》，其中所收的白诗，在后来的千百年间，对日本文学产生了深远的影响，而追本溯源，不能否认《千载佳句》所起的媒介作用。这种媒介作用有两方面的意义：一方面，平安时期书籍传播大都靠手抄，完整的白集一般人极不易得到，《千载佳句》的出现，满足了平安社会一般人对白诗的需求，扩大了白诗的影响范围；另一方面，《千载佳句》像《句题和歌》一样，以句（联）为单位选录白诗，也迎合和促进了平安文人对白诗的“断章取义”式吸收方法，这种方法尤其有利于和歌、物语等日本民族文学样式对白诗的吸收。因此可以说，《千载佳句》不仅扩大了白诗的影响范围，也制约了白诗的影响方式。大江维时不愧为白诗功臣。

菅原道真、大江维时只不过是喜欢白诗的平安汉文学家的两个代表，此外，在岛田忠臣（828—892）、都良香（834—879）、纪长谷雄（851—912）和纪齐名（957—999）等人的诗中，也不难发现白诗的影子。岛田忠臣的《吟白舍人诗》说：“坐吟卧咏玩诗媒，除却白家馀不能。应是戊申年有子，付于文集海东来。”第三句下自注云：“唐太和戊申年（828），白舍人始有男子，甲子与余同。”（《田氏家集》卷中）意思是自己生年与白居易儿子相同，①认为自己就是白

（接上页）之风兴起之时，这些诗句被书写和朗咏，至公任编撰《朗咏集》时流传最为广泛。将本书与《和汉朗咏集》加以比较，可以清楚地看到《朗咏集》一方面以本书为基础，一方面以《古今集》这样的和歌集为基础，对两方面加以取舍综合，重组结构的痕迹。”（同上书，第 172—173 页）毅平按：两家统计数据不同，但意见大抵一致。江户学者林鹅峰（1618—1680）的《千载佳句跋》（1664）云：“想夫公任《朗咏》效此（《千载佳句》）部类……而加本朝诗句者乎？”已有先见。

① 然据白居易作于大和三年（829）的《予与微之老而无子发于言叹著在诗篇今年冬各有一子戏作二什一以相贺一以自嘲》、《阿崔》，作于大和五年（831）的《哭崔儿》、《初丧崔儿报微之晦叔》、《府斋感怀酬梦得》诸诗（《白居易集》卷二八），其子阿崔实生于己酉（829），而非戊申（828），（转下页）

居易的儿子，带着《白氏文集》一起来到了日本。这是对白居易极表倾倒之语。江户学者林鹅峰(1618—1680)认为其诗“述情写景，颇得居易体，读了觉有余味”(《本朝一人一首》卷三)。都良香的《白乐天赞》则称：“集七十卷，尽是黄金。”(《都氏文集》卷三)在平安贵族文坛上，纪长谷雄的《贫女吟》为特出之作。诗中的贫女其实并非真贫女，而是遇人不淑的富家女，诗中所反映的也不是社会问题，而是贵族阶层中的婚姻问题，但是无论是七言歌行的形式，还是想要反映问题的姿态，都可以看出白居易诗歌的影响，尤其是《琵琶行》影响的痕迹。菅原道真甚重其诗，称之为“元白再世”。纪齐名的诗中，有不少也是在白诗的感发下写成的。我们通过《本朝文粹》、《本朝无题诗》、九条家本《王朝无名汉诗集》等平安汉诗文集也可以看到，平安时期的汉文学家们是如何地喜欢白诗。他们在各种诗会、酒会上，都要朗诵白居易的诗篇；他们写的诗歌，也充满了取自白诗的意象。这些都说明白诗对平安时期日本汉诗的影响是很大的。

三

白居易诗歌不仅影响了平安时期的汉诗，也影响了平安时期的和歌。

平安前期，由于整个社会都醉心于中国文化，所以和歌处于相对消沉的时期。正如《古今和歌集》汉文序所说的：“自大津皇子之初作诗赋，词人才子，慕风继尘，移彼汉家之字，化我日域之俗，民业一改，和歌渐衰。”但是，和歌的发展从来就没有停止过，经过“六

(接上页)三岁夭折，则岛田忠臣所言不确。不知其为无意算错，抑是有意靠拢？又，菅原道真是岛田忠臣的快婿，不知其是否也会据此推断，自己原是白居易的孙女婿？

歌仙”的惨淡经营，到醍醐天皇时，终于迎来了和歌的中兴。《古今集》的出现(905)，标志着和歌重又占据了正统地位。不过，这并不意味着中国文学影响的消失。和歌由消沉走向中兴的近百年间，正是白诗全面影响平安文学的时候，所以，这一时期的和歌也就不可避免地会受到白诗的影响。

谈到白诗对和歌的影响，首先引起我们注意的是大江千里的《句题和歌》(894)。所谓“句题和歌”，就是根据汉诗诗句制作的和歌。宽平六年(894)，宇多天皇命大江千里“古今和歌，多少献上”，大江千里便“才搜古句，构成新歌”(《句题和歌序》)，以元稹、白居易的诗句作题，进行歌咏，把题分成春、夏、秋、冬、风月、游览、离别、述怀等八类，共成和歌一百十五首，加上十首咏怀歌，总计一百二十五首，题为《句题和歌》，献给宇多天皇。其中白居易的诗句占了大半(七十四句)，这是白居易诗歌影响日本和歌的一个显著例子。《句题和歌》尝试将中国诗歌，尤其是白居易诗歌，翻译成和歌，把它们吸收到和歌中来，这种做法的意义是很大的。首先，如果在“翻译”白诗的过程中，采取更为灵活自由的方式，将白诗诗意与歌人自己的感受融合为一，并取消句题，那就成了道地的和歌，既有白诗的影响，又有浓厚的民族特色。“六歌仙”时代和《古今集》时代的许多歌人正是这样做的，后来的平安歌人也经常把白诗诗意融化在自己的和歌中。其次，《句题和歌》出现以后，引起了后代文人仿效的热情，如后来又出现了大江匡房(1041—1111)的《句题和歌》、慈圆(1155—1225)的《拾玉集·文集百首》(一名《咏百首和歌》，1218)、藤原定家(1162—1241)的《拾遗愚草员外·文集百首》(正集为《拾遗愚草》，外集为《拾遗愚草员外》)、土御门院(1195—1231)的《御集·咏五十首和歌》(1223)，等等，成为日本文学中一个新的种类。这些后出的“句题和歌”，和大江千里的《句题和歌》一样，也多以白诗为句题。白诗通过这条线影响了日本和歌，并对其他文学样式产生了辐射。最后，《句题和歌》以白诗诗句为单位来翻译吸收，这是日本文学“断章取义”式吸收白诗的先驱，为日本文学开辟了一条更适合民族特质的吸收白诗的途径。后来，无论是大江维时的《千载佳句》，还是藤原公任的《和汉朗咏集》，是清少纳言的《枕草子》，还是紫式部的《源氏物语》，都主要是以句为单位吸收白诗的，这不能不说是受了《句题和歌》的启发。而且，《句题和歌》所选作句题的白诗诗句，如“莺声诱引来花下”、“惆怅春归留不得”、“风吹古木晴天雨”、“月照平沙夏夜霜”、“风翻白浪花千片”、“绿丝条弱不胜莺”、“不明不暗胧胧月”、“非暖非寒慢慢风”等，后来大都成了脍炙人口的佳句。由此可见，在传播白诗方面，《句题和歌》所起的作用也是很大的。

也许有人会认为，因为大江千里出身于汉学世家，所以才能用和歌的形式来表达白诗诗意，其他和歌歌人则未必能这样。事实并非如此。在那些比较纯粹的歌人——如被誉为在“国风黑暗时代”保存和歌一线之脉的“六歌仙”——所作的和歌中，同样可以看到白诗的影响。如《古今集》杂歌上在原业平的“大かたは月をもめでじこれぞこのつもれば人の老となるもの”（大抵中天月，赏玩不可多，积多成岁月，人老空蹉跎）[①]、《小野小町集》的“ひとりねのわびしきままに起きるつつ月をあはれといみぞかねつる”（长夜人独寐，孤衾可耐寒？婵娟看不得，辗转更无眠），就都是根据白氏《赠内》诗的“莫对月明思往事，损君颜色减君年”之诗意而作的。《古今集》夏歌僧正遍昭《见莲叶露珠》的“なにかは露を玉とあざむく”（露珠作白玉，何故也欺人），是从白氏《放言五首》之一的“荷露虽团岂是珠”脱胎而来的。由此可见，还在“六歌仙”时

---

① 中译文据杨烈译《古今和歌集》，上海，复旦大学出版社，1983 年，下同。小野小町歌蒙施小炜兄移译。

代，白诗就已被和歌吸收了。到了9世纪末10世纪初宇多、醍醐天皇时，白诗对和歌的影响更是广泛。譬如，藤原伊势是《古今集》中有名的歌人，是宇多天皇时代第一女歌手，她的《伊势集》中，就有《诵亭子院长恨歌屏风》这样的作品。《源氏物语》的《桐壶》回记载，宇多天皇不仅令匠人制作了《长恨歌》屏风，而且还命画家绘制了《长恨歌》画册，并让藤原伊势及纪贯之题诗题歌。这些关于《长恨歌》屏风和画册的和歌，毋庸说反映了白诗影响和歌的一个侧面。再如，纪友则是《古今集》的编撰者之一，他的和歌也同样深受白诗影响。如《古今集》恋歌五的“水のあわのきえでうき身といひながら流れてなほもたのまるるかな”（水沫难消失，浮萍一样身，若随流水去，犹得见伊人）、“うきなだらけぬる泡ともなりななむ流れてとだにたのまれぬ身は”（生存无可恋，飘荡转蓬身，泡沫随流水，涂泥化路尘），都是根据白氏《想东游五十韵》的“幻世春来梦，浮生水上沤”之诗意而作的；春歌上《宽平御时后宫歌合の歌》的“花の香を風のたよりにたぐへてぞうぐひすさそふしるべにはやる”（好风时作伴，四处送花香，香送诱莺出，谷中莫再藏），是根据白氏《浔阳春》的“先遣和风报消息，续教啼鸟说来由”之诗意而作的。此外，如秋歌上佚名的《是贞亲王家歌合の歌》的“いつはとは時はわかねど秋の夜ぞもの思ふことのかぎりなりける”（何时最可思，虽则不能知，秋夜相思苦，方知最苦时），也是根据白氏《暮立》诗的“大抵四时心总苦，就中肠断是秋天”之诗意而作的。① 从这些例子可以看出，《古今集》时代的歌人，也同样从白诗中汲取养料。总之，在和歌由消沉到中兴的发展进程中，白诗的影响也是昭昭可见的。

---

① 以上例子多取自神田秀夫《白乐天の影响に关する比较文学的一考察》，载《国语と国文学》1948年10—11月号。

四

白居易诗歌不仅影响了平安时期的诗歌，也影响了平安时期的散文。

平安朝进入中期以后，随着假名的发展和女官的出现，女性在文学方面所起的作用越来越大。从10世纪末到11世纪初，女性作家几乎独步平安文坛，出现了藤原道纲母(《蜻蛉日记》)、清少纳言(《枕草子》)、紫式部(《源氏物语》)、和泉式部(《和泉式部日记》)、菅原孝标女(《更级日记》)等一大批女性作家，发展了各种体裁的散文文学，迎来了平安文学史上的黄金时代。所以，这一时期又被称为日本散文文学的大成期，日本独特的民族文化的形成期。在这些聪慧、优秀的女性凭借散文样式创造独特的民族文化的过程中，我们看到白居易诗歌的影响并没有消失；毋宁说，白诗对平安文学的影响，因为女性文人对白诗的吸收，而进一步渗入日本民族文化的深处去了。其意义，比起平安汉文学对白诗的吸收来，显然是更为深远的。

比起平安前期来，这时候白居易诗歌的流传更为普遍。女性文人和男性文人一样，也拥有许多接触白诗的机会。如紫式部家里是有《白氏文集》的，她父亲藤原为时在她还小的时候，便已教她读白诗。① 进入宫廷以后，她还为中宫彰子讲解《白氏文集》。又比如清少纳言，在《枕草子》中也提到了《文集》、《文选》等(第一七三段)②，《文集》即指《白氏文集》。此外，除了《白氏文集》本身的流行以外，白诗的选本在这时也甚为盛行。如我们上面提到的

---

① 神田秀夫《白乐天の影响に关する比较文学的一考察》。

② 清少纳言《枕草子》，周作人译，上海，上海人民出版社，2015年，第340页。

《句题和歌》、《千载佳句》，以及和《源氏物语》、《枕草子》几乎同时出现的《和汉朗咏集》等，都给予女性散文作家以接触白诗的良好条件，并影响了她们对白诗的欣赏趣味。正如我们上面提到的，藤原道纲母、紫式部和清少纳言都曾利用过《千载佳句》。上述两方面的因素加起来，使得白诗完全有可能影响平安时期的散文文学。

在平安女性散文作家中，首先应该提到的是藤原道纲的母亲。在平安文学史上，她是第一个用假名写作日记的女性。她的《蜻蛉日记》（约980），开了平安女性日记文学的先河，创造了一种植根于生活真实的、不同于当时一般以浪漫故事和情节为中心的虚构的物语作品的新的文学样式。[①] 在《蜻蛉日记》中，同样可以看到白居易诗歌的影响。据品川和子研究，《蜻蛉日记》中有不少"歌语"，是从白诗借来的；有一些句子，是将白诗作和文化的结果；在心象的类似性方面，也可以看出受白诗影响的痕迹；此外，她有一首长歌，其中有些句子，是根据白居易的《上阳白发人》及《长恨歌》中的诗句而作的"翻案歌"（即"句题和歌"）。[②] 尽管《蜻蛉日记》中的白诗基本上都是出自《千载佳句》的，而不是直接取自《白氏文集》的，但这仍然应该说是平安女性日记文学受白诗影响的典型例子。

其次应该提到的，是随笔文学的先驱清少纳言。清少纳言是一个聪慧而机智的女子，她的中国文学修养相当好。她在随笔《枕草子》中，记载了不少关于白诗的故事。其中最著名的一个故事是：有一个下雪天，许多女官在中宫定子的房里围着火炉闲聊，其中也有清少纳言。定子问清少纳言："少纳言呀，香炉峰的雪怎么

---

① 吉田精一编《日本文学鉴赏辞典》（古典编）"《蜻蛉日记》"条，东京，东京堂出版，1979年第20版，第128页。

② 品川和子《蜻蛉日记と汉诗文の关系について》。

样呵？”定子这个问题问得巧妙，她是暗用白居易《香炉峰下新卜山居草堂初成偶题东壁五首》诗中“香炉峰雪拨帘看”的诗意的，意思是问清少纳言外面的雪景如何。清少纳言也毫不含糊，马上站起来，架上格子，高高地卷起了帘子。定子一看清少纳言领会了自己的意思，不禁愉快地笑了起来（第二六一段“香炉峰的雪”）。① 两人的一问一答，好像就白居易的这句诗打了个精彩的哑谜。这个故事后来成了流传千古的佳话，以至江户时期编纂的《大日本史》，还以此为清少纳言传的主要事迹。② 再如，定子来信问她：“花心开未？”她马上回答：“秋天虽然未到，现在却想一夜九回地进去呢。”（第二四一段其三“花心开未”）③两人的一问一答，用的是白居易《长相思》诗的典，原诗云：“九月西风兴，月冷霜华凝。思君秋夜长，一夜魂九升。二月东风来，草拆花心开。思君春日迟，一日肠九回。”本意是写恋人四季相思之苦的，定子用此诗的“花心开未”发问，意思是问清少纳言是否想念自己，清少纳言就暗用此诗的“一夜魂九升”作答，意思是自己非常想念定子。在熟悉和引用白诗方面，两人是如此地配合默契，难怪定子少不了清少纳言。在《枕草子》中，诸如此类以白诗为话柄的片断是很多的。尽管像有的日本学者所批评的那样，清少纳言对白诗的理解有时不够确切，或比拟失伦，或引喻失当，④但她能够随意引用白诗，毕竟还是难能可贵的。这一方面反映了平安后宫女性对白诗的熟悉，一方面显示了白诗对平安随笔文学的影响。

最后，也是最应该提到的，是《源氏物语》的作者紫式部。《源氏物语》是日本文学史上的一部名著，其中同样可以发现白诗的影

① 清少纳言《枕草子》，周作人译，第 445 页，第 463—464 页。
② 《大日本史》卷二二四《列女・清少纳言传》。
③ 清少纳言《枕草子》，周作人译，第 407 页，第 421 页。
④ 神田秀夫《白乐天の影响に关する比较文学的一考察》。

响。《须磨》回写源氏流放须磨，“又带些必要的汉文书籍，装白居易文集等的书箱和一张琴，也都带去。其余铺张的用具和华美的服装，一概不带”，这个情节，可以看作爱好白诗的紫式部的夫子自道。《源氏物语》引到白诗的有好几十处，所引白诗，包括感伤、闲适、讽喻及杂律诗各类，遍布《白氏文集》各卷，说明她对整部《白氏文集》都是非常熟悉的。她引用白诗的意识也非常之强，可说是到了念念不忘的程度。并且，她对白诗的理解也非常准确，这一点，深受现代日本学者的欣赏。西乡信纲说：“《白氏文集》是平安贵族爱读的书，它的影响如何？已有学者写出了厚厚的博士论文；但能够领会白乐天神髓的差不多唯一的人，却似乎只有紫式部。这可说是非常富有教训意味的。”①神田秀夫说：“在平安朝，许多人不是盲目地崇拜《白氏文集》，就是始终只把它当作文学辞典来尊崇，很少有人采用志在探求白乐天本领的稳重读法。可以认为，紫式部是能用比较稳重的态度读白乐天作品的唯一的人。”②在这方面，她在平安文人中已经可以称得上是佼佼者了，但她还有更了不起的地方，那就是她不仅能够准确地理解、完整地吸收白诗，而且还能作再创造，让白诗为散文创作服务，并成为物语中有机的组成部分。她或用白诗勾勒人物形象，或按白诗构思故事情节，或以白诗暗示人物心理，手法千变万化，但无不贴切自然。白诗经过她的再创造和散文化以后，完全融合到日本文学中去了，成为日本文学遗产的一个组成部分，使白诗得以在日本文学中永续其生命力。我认为，这是《源氏物语》吸收白诗的最重要的意义之一（参见本书上编《论〈源氏物语〉对白居易诗歌的吸收》一文）。

除了上述藤原道纲母的《蜻蛉日记》、清少纳言的《枕草子》、紫

---

① 西乡信纲《日本古代文学史》（改稿版），东京，岩波书店，1963 年，第 181 页。

② 神田秀夫《白乐天の影响に关する比较文学的一考察》。

式部的《源氏物语》以外，平安时期的其他散文作品，如《伊势物语》、《竹取物语》、《狭衣物语》、《堤中纳言物语》、《荣花物语》、《大镜》、《和泉式部日记》等作品中，都能看到白诗的影响，因为篇幅关系，在此就不一一举例了。

五

综观白居易诗歌对日本平安时期文学的影响，可以看出以下几点。

白居易诗歌对平安时期文学的影响是广泛而深刻的，它不仅影响了汉文学，也影响了和文学；不仅影响了韵文，也影响了散文；不仅影响了“男性文学”，也影响了“女性文学”。而且，白诗影响最盛的时期，正是日本民族文学的黄金时期——平安中期，因此，那种认为平安中期以后的日本民族文学是在排斥中国文学的影响中发展起来的观点，至少就白诗影响平安文学的实际情况而言，是不全面的。在日本民族文学的形成过程中，一方面的确排斥了那种仅从皮毛上模仿中国文学的东西，但另一方面，也更为深入地学习了中国文学的精神和内蕴。这是一个将外来文化中的优秀部分与本民族的文化传统有机地融合在一起的过程。

白诗对平安文学的影响，一方面是通过《白氏文集》本身，另一方面是通过《千载佳句》之类佳句选集实现的。由此产生的现象是：一些汉学功底较好而又有条件直接接触《白氏文集》的文人，如岛田忠臣、菅原道真、纪齐名等，大都能直接从《白氏文集》中汲取养料，在风格、题材、表现手法、语言格律上模仿和学习白诗，写出了许多具有白诗风格的作品；另一些汉学功底一般而又无条件直接接触《白氏文集》的文人，则往往通过《千载佳句》之类佳句选集间接取法白诗，以句为单位在一个一个细部上模仿白诗，也就是所谓的“断章取义”式吸收。这两种现象，初看之下似乎后者不如前者，但仔细分析起来却未必尽然。从“断章取义”式吸收现象的盛行中，不难窥见日本民族喜爱局部充实、追求瞬间感受的审美趣味。而且，凭了这种貌似歪曲的方法，平安文人把白诗转化为日本民族能够吸收的东西。在扩大白诗的影响范围、制约白诗的影响方式方面，《句题和歌》、《千载佳句》、《和汉朗咏集》等选集起着极为重要的作用。平安文学所“断章取义”式吸收的白诗，大抵不出这几部选集的收录范围。而且，它们所起的作用还远远地波及后代文学。①

白诗对平安文学的影响，从内容上来看，以感伤诗与杂律诗为主，讽喻诗的影响，除个别情况外，微乎其微。这在一定程度上可以说明两国民族性、文学观及审美趣味的差异。日本民族精神方面的多愁善感与对自然景候的敏锐感受，是特别适于接受白居易的感伤诗和杂律诗的。铃木修次说：“日本人有这样的倾向，即不

---

① 例如，在1968年度诺贝尔文学奖的颁奖典礼上，川端康成在获奖演说《我在美丽的日本》中，就以一句白诗概括和表达了“日本的美”：“以研究波提切利而闻名于世、对古今东西美术博学多识的矢代幸雄博士，曾把‘日本美术的特色’之一，用‘雪月花时最怀友’的诗句简洁地表达出来。当自己看到雪的美，看到月的美，也就是四季时节的美而有所省悟时，当自己由于那种美而获得幸福时，就会热切地想念自己的知心朋友，但愿他们能够共同分享这份快乐。这就是说，由于美的感动，强烈地诱发出对人的怀念之情。这个‘朋友’，也可以把它看作广泛的‘人’。另外，以‘雪、月、花’几个字来表现四季时令变化的美，在日本这是包含着山川草木，宇宙万物，大自然的一切，以至人的感情的美，是有其传统的。日本的茶道也是以‘雪月花时最怀友’为它的基本精神的，茶会也就是‘欢会’，是在美好的时辰，邀集最要好的朋友的一个良好的聚会。”（唐月梅译）“雪月花时最怀友”（日文原文为“雪月花のとき、最も友を思う”）原作“雪月花时最忆君”，是白居易的诗句，出自《白居易集》卷二五《寄殷协律》，收入《千载佳句》卷上“人事”部“忆友”类，又收入《和汉朗咏集》卷下“交友”类，千百年来在日本脍炙人口，所以川端康成们会引到它。

太欣赏白居易视为自己最重要之作的‘讽喻诗’，而是欣赏白居易为消遣而作的‘闲适诗’和‘感伤诗’。”“《秦中吟》和《新乐府》似乎不合日本人的口味，可以说，日本人不太读这些诗。由此也可看出中国文学与日本文学在趣味及文学观上的差异。”①他的观点对平安文学是尤为适用的。除了菅原道真某个时期的作品以外，平安时期的其他文学作品，大都主要受白氏感伤诗与杂律诗的影响。即使有一些作品（如《源氏物语》、《和汉朗咏集》）中经常引用白氏讽喻诗，其意义也往往是离开本意的，兴趣点也往往是别有所在的。

但是，上述差异也不宜过分强调。事实上，白氏感伤诗与杂律诗在唐代中国的影响也是相当大的，尤其是《长恨歌》，更是脍炙人口；而在平安时期的日本，白氏讽喻诗也并不是毫无市场的，如菅原道真就曾受过白氏讽喻诗的影响。当然，菅原道真只是在四十二岁谪守讚州、接触到下层人民的痛苦生活以后才开始接受白氏讽喻诗的影响的，在此之前，他与一般伤春悲秋、吟风弄月的贵族诗人并无多大区别。由此可见，所谓文学观与欣赏趣味的差异，除了民族性因素外，至少还得考虑其他因素。我们以为，从菅原道真前后期诗风的变化，从菅原道真后期诗风与平安时期一般诗风的差异中，正可以看出平安文学的贵族特质；也正是平安文学的贵族特质与日本民族的欣赏趣味结合在一起，才造成了白居易的感伤诗与杂律诗风靡平安文坛，而讽喻诗的影响则被缩小到最低限度的局面。

白居易诗歌传入日本以后，风靡了整个平安文坛；而同时传入日本的其他唐代诗人的诗歌，则对平安文学没有发生什么大的影

① 铃木修次《中国文学と日本文学》，东京，东京书籍，1978 年，第 37 页，第 39 页。毅平按：白居易的“闲适诗”其实也是载道的，看铃木修次的意思，实际指的大概是“杂律诗”。

响，正如岛田翰所说的："先是杨、王、卢、骆之作，虽非不舶载，未至盛行。自白氏之集一流传，举世皆学之。自是以来，盛而不衰，流风遗习，至今不竭。故今所传集部之旧钞本，以《白氏文集》为多。"（《古文旧书考》卷第三《旧刊本考》"《白氏文集》七十一卷"条）对于造成这种现象的原因，日本学者有许多不同的说法。我觉得有两个因素是首先必须考虑的。一是从内容上来说，白诗的感伤性、浪漫性、情趣性以及对自然景候的敏锐观察与感受，肯定是深受平安文人欢迎的重要原因之一。二是从形式上来说，白诗的通俗易懂，也是使平安文人能够欣赏白诗的另一个重要因素。那波道圆引当时人对于白居易的评论后说："虽有朱紫阳之所谓'口津津地'之诮，小家数之'白俗元轻'之异议，好其为人之蕴藉，爱其集语意之平易真率矣。拙也虽有其奉佛之可疑，读其集则快活不可言也。"（《四部丛刊》影印日本活字覆宋本《白氏文集》附《和刻白氏文集后序》）江户学者室鸠巢说："我朝自昔以来，疏于唐土文辞，而读李杜诸家者寡也。即或读之，亦难通晓其旨意。偶以白居易诗既温和，亦颇合倭歌之风，平易易通，以是为唐诗之上品，故但好学《长庆集》。"（《骏台杂话》①卷五"倭歌に感兴の益あり"条）现代日本汉学家吉川幸次郎说："日本人自平安时期以来，对他的诗感到亲切，主要就是因为……平易这个原因。"②另一汉学家冈田正之也认为，"平易流畅"是白诗流行日本的三大原因之一。③ 这些说法都是极为正确的。在现代的西方，我们也可以看到类似的现象。英国汉学家阿瑟·威利对唐诗的兴趣，"主要限于那些译成英语后损

---

① 森铣三校订，东京，岩波书店，"岩波文库"本，1936 年。

② 吉川幸次郎《白居易について》，收入其《中国诗史》下卷，东京，筑摩书房，1967 年，第 95 页。

③ 冈田正之《日本汉文学史》，东京，共立社书店，1929 年，第 284 页；增订版，东京，吉川弘文馆，1954 年，第 177 页。

失最小的诗作，限于初唐诗人和诗风转为朴实的白居易”①。他的《白居易诗选》于 1917 年在《小评论》上发表，②白居易成了最早被介绍到西方的中国古代诗人之一。这说明，白诗的通俗易懂，的确是有利于扩大其在国外的影响的。

① A.C.格雷厄姆《中国诗的翻译》，张隆溪译，收入张隆溪选编《比较文学译文集》，北京，北京大学出版社，1982 年，第 224 页。

② 迈克尔·卡茨《艾米·洛威尔与东方》，韩邦凯译，收入张隆溪选编《比较文学译文集》，第 190 页。

论《源氏物语》对白居易诗歌的吸收

《源氏物语》是日本文学史上的一部名著，它经常引用白居易的诗歌，给每一个读过这部书的人都留下了深刻印象，显然它受到过白居易诗歌的巨大影响。然而，《源氏物语》吸收白诗的背景是什么？它的吸收反映了怎样的时代趣味？它是用什么方法吸收白诗的？它吸收白诗的目的是什么？它主要吸收了哪些方面的白诗？它的吸收白诗在中日文学关系史上有何意义？笔者感到这些都是饶有趣味的问题，因而想以本文来尝试作一些探讨。①

一、《源氏物语》吸收白诗的背景

《源氏物语》对白诗的吸收，并不是偶然的事情，其远的背景是平安时期日本文人对中国文化的学习热潮，其近的背景是平安中期以后崛起的女性文人对中国文化的爱好风气。这里简略地介绍一下后者。

按照一般日本文学史家的见解，平安时期的女性文人由于没有男性文人那样精通中国文化，所以才用假名作语言工具（男性则多用汉字），采用日记、随笔、物语等散文样式进行文学创作（男性

① 本文所引《源氏物语》中译文，均据丰子恺译《源氏物语》（全三册），北京，人民文学出版社，上册，1980年，中册，1982年，下册，1983年。

则多采用汉诗、和歌等诗歌样式)；也正因如此，女性文学才更擅长表达日本民族的感情与趣味。所以，平安时期的女性文学，往往也被看成"国文学"(和文学)的同义语。这种见解无疑有相当的道理，但是如果过分强调的话，那就会忽视事情的另一个侧面，即平安时期女性文人和男性文人一样，也同样深受中国文化的影响，富于中国文化的修养。

由于当时作为文化担当者主体的男性贵族都醉心于中国文化，所以上流女性也多受他们的影响，以具有中国文化修养为荣，而并非如一般学者所认为的，她们全不懂汉字与汉文学，所以只好用假名来写作。这在《源氏物语》中也有所反映，如《帚木》回写藤式部丞称赞一个他所认识的文章博士的女儿道："她的书牍也写得极好：一个假名也不用，全用汉字；措辞冠冕堂皇，潇洒不俗。这样，我自然和她亲近起来，把她当作老师，学得了一些歪诗拙文。"这里所说的情况，与流行的看法正好相反：是无能的男性拜聪明的女性为师，"学得了一些歪诗拙文"——从上下文来看，指的应是汉诗文。如果说因为这个女子出身于专门研究汉学的文章博士世家，所以情况有些特殊，那么让我们再来看看同回左马头的一段议论："有的女子，汉字写得十分流丽。写给女朋友的信，其实不须如此，她却一定要写一半以上的汉字……这种人在上流社会中也多得很。"可见像文章博士的女儿这样有汉学修养的女子，在当时的上流社会中为数还是不少的(有人说这是在讽刺清少纳言)。当然，会写汉字，并不等于说就会从事文学创作，但这至少说明，以汉学修养为荣的风气，在当时的上流女性中，也和在男性贵族中一样地盛行。

平安时期的女性文人，就是在这种时代风气中成长起来的，所以，她们中有许多人精通中国文化，其程度绝不亚于任何男性文人。譬如，紫式部的同时代人、《枕草子》的作者清少纳言，"由于中国文学的造诣与天性的机智，在定子的后宫中大放异彩”[①]。她的《枕草子》中提到，她曾用《汉书》中于定国的故事嘲弄人（第六段“大进生昌的家”[②]）。我们知道，《汉书》自问世之日起就以艰深著称，而清少纳言能够把它对付下来，则其汉学程度也就相当可观了。至于紫式部的汉学程度，读过《源氏物语》的人都会留下深刻印象的。她对唐以前的中国典籍，如“三史”（《史记》、《汉书》、《后汉书》）、“五经”（《易》、《书》、《诗》、《礼》、《春秋》）、《战国策》、《管子》、《述异记》、《西京杂记》、《晋书》、《游仙窟》、《古诗十九首》、《文选》等，以及中国诗人嵇康、陆机、陶渊明、刘禹锡、元稹、白居易等，都相当熟悉。《源氏物语》的《梅枝》回写源氏赠与侍从的礼物中，有“版本极佳的中国古书，装在一只沉香木制的书箱里”，表现出紫式部对中国典籍的爱好和鉴赏力。而类似这样的叙述，书中在在有之。事实表明，与其说女性文学是由于女性文人不懂中国文化才发展起来的，还不如说女性文学也同样是在中国文化的影响下发展起来的。正是通过这些爱好和了解中国文化的女性文人之手，中国文化的影响才得以进入到日本和文学中去，其意义比起它对日本汉文学的影响来是更为深远的。

所以，《源氏物语》对白诗的吸收，可以看作当时女性文人吸收中国文化的一个重要例证。

二、平安时期女性文人对白诗的兴趣

《源氏物语》的吸收白诗，又是和白诗在平安中期以后更为广

① 日本文学史研究会编《（增补新版）日本文学史》，东京，酒井书店，1974年，第53页。

② 清少纳言《枕草子》，周作人译，上海，上海人民出版社，2015年，第23页，第30页。

泛的流传、紫式部的家学渊源及个人兴趣分不开的。关于紫式部的家学渊源一端，比如其祖先如何精通中国文学，其父亲怎样自幼就教她读白诗等，其他学者已经论述过了，[①]这里就不予赘述了。这里仅介绍一下其余两方面的情况。

《白氏文集》自830年代至840年代由惠萼等人带入日本以后，至紫式部生活的10至11世纪之交，已经有很多本子在流传了。早期流传的仅有写本，而此时则连刊本也已传入日本。如当时左右朝纲、与紫式部关系密切的藤原道长，在《御堂关白记》卷上"宽弘三年(1006)十月二十日"条记载的"摺本《文集》"，就是北宋初期刊刻的七十卷本《白氏文集》。[②] 更值得注意的是，当时的女性文人，也开始拥有《白氏文集》了。除了紫式部有《白氏文集》(她以此教中宫彰子)外，清少纳言在《枕草子》中也谈到："文是，《文集》，《文选》，文章博士所作的申文。"(第一七三段"文")[③]《文集》即指《白氏文集》，看来她也是可能有《白氏文集》的(否则她没法教中宫定子)。这与平安前期仅天皇及菅原氏、大江氏这些文章博士世家才有《白氏文集》的状况相比，显然是大不相同了。像紫式部、清少纳言这样的女性文人拥有《白氏文集》，是她们的作品能够吸收白诗的有利条件。

在紫式部生活的时代，对白诗感兴趣的女性文人，并不仅限于紫式部一个。如清少纳言，因为知道白诗，所以在宫廷中被看作有学问的人。又如在略早于紫式部的藤原道纲母的《蜻蛉日记》(约980)中，也可以清楚地看到白诗的影响。据品川和子研究，《蜻蛉

---

① 神田秀夫《白乐天の影响に关する比较文学的一考察》，载《国语と国文学》1948年10—11月号。

② 天理图书馆善本丛书汉籍之部《白氏文集》卷子本附花房英树《解说》，东京，八木书店，1980年，第30页。

③ 清少纳言《枕草子》，周作人译，第340页，第365—366页。

日记》中有不少“歌语”，是从白诗借来的；有一些句子，是将白诗作和文化的结果；在心象的类似性方面，也可以看出受白诗影响的痕迹；此外，她有一首长歌，其中有些句子，是根据白居易的《上阳白发人》及《长恨歌》中的诗句而作的“翻案歌”（即“句题和歌”）。[①] 凡此皆可以看出，女性文人中受白诗影响，对白诗感兴趣的，不是个别现象。

当然，在这些或多或少受过白诗影响的女性文人中，紫式部毋庸说是一个佼佼者。无论就白诗被引用的次数之多，抑就引用的范围之广，抑就引用的意识之强而言，紫式部都迥出于时流之上。《源氏物语》引用白诗的次数，各家统计都不一样，但就其明确引出诗句者而言，即有四十余处。至于那些暗用白诗词语或典故的，如《东亭》回“二女公子心非木石，自然深为感动”之暗用《李夫人》的“人非木石皆有情”，“只是吾生渺茫，有如水泡”之暗用《想东游五十韵》的“幻世春来梦，浮生水上沤”，则更是难以尽数。《源氏物语》所引的这些白诗，包括感伤、闲适、讽喻及杂律诗各类，遍布《白氏文集》各卷，这说明紫式部对整部《白氏文集》都是十分熟悉的。在有些地方，还可以看出为引而引的痕迹。如《夕颜》回写源氏与夕颜订爱情之盟，口占了一首和歌，紫式部接着写道：“长生殿的故事是不祥的，所以不引用‘比翼鸟’的典故。”其实，这里没有这一句也是可以的，但紫式部却偏要补充一句，这无非是为了表明源氏——更确切地说是作者紫式部自己——心目中时刻记着一首《长恨歌》而已。这个事例说明紫式部引用白诗的意识是很强的。

紫式部对《白氏文集》的喜爱，还可以从下面这个情节间接看

---

① 品川和子《蜻蛉日记と汉诗文の关系について》，载《学苑》1963 年 11 月号。

出来。《须磨》回写源氏流放须磨，“又带些必要的汉文书籍，装白居易文集等的书箱和一张琴，也都带去。其余铺张的用具和华美的服装，一概不带”。这个情节，在构思上，恐怕是受了紫式部很熟悉的汉诗大家菅原道真《客舍书籍》诗的影响，其诗曰：“来时事事任轻疏，不妨随身十帙余：百一方资治病术，五千文贵立言虚。讴吟白氏新篇籍，讲授班家旧史书。罢秩当须收得去，自惭犹过橐衣储。”（《菅家文草》卷四）不过在潜意识里，却未必不是紫式部本人实际经历的写照吧？可以想象，当她长德二年（996）随父赴越前任时，就是这样打点自己的行装，带着《白氏文集》上路的吧？

三、时代趣味的影响

不过，尽管紫式部对白诗异常喜爱，其熟悉和理解之程度迥出于时流之上，但从《源氏物语》对白诗的吸收中，仍可以清楚地看出时代趣味的影响。换句话说，时代趣味在某种程度上决定了《源氏物语》吸收白诗的倾向。

首先，《源氏物语》对《长恨歌》的频繁引用与吸收，就是时代趣味的一个表现。《长恨歌》随《白氏文集》传入日本后，受到平安文人的普遍欢迎。它的诗句被选入《千载佳句》这样的唐诗佳句选集，被当作“句题和歌”的句题，受到层出不穷的模仿；它的故事被绘成画册，制成屏风。它在平安时期的日本获得了和在中国一样广泛的流传，几乎到了无人不知无人不晓的地步，以致有的日本学者把这种东亚文学史上的奇观说成是“长恨歌世界”。①《源氏物语》中，引用最多的是《长恨歌》，吸收最多的也是《长恨歌》。这在平安时期绝不是偶然的现象。

---

① 神田秀夫《白乐天の影响に关する比较文学的一考察》。

其次,《源氏物语》中所引白诗,多为紫式部之前或当时在平安社会里广为流行的"佳句",这是时代趣味的另一个表现。换句话说,尽管紫式部对整部《白氏文集》均相当熟悉,但她在具体引用和吸收白诗时,却仍表现出与时代趣味一致的倾向。譬如,《千载佳句》(925—929)所选白诗佳句,反映了平安文人对白诗的一般趣味,《源氏物语》所引白诗,有二十二例与此书相同。如《须磨》回引"二千里外故人心",又见《千载佳句》卷上"八月十五夜"项;《蜉蝣》回引"大抵四时心总苦,就中肠断是秋天",又见《千载佳句》卷上"秋兴"项;《总角》回引"遗爱寺钟欹枕听,香炉峰雪拨帘看",又见《千载佳句》卷下"山居"项;《寄生》回引"莫对月明思往事",又见《千载佳句》卷上"感月"项;等等。①《千载佳句》编成于紫式部之前,可见以上所引,都是在紫式部之前即已广为流行的白诗佳句。此外,《源氏物语》所引白诗中,又有一些不见于《千载佳句》,而只见于《和汉朗咏集》(约 1018)。如《魔法使》回引"萧萧暗雨打窗声",又见《和汉朗咏集》"秋夜"项;同回引"夕殿萤飞思悄然",又见《和汉朗咏集》"恋"项;《夕颜》回引"八月九月正长夜,千声万声无了时",又见《和汉朗咏集》"衣"项;等等。《和汉朗咏集》之编成,与《源氏物语》约略同时而稍后,可见以上所引,都是在紫式部当时广为流行的白诗佳句(《源氏物语》所引日本汉诗,也大都见于《和汉朗咏集》,由此亦可推知二者间之密切关系)。凡此,均可看出紫式部与时代趣味的关系。

以上这些流行于紫式部之前或当时的白诗佳句,经常受到文人们的引用、模仿和"翻案"。如"大抵四时心总苦,就中肠断是秋天"二句,曾被化成"何时最可思,虽则不能知,秋夜相思苦,方知最

---

① 金子彦二郎《平安时代文学と白氏文集——句题和歌・千载佳句研究篇》(增补版),镰仓,艺林舍,1977 年覆刻本,第 532—536 页。

苦时"(《是贞亲王家歌合の歌》)的和歌。[①] "八月九月正长夜"二句,是《藤家根本朗咏》七首之一。关于"香炉峰雪拨帘看",《枕草子》中记载了一个有趣的故事:有一天中宫定子问清少纳言,香炉峰的雪是什么样子的,清少纳言马上高高地卷起了帘子,以此表明她非常熟悉白氏此诗(第二六一段"香炉峰的雪")。[②]《末摘花》回提到的"琴是三友之一",源于白氏的《北窗三友》诗,是当时人人知道的典故,菅原道真的《菅家后集》中,就有一首著名的《咏乐天北窗三友诗》。至于《寄生》回引的"莫对月明思往事",在当时更是脍炙人口,在原业平曾据此作成和歌"大抵中天月,赏玩不可多,积多成岁月,人老空蹉跎"[③];在《竹取物语》中,则演变成了"注视月亮的脸是不好的"的格言;[④]《源氏物语》的《寄生》回里,几个老年侍女对正在看着月亮思念匂亲王的二女公子说,"看月亮是不祥的",也是出典于此的。由此可见,《源氏物语》对白诗的吸收,可以说是平安时期人们对白诗趣味的一个集中表现。紫式部的功绩,在于把这种时代性趣味表现在物语文学中,使它转化为历史性趣味,从而使白诗在日本文学中得以永续其生命力。

四、"断章取义"式吸收方法

紫式部吸收白诗的倾向既然深受时代趣味的影响,那么在吸收方法上,她必然也摆脱不了时代趣味的拘囿,这表现在《源氏物语》对于白诗的吸收,大都采用"断章取义"式吸收方法这一点上。

---

① 中译文据杨烈译《古今和歌集》,上海,复旦大学出版社,1983 年,第 44 页。

② 清少纳言《枕草子》,周作人译,第 445 页,第 463—464 页。

③ 《古今和歌集》,杨烈译,第 174 页。

④ 《竹取物语》,丰子恺译,北京,人民文学出版社,1984 年,第 27 页。

平安文人吸收白诗，多用“断章取义”方法。所谓“断章取义”方法，就是只注意白诗中的“佳句”，而不关心全诗的旨趣；以致有时候“佳句”单独的意思与全诗整个的旨趣相去甚远。所以有的日本学者又称之为“断章吸收”的方法，“见木不见林”的方法。[①]《句题和歌》、《千载佳句》及《和汉朗咏集》等书，正是这种吸收方法的集中表现和产物。

《源氏物语》在吸收白诗时，采用的也不外乎这种方法。《源氏物语》引用白诗，除《长恨歌》外，一般都只引句子，不提篇名。即使在有些场合，书中人物吟诵的显然是全诗，如《末摘花》回写源氏吟诵“幼者形不蔽”诗，《帚木》回写文章博士高唱“听我歌两途”诗，也不提《重赋》和《议婚》之篇名。这说明在紫式部的意识中，也像平安时期其他文人一样，白诗只表现为一句一句的“佳句”，而不是表现为一首一首的诗歌。正因为这样，我们在《源氏物语》中，才从没有看到过整首的白诗，而只看到了一句句的“白句”。

“断章取义”式吸收方法，往往导致意思的变异，这在《源氏物语》中也不乏其例。如《魔法使》回写梅雨季节的一个夜晚，源氏思念已经去世的紫夫人，“正在此时，岂料天不作美，忽然乌云密布，大雨倾盆，灯笼立刻被风吹熄，四周顿成一片漆黑。源氏低吟‘萧萧暗雨打窗声’之诗”。此句是白氏《上阳白发人》中的诗句，原诗写因杨贵妃专宠而被冷落终生的宫女的不幸遭遇，“萧萧暗雨打窗声”在原诗中只起烘托作用。但紫式部把它单独抽出来引用以后，却造成了一种没有原诗讽喻内容的感伤效果，使人觉得与原诗的旨趣根本是两回事。像这种例子，在《源氏物语》中俯拾皆是，尤其是其中对白氏讽喻诗的吸收，更是如此。

不过，紫式部对白诗的“断章取义”式吸收，也是由时代趣味决

---

① 神田秀夫《白乐天の影响に关する比较文学的一考察》。

定的。如这首《上阳白发人》，在《和汉朗咏集》“秋夜”项中，亦只引其中四句：“秋夜长，夜长无寐天不明，耿耿残灯背壁影，萧萧暗雨打窗声。”这四句所表现的，只是秋夜的凄凉景致与人物的感伤情绪，仅据这四句，当然无由知晓《上阳白发人》的旨趣。紫式部描写的情节发生在梅雨季节，其时灯笼又被风吹熄，所以她又从上述四句中单独抽出一句，撇开原来的“秋夜”、“残灯”，仅取其“暗雨打窗”之声。这又是进一步的“断章取义”了。

“断章取义”式吸收方法，从本质上来说是通过对原作的改造，使之更适于表现本民族的心理与趣味。这种吸收方法，就总体而言，固然有“见木不见林”的缺点，但就局部而言，则往往有所见之木更为清晰的优点，有时或更胜于泛泛观林者。日本民族本来就感受细腻，“喜爱局部的充实”，追求“细微的艺术”①，所以，“断章取义”式吸收方法，也许是很适于他们消化外来文化的。如《上阳白发人》上述四句，在原诗中只起烘托作用，一俟平安文人把它独立出来，便突出了它的写景性和感伤性；再经紫式部在《源氏物语》中这么恰到好处地一引用，便创造出了一个富有感染力的崭新的艺术片断。所以，“断章取义”式吸收方法运用得不当，当然会导致歪曲原作的后果，但运用得恰当，则也能创造出新的艺术境界。

五、白诗在《源氏物语》中的散文化

即使同是运用“断章取义”式吸收方法，在诗人那里与在散文家那里也会显示出明显的差异。紫式部作为一个散文家，她在吸收白诗的时候，更注重使白诗为散文创作服务。换句话说，她更注重吸收白诗中有利于散文表现的部分。在这里，也可以看出单纯

① 吉田精一《日本文学的特点》，李芒译，载《日本文学》1983 年第 4 期。

引用与再创造的区别。

紫式部在《源氏物语》中，常常把白诗诗意转化为散文画面，以之来塑造人物形象。如《新菜续》回写三公主“好比二月中旬的新柳，略展鹅黄，而柔弱不胜莺飞”，就是据白氏《杨柳枝词八首》之三的“绿丝条弱不胜莺”句诗意而创造的艺术形象。又如同回写明石夫人“偏斜地坐在一条青色高丽锦镶边的茵褥上，一手扶着琵琶，另一手以美妙的姿势拿着拨子，其神情之优雅，令人觉得‘此时无声胜有声’”，在《琵琶行》中，“此时无声胜有声”是描写音乐演奏间歇的无声之美的，但在这里，则被用来形容明石夫人的造型动作。紫式部这种将白诗诗意别出心裁地化成散文画面的方法，也许是受了“句题和歌”的影响和启发。平安时期文人多喜欢以白诗诗句为句题作和歌。《葵姬》回写源氏在《长恨歌》的“鸳鸯瓦冷霜华重”、“翡翠衾寒谁与共”二句旁各写了一首和歌，从这个情节来看，紫式部也不是和这种风气无缘的吧。不过，紫式部将这种方法运用于散文创作所取得的成就，恐怕是一般的“句题和歌”作者所难望项背的吧。

紫式部在《源氏物语》中，还常常根据白诗诗意构思故事情节，虽说她一般不说明这些情节的来源，但我们从中可以看出白诗的影子。比如《桐壶》回中皇上与更衣的爱情故事，不用说是有赖于《长恨歌》而成立的。又比如《魔法使》回写紫姬死后，源氏朝思暮想，不胜其苦，无疑也是受了《长恨歌》中玄宗思念杨妃一节的影响。紫式部费了很多笔墨叙写源氏一年中的悲苦情状，但就是没有写梦，这恐怕也不是偶然的，因为源氏所吟的诗“梦也何曾见，游魂忒渺茫。翔空魔法使，请为觅行方”中的前两句，就是从《长恨歌》的“魂魄不曾来入梦”而来的，因此可以说紫式部的不写梦，也是有意识地模仿《长恨歌》的。又，紫式部以一年为期写源氏的悲情，大概是受了《长恨歌》“悠悠生死别经年”的影响；而她以春、夏、秋、冬四季为顺序写源氏的思念，大概也是受了《长恨歌》“春风桃李花开夜，秋雨梧桐叶落时”的启发吧。

紫式部在《源氏物语》中，还常用白诗来揭示人物心理。如《柏木》回写源氏抱着名义上是他的儿子，但其实是柏木之子的薰君，吟诵白氏《自嘲》诗的“五十八翁方有后，静思堪喜亦堪嗟”之句。白诗原意，既喜晚年得子，又嗟得子之晚，“自嘲”也就是嘲这个；而在《源氏物语》中，源氏喜的是薰君作为自己的“儿子”非常可爱，嗟的是薰君其实是柏木的私生子，“自嘲”也就是嘲自己抱养了人家的孩子。紫式部用这首诗，暗示了柏木私通三公主之事，又暗示了此后源氏对薰君的态度。下文源氏又对薰君吟同诗“慎勿顽愚似汝爷”之句，“汝爷”在这里的意思即和原诗不同，暗指柏木，而不是自己。这种引用，离开了原诗的宗旨，成为揭示人物心理的手段，而又贴切自然，不露痕迹，同样是立足于为散文创作服务的一种吸收。

由以上这些例子可以看出，紫式部对白诗的“断章取义”式吸收，并不是由于她对白诗无知，而是因为她要用白诗为她的散文创作服务。尽管她有时也有意无意地背离了原意，但她所创造出来的那些新的艺术片断，就其水准而言，绝不亚于白诗原作。在这种“断章取义”和散文化的过程中，白诗逐渐转变为日本式的东西，成为日本民族文化的一部分。这是真正的吸收，也是真正的再创造。

六、《源氏物语》对白氏感伤诗的吸收

《源氏物语》对白诗的吸收，除了那些一般的引经据典外，主要集中在两个方面：一是白氏的感伤诗（包括那些白居易虽未编入“感伤”类，却确实富于感伤气息的诗），二是白氏的讽喻诗。这里

先谈前者。

日本江户时期学者本居宣长(1730—1801)认为,《源氏物语》的主题是“物の哀れ”(物之哀,也有人译为“日本式感伤”)。“物の哀れ”是否就是《源氏物语》的主题,这是可以讨论的,但在《源氏物语》中,确实洋溢着“物の哀れ”的基调,则是毋庸置疑的。在这种“物の哀れ”基调的形成中,白居易的感伤性诗歌,尤其是《长恨歌》,起了相当大的作用。

《源氏物语》提到或引用《长恨歌》的地方有十余处,其中大都出现在书中三个主要女角死后。桐壶更衣死后,《长恨歌》出现的次数最多。《桐壶》回写道:“近来皇上晨夕披览的,是《长恨歌》画册……日常谈话,也都是此类话题。”“以前晨夕相处,惯说‘在天愿作比翼鸟,在地愿为连理枝’之句,共交盟誓。如今都变成了空花泡影。天命如此,抱恨无穷!”《葵姬》回写葵姬死后,源氏在《长恨歌》的“鸳鸯瓦冷霜华重”、“翡翠衾寒谁与共”旁各写了一首悼念的和歌。《魔法使》回写紫夫人死后,源氏于夏夜独坐,“看见无数流萤到处乱飞,便想起古诗中‘夕殿萤飞思悄然’之句,低声吟诵”,所谓“古诗”,便是指《长恨歌》。同回写十月的一天,“阴雨昏蒙,源氏心情更恶,怅望暮色,凄凉难堪……望见群雁振翅,飞渡长空,不胜羡慕,守视良久。遂吟诗云:‘梦也何曾见,游魂忒渺茫。翔空魔法使,请为觅行方。’”源氏以“魔法使”拟雁,此构思即从《长恨歌》故事而来。桐壶更衣、葵姬、紫夫人三人,可以说是书中最重要的三个女角,她们去世后,皇上与源氏的耳边都不约而同地响起了《长恨歌》的旋律,这大概不是偶然的巧合吧!尤其是前四十回源氏的故事,《长恨歌》一出现于头,一出现于尾,伴送第一个与最后一个女角下场,像一道主旋律贯穿于源氏故事的始终,定下了全书的感伤基调。如果说《源氏物语》中的“物の哀れ”基调在相当程度上是由《长恨歌》酿成的,恐怕不算过言吧!

除了《长恨歌》以外，紫式部也吸收其他感伤性的白诗，来表现《源氏物语》的“物の哀れ”基调。其中或表现人物的旅怀乡愁，如《须磨》回写源氏到达须磨，“回顾来处，但见云雾弥漫，群山隐约难辨，诚如白居易所云，自身正是‘三千里外远行人’了。眼泪就像浆水一般滴下来，难于抑止”。或表现人物的对月伤情，如同回写中秋之夜，“一轮明月升上天空，源氏公子想起今天是十五之夜，便有无穷往事涌上心头。遥想清凉殿上，正在饮酒作乐，令人不胜艳羡；南宫北馆，定有无数愁人，对月长叹。于是凝望月色，冥想京都种种情状。继而朗吟‘二千里外故人心’，闻者照例感动流泪”。或表现人物的临岐沾襟，如同回写宰相到须磨探望源氏后归朝，“源氏公子便命取酒来饯别，共吟白居易‘醉悲洒泪春杯里’之诗。左右随从之人，闻之无不垂泪”。或表现人物的忧郁心境，如《蜉蝣》回写到，“薰大将靠在东面的栏杆上，在夕阳中眺望庭院里渐次开放的秋花。不堪忧伤之情，低声吟诵白居易的诗句：‘大抵四时心总苦，就中肠断是秋天。’”当然，或也像《长恨歌》一样表现死别之恨，如《夕颜》回写夕颜死后，源氏愁思满腹，“回想起五条地方刺耳的砧声，也觉得异常可爱，信口吟诵‘八月九月正长夜，千声万声无了时’的诗句”。像这些靠白诗构筑起来的感伤片断，大都很出色感人。

当然，有时候紫式部也把白氏的感伤诗用在并不感伤的情节中。如《红叶贺》回写源氏听到内侍唱《催马乐》时想到：“从前白居易在鄂州听到那个人的歌声，想必也有这般美妙吧！”指的毋庸说是白居易的《夜闻歌者》(宿鄂州)这首诗。白氏原是把它归入“感伤”类的，但从《源氏物语》的引用中，却看不出它有什么感伤色彩。这仍然是“断章取义”式吸收方法在起作用吧。

总的来说，紫式部对白氏感伤诗的吸收，有助于她酿造《源氏物语》的“物の哀れ”基调。

七、《源氏物语》对白氏讽喻诗的吸收

《源氏物语》吸收白诗的另一个主要方面，是白氏的讽喻诗。

白诗在平安时期传入日本以后，以感伤诗与杂律诗的影响为最大，讽喻诗的影响则很小。铃木修次认为："日本人有这样的倾向，即不太欣赏白居易视为自己最重要之作的'讽喻诗'，而是欣赏白居易为消遣而作的'闲适诗'和'感伤诗'。""《秦中吟》和《新乐府》似乎不合日本人的口味，可以说，日本人不太读这些诗。由此也可看出中国文学与日本文学在趣味及文学观上的差异。"①西乡信纲认为："在我国，一般都无视白乐天作为写过《新乐府》与《秦中吟》等作品的刚直的政治性诗人的本领，而只喜欢他的闲适与感伤之作。"②说的都是相同的意思。但他们所说的不是没有例外的，除了菅原道真，紫式部就是一个很大的例外。

《源氏物语》引用白氏讽喻诗的次数，仅次于《长恨歌》；而紫式部同时代的文人，对白氏讽喻诗却从未付予过如此多的注意。让我们借用神田秀夫的总结，来看一下《源氏物语》引用白氏讽喻诗的情况。③

《秦中吟》十首中的——

　　《议婚》…………《帚木》

---

① 铃木修次《中国文学と日本文学》，东京，东京书籍，1978年，第37页，第39页。

② 西乡信纲《日本古代文学史》(改稿版)，东京，岩波书店，1963年，第207页。毅平按：白居易的"闲适诗"其实也是载道的，看西乡信纲、铃木修次的意思，实际指的大概是"杂律诗"。

③ 神田秀夫《白乐天の影响に关する比较文学的一考察》。

《重赋》…………《末摘花》
《伤宅》…………《蝴蝶》
《不致仕》………《夕颜》、《行幸》

《新乐府》五十首中的——
《海漫漫》………《蝴蝶》
《上阳白发人》…《帚木》、《魔法使》
《缚戎人》………《玉鬘》
《李夫人》………《夕雾》、《蜉蝣》(两处)、《东亭》、《总角》
《陵园妾》………《习字》
《古冢狐》………《习字》

紫式部之所以与时流迥异其趣，频频引用白氏讽喻诗，神田秀夫认为是因为她少女时代贫寒、孤独，在这种情况下她的父亲给她念白诗，则其中的讽喻诗自然会引起她某种程度的共鸣。比如《帚木》回引《议婚》诗，也并非不可以看作她自身经历的写照。[①] 联想到菅原道真也是在谪守讚州、接触到民生疾苦以后，才开始理解白氏讽喻诗的，[②]神田秀夫的这一看法也许不为无据。

不过，尽管紫式部频繁地引用了白氏讽喻诗，但要说她对其中的讽喻精神有所理解，则还是谈不上的。总的来看，《源氏物语》引用白氏讽喻诗的方法，仍不出"断章取义"之阃域。如《习字》回引《陵园妾》，就只引其中感叹人生"命如叶薄"的句子，及类似"松门到晓月徘徊"这样的写景句，而于原诗"怜幽闭"的旨

---

① 神田秀夫《白乐天の影响に关する比较文学的一考察》。
② 濑川ヒサヱ《菅原道真の讚岐守时代》，收入早稻田大学平安朝文学研究会编《冈一男博士颂寿记念论集——平安朝文学研究・作家と作品》，东京，有精堂，1971年，第635—648页。

趣毫不相干。又如《蜉蝣》回引《李夫人》的“人非木石皆有情”，也只注目于一般的人类感情，而与原诗“鉴嬖惑”的主题无涉。这种对白氏讽喻诗的“断章取义”式引用，也是为了《源氏物语》本身创作的需要吧。

此外，有些讽喻诗的引用，恐怕是紫式部为塑造人物而着意安排的。如《帚木》回写文章博士听说式部丞向自己的女儿求爱，十分高兴，置办酒席庆祝，即座高吟《议婚》诗。这一引用，表现了文章博士的迂阔，略具喜剧意味和反讽色彩。又如《末摘花》回写源氏看到一个异常衰弱的老仆人与一个衣衫褴褛的小女孩在雪中干活，便口占道：“白首老翁衣积雪，晨游公子泪沾襟。”又吟诵《重赋》的“幼者形不蔽”诗，似乎颇得白诗讽喻精神之三昧，但紫式部笔锋一转，接着又写道：“此时他忽然想起了那个瑟缩畏寒、鼻尖发红的小姐的面影，不禁微笑。”一副贵公子哥儿的神态便跃然纸上了。

也许可以说，紫式部的引用白氏讽喻诗，其着眼点不在于原诗的讽喻精神，而在于用原诗来帮助塑造人物，构思情节，烘托气氛。因此，如果说紫式部大致上没有抓住白氏讽喻诗的本质，那大概也不算是贬低她吧！

八、《源氏物语》吸收白诗的意义

最后，我们来讨论一下《源氏物语》吸收白诗的意义。

首先值得注意的是，紫式部对白诗的慎重与理解态度，为日本民族树立了一个善于吸收外来文化的榜样。关于这一点，日本学者也是非常称道的，如西乡信纲认为：“《白氏文集》是平安贵族爱读的书，它的影响如何？已有学者写出了厚厚的博士论文；但能够领会白乐天神髓的差不多唯一的人，却似乎只有紫式部。这可说是非常富有教训意味的。”[1]神田秀夫认为：“在平安朝，许多人不是盲目地崇拜《白氏文集》，就是始终只把它当作文学辞典来尊崇，很少有人采用志在探求白乐天本领的稳重读法。可以认为，紫式部是能用比较稳重的态度读白乐天作品的唯一的人。”[2]通过上文的分析可以明白，他们的这些话都不是过誉之词。

其次，《源氏物语》对白诗的吸收，显示了白诗对日本文学影响的深化。《源氏物语》对白诗的吸收，其意义与《菅家文草》、《菅家后集》、《句题和歌》、《千载佳句》、《和汉朗咏集》等书的吸收是不一样的。因为上述这些平安时期的汉诗、和歌的选集或别集，主要是由精通中国文学的男性贵族文人写成或编成的，多为受中国文学影响之作；而《源氏物语》则成于女性之手，充分反映了日本人的民族感情。所以，前者对白诗的吸收，仅显示了白诗对平安时期日本汉文学的影响；后者对白诗的吸收，则显示了白诗对平安时期日本和文学的影响。因此，《源氏物语》对白诗的吸收，比起《菅家文草》等来，意义显然是更为深远的。

再次，白诗对上述这些著作的影响，主要是同类型文学的影响。模仿白诗而作的汉诗或和歌，也许能接近白诗的水平，使人难分优劣，但永远也不能超过白诗。而白诗对《源氏物语》的影响，则是异类型文学的影响。《源氏物语》吸收了白诗以后，用它创造出一个个充满白诗诗意而又完全是日本式的散文画面，源于白诗而又青出于蓝，这才是真正富有生命力的东西。白诗诗意的散文化，是白诗在日本文化中永远扎根的一大保证。

最后，白诗通过《源氏物语》这一世世代代影响日本人心灵的名著，潜移默化地渗入到日本民族的精神世界中去了。我们在比

---

① 西乡信纲《日本古代文学史》(改稿版)，第181页。
② 神田秀夫《白乐天の影响に关する比较文学的一考察》。

较文学史上常常看到这样的现象：当那明显的影响渐渐消逝以后，它却在人们的精神世界里牢牢地占据了地盘，以致再也分辨不出什么是外来的，什么是固有的了。《源氏物语》对白诗的吸收也正是这样的。

明代与江户市民文学比较研究导论

明代文学的起讫时间是1368年到1644年，江户文学的起讫时间是1603年到1867年，从时间上来看，它们似乎是前后相属、部分重叠的两个不同的文学阶段。但是，从文学发展史的角度来看，这两种文学却似乎处于同一个阶段，即市民文学阶段。中国文学从南宋后期开始，逐渐向着市民文学的方向发展，经过元代，至元末明初，市民文学正式成熟，并在晚明时期迎来了它的高峰；日本文学自中世（即镰仓、室町时期）后期开始，即已孕育着市民文学的萌芽，至江户初期全面开花，至江户后期迎来了市民文学的全盛期。因而，在文学发展史上，明代文学与江户文学同属市民文学范畴，有许多基本的共同点，这是它们之间可比性的基础。当然，由于中国文学中的市民文学阶段开始得比较早，而结束时间则和日本文学差不多（同至19世纪中叶由于西风东渐而开始发生变化），所以从时间上来看，明代文学与江户文学毋宁说是前后关系，而不是并列关系；而且，也正是由于这种时间上的前后关系，使得明代的市民文学能够强有力地影响江户时期的市民文学，如众所周知的明代白话小说对于江户读本文学的影响，就是一个突出的例子。这往往诱使人们多从影响—接受的角度来研究明代文学与江户文学的关系，而在这个方面，也确实已经产生并且还在产生许多研究论著，这自是理所当然并也是完全必要的。不过，我们也应该看到，明代文学与江户文学之间不仅具有影响—接受关系，也存在着并列关系；毋宁说，并列关系才是更为基本的关系。可以说，如果没有明代文学的影响，江户文学虽然会表现出与现在不同的面貌，但它肯定还是会向着市民文学的方向发展的。在这种发展过程中，江户时期的市民社会的出现与繁荣是根本条件，而明代市民文学的影响则不过是次要条件。与江户市民文学一样，明代市民文学也是从市民社会中孕育出来的。广而言之，欧洲文艺复兴时期的市民文学也同样是如此。因此，倘若我们摆脱时间先后和影响—接受关系的狭隘眼界，从一个更为宏观的角度来看待明代与江户时期的市民文学，并以欧洲文艺复兴时期的文学为参照系，则我们也许会惊讶地发现，即使在没有外来影响的情况下，不同文化圈中的文学，也都在走着一条大致相近的发展道路，具有一个大致相同的发展方向。也就是说，正如世界历史或迟或早都要经历各种社会发展阶段一样，世界各地的文学也大致会或迟或早地经历一些类似的发展阶段。在欧洲，新兴的市民文学随着城市和商业的兴盛，而在 14 世纪以后开始繁荣。中国的市民文学的繁荣要迟一些，而日本的市民文学的繁荣则更迟一些。从宏观的角度来看待这种东西文学的共同现象，能够使我们从纷纭复杂的文学现象中看出共同的规律性的东西，加深对于"世界文学"的共同性的认识；同时，也能使我们通过世界文学的大范围，来重新审视和评价本国文学，从而加深对本国文学的特质和价值的认识。"世界文学"的概念和研究方法，自歌德、马克思以来一直受到了提倡，据我们的理解，它不应仅指世界互相沟通以后产生的文学现象，如 19 世纪风靡西方的浪漫主义文学思潮，1930 年代风靡全球的左翼文学运动等，也应指在此之前的世界各国文学的发展。这样的研究目标虽然一时难以达到，但从局部的地方做起似乎还是可能的。本文的宗旨，即试图不是从影响—接受的角度，而是从平行的角度，来宏观地看待明代文学与江户文学在市民文学这一基点上的共同性，以指出市民文学不仅是西方文学，也是东方文学，尤其是中国文学与日本文学，所共同经历的发展阶段，并试图由此而从观念上改变传统的对明代文学的某种忽视态度和若干不公正看法。限于篇幅，本文只能处理这两个阶段的文学性质、文学观念、文学样式和文学内容等问题，而另外一些同样重要的问题，则只能留待将来再作探讨。

一

明代和江户文学的最大特征和最大共同点，是它们都属于“市民文学”的范畴。也就是说，在明代和江户时期，市民已经成了文学活动的主体（所谓“文学活动”，自然包括创作、出版、阅读、批评等各个方面）。这是一个具有划时代意义的事件。正如欧洲文艺复兴时期市民文学的兴起，在西方文学史上划出了一个新纪元一样，明代和江户市民文学的繁荣，也使中日两国文学进入了近世文学，即前近代文学的新阶段。当然，这一阶段不是突然出现的，早在宋元时期和镰仓、室町时期，中日两国文学就已经分别出现了市民文学的胎动。宋元时期的话本小说、杂剧、南戏、江湖诗派，室町后期的诸如《猿源氏草纸》、《物臭太郎》这样的以市民恋爱为主要内容的御伽草子，《文正草子》、《福富草子》、《大黑舞》这样的以市民致富为主要内容的御伽草子，都已经具有市民文学的鲜明特征。但只是到了明代与江户时期，中日文学才完全进入了市民文学的新阶段，并开出了灿烂的市民文学之花。

在中国文学史上，先秦文学的担当者主要是贵族、王臣、宫廷文人，汉代文学的担当者主要是宫廷文人和宫廷学者，六朝文学的担当者主要是贵族出身或依附于贵族沙龙的文人，唐宋文学的担当者主要是大小官僚或想要跻身官僚行列的人。这些不同身份的文人，是与各时期文学乃至各时期社会的不同性质密切相关的。不过有一点是共同的，即中国中世以前的文学，除了在民间悄悄流行的俗文学之外，大都是一种作者和读者范围都很有限，且与广大民众无缘的“精英文学”。这种情况从南宋初期开始发生了变化，一些普通的市民开始加入到文学作者的队伍中来，而民间说话艺术和戏曲艺术的兴起，也初次将文学的读者层扩展到广大民众中间。这种新型的市民文人，经过南宋后期及元代等各个时期，在正统文人的阴影下缓慢而执着地成长着。进入明代，随着经济形态与政治体制的一些根本变化（以商品经济与科举制度为轴心），越来越多的市民文人开始登上文坛，最终成了文学活动的主体。明代的一些著名文人，大都出身于市民阶层，如李东阳出身于军籍奴隶，唐寅出身于店员家庭，李梦阳出身于商侠之家，何景明出身于低贱之家，康海和李攀龙均出身于农民家庭，吴承恩出身于小商人之家，等等。这些出身于市民家庭的文人，尽管也有不少进入了仕途，但他们在身为官吏的同时，又与市民社会保持了密切的联系；另外还有不少文人，则根本不进入仕途，以市民身份终其一生。前者如为长兴县丞的吴承恩，为上海县丞的凌濛初（作“二拍”时），为寿宁知县的冯梦龙，为各种小官的袁宏道，等等；后者如为乡村地主的沈周，为书坊主人的熊大木和余象斗，为家塾教师的邓志谟，为书店老板的张凤翼，为幕府秘书的徐渭，为时文教师的归有光（晚年中进士以前），等等。此外，较不出名的市民文人那就更多了。如果今后有机会作一张明代文人与前代文人的出身、身份的对照统计表，那也许是饶有趣味并富于启示意义的。在日本文学史上，奈良、平安文学的担当者主要是天皇、王臣、贵族和宫廷妇女，镰仓、室町文学的担当者主要是僧侣，而进入江户时期以后，文学的主要担当者就一变而为以下级武士、医生和商人等为主要成分的市民（町人）阶层了。如俳谐作家松尾芭蕉（1644—1694）、与谢芜村(1716—1783)和小林一茶(1763—1827)等,均出身于农民家庭,后者还曾做过店铺和寺院的帮佣;浮世草子作家井原西鹤(1642—1693)出身于町人家庭,后来在大阪开了一家店铺,也属于町人阶层;初期读本作家都贺庭钟(1718—约1797)是大阪的一个医生,自称是“草泽之人”、“一亩之民”(《英草纸序》);上田秋成(1734—1809)是一个妓女的私生子和纸油商的养子,后来做了医生;洒落本和黄表纸作家山东京传(1761—1816)生于当铺家庭,自己在“东都(江户)平安桥南”开了一家“烟包铺”,“栖遑市廛”(《忠臣水浒传自序》),以商人身份度过一生;和歌作家橘曙览(1812—1868)出身于纸商家庭;歌舞伎作家鹤屋南北(1755—1829)出身于染房的印花工人家庭;思想家伊藤仁斋(1627—1705)则出身于木材商人家庭;等等。此外,较不出名的文人中,出身于及身为市民的那就更多了。江户诗人梁田蜕岩(1672—1757)的“登高能赋今谁是?海内文章落布衣”(《蜕岩集》卷四《九日》[①]),明代诗人沈周的“纳纳乾坤内,秋风自布衣”(《沈石田先生诗文集》卷六《十二日还自光福道中即事》),可以说不约而同地道出了明代与江户市民文人为自己的市民身份而自豪的共同心声。

随着广大市民加入到文学活动的队伍中来,无论在明代还是在江户时期,市民文人和市民文学作品的数量都达到了惊人的程度,这是前此的中日文学史上所未曾出现过的。正如吉川幸次郎的《元明诗概说》[②]所指出的,即使在那么一瞬间,都有成千上万的

① 此诗题注云:“元禄中(1688—1703)在东都作。”或推定此诗作于元禄四至九年(1691—1696),作者二十至二十五岁间。其时作者为浪人,欲入德川幕府大学头林凤冈之门,却因无所成就而遭拒,故作此诗,以发泄对官学的愤懑,表达对自己才能的自信。此诗因抱负不凡而广为人知,也宣言了江户文坛的市民化倾向。

② 东京,岩波书店,1963年。

市民诗人在那里写出成千上万首诗；从钱谦益《列朝诗集》的前几集中可以看出，元末明初的江浙一带已出现了大量的市民诗人；经过明代前期的一度沉寂以后，到了明代中期，江南一带的市民诗人再度达到数千人；到了明代中后期，市民诗人已多得难以计数，不仅市民出身的官僚以及地方上的富人们在作诗，而且穷巷陋室里也有许多诗人，钱谦益《列朝诗集》的最后几集就反映了这一盛况（参见本书下编《吉川幸次郎关于中国近世市民诗的若干看法》一文）。而且，不仅市民诗人是如此，明代的市民戏曲家和小说家的数量也很庞大，这我们看一下明代出版的为数众多的戏曲和小说作品，便会有一个深刻的印象。如明代戏曲家有名可数的就有五百余家，其他不知名的还有不少；可以确定为明代作品的戏曲有一千多种，其他无名氏之作还有不少。江户时期的情况也是这样。到了江户后期，无论是在汉诗、和歌方面，还是在俳句、戏作方面，都出现了庞大的市民文人队伍；其地区则已不限于京都、大阪和江户等大都会，而是扩展到了全国各地，涌现出了许多具有影响的市民文人。汉诗、和歌、俳句、戏作的数量也非常庞大。1883 年，清朝学者俞樾受日人岸田吟香（1833—1905）委托，从一百七十种日本汉诗文集中，选出主要是江户时期约五百五十人的约五千三百首汉诗，编为《东瀛诗选》四十卷、《补遗》四卷。这还仅仅是一部选集，而江户汉诗的数量之庞大，由此已可见一斑。木下长啸子（1569—1649）的歌文集《举白集》收和歌近一千八百首，契冲（1640—1701）一生所作和歌近六千首。仅仅一人之作，便已动辄上千或数千；江户歌人成千上万，其歌作总数当不知凡几。井原西鹤曾发起过“矢数俳谐”活动，即比赛谁在规定时间内作俳句数量最多。他本人先是创造了一昼夜独吟一千句的纪录，接着又创造了一千六百句的纪录。不久，月松轩纪子（17 世纪后半叶）和大淀三千风（1639—1707）又分别以一千八百句和二千八百句打破了井原西鹤的纪录。井原西鹤马上又以四千句再破纪录。后来，据说他曾创下一昼夜独吟二万三千五百句的惊人纪录。尽管在这种情况下作成的俳句大概没有什么文学价值，但俳句数量的庞大由此已可见一斑。至于戏作，随着江户后期戏作读者的增加，出现了许多专门以戏作谋生的职业作者或准职业作者，大量写作适合大众口味的大众化通俗化的戏作作品。至明治初期坪内逍遥（1859—1935）写《小说神髓》一书时，还批评了当时文坛上戏作泛滥的现象。总之，无论是明代还是江户时期，市民文人和市民文学作品的数量都异常庞大。这成了一代市民文学的标志，一个引人注目的新现象。

与前代文人相比，明代与江户时期的市民文人具有新的生活态度和文学意识。前代文人，正因为身兼贵族、官僚或僧侣等各种身份，所以往往也身兼政治、经济、军事或哲学等各种才能，文学往往并不是他们所唯一从事的事业。而明代和江户时期的市民文人，由于他们大都是与政治无缘的具有较为独立地位的文人，所以他们中间很少出现集政治、经济、军事或哲学才能于一身的大家，而更多的是比较纯粹的职业性或准职业性文人。他们往往以文学活动为唯一的事业，将自己的一生献给这门艺术。元末明初以杨维祯和高启为中心的市民文人群，明代中期以沈周为中心的市民文人群，明代后期栖迟于穷巷陋室中的市民文人群，便说明了这一事实。在江户中期前后，也形成了一个具有较高学识的市民文人阶层。由于在固定的身份制度之下，他们被排斥于政治权力之外，所以他们大都终身遨游于文学、艺术、学问的世界中，并以此为他们的唯一事业。如被看作古文辞派最大诗人的服部南郭（1683—1759），除早年曾一度出仕外，终身不入仕途，以诗文送走生涯，是一个典型的职业性的市民文人。他的这种绝志儒学、专心诗文的生活态度，被江户市民文人看作理想的文人形象，因此出现了许多追随者。到了江户后期,则更出现了大批的职业俳人和戏作作者。

市民文人的这种较为独立的社会地位,以及他们将一生献给文学事业的生活态度,促使他们萌发了“文学至上”的意识,产生了为自己的文学事业而自豪的心情。明代诗人唐寅曾自豪地宣称:“不炼金丹不坐禅,不为商贾不耕田。闲来就写青山卖,不使人间造业钱。”(蒋一葵《尧山堂外纪》、顾元庆《夷白斋诗话》)江户净琉璃作家近松门左卫门(1653—1724)也有相似的说法,他临终前总结自己的一生说:“生于甲胄之家,却离开了武林;奉仕三槐九卿,却没有寸爵;漂泊市井之间,却不为商贾。”(《辞世文》)而据依田学海(1833—1909)的记载,后期读本作家曲亭马琴(1767—1848)的说法也大致相同,只不过说于青年时代:“(马琴)寓小说家山东京传家,京传爱其才,待之甚厚。马琴慨然曰:‘吾不能为官为医,又不能为儒,宁作稗史小说,著名后世,亦一快事矣!’乃始著一书,曰《壬生狂言》。京传一见,惊叹曰:‘从今二三十年,世不复说老夫也!’时宽政三年(1791)云。”(《谭海》[1]卷一“马琴”条)在他们的自白中,都具有轻视其他职业而看重文学事业的意识。这种“文学至上”意识,在明代和江户时期的古文辞派文人那儿获得了理论性的表现。明代古文辞派领袖之一的李梦阳就认为,只有以感情为内容并借助感觉来表现的文学,才是人类最为真实的事业和必不可少的工作;同时,他又驳斥了那种把文学视为余技末艺的流行观点。在他的这种看法中,隐含着对于历来重视儒学而忽视文学,或将文学视为载道工具的文学观的反动。江户古文辞派的创始人荻生徂徕(1666—1728),在吸收明代古文辞派的文学观以后,也形成并提出了类似的看法。荻生徂徕以前的知识分子都认为,儒学是读书人首先应该重视的东西,而文学则不过是次要的东西;而荻生

① 东京,博文馆,1892 年刊本。

徂徕却打破了这种传统观念，提倡只有文学（制作诗文）才是知识分子最重要的事业。古文辞派出现以后，过去被看作儒者余技的诗文，最终被确定为江户文学的重要样式之一，并促使了像服部南郭这样的终身从事诗文创作的市民诗人的大量出现。这种观念波及其他文学样式，促进了包括通俗文学在内的整个江户文学的繁荣。“文学至上”意识的出现，是明代和江户市民文学趋于成熟的重要标志，它们反映的是成熟的市民文人对于自己所从事的文学事业的自豪与热爱。这是文学的发展所必不可少的动力，也是通往近代纯文学的桥梁。

在明代和江户时期，由于市民文人的生活基础已不是中央宫廷、贵族沙龙或宗教寺庙，而是市民社会，所以，前此时代所存在的“高雅”文学（如诗歌散文）与“通俗”文学（如戏曲小说）之间的森严壁垒开始被逐渐打破。一方面是如上所述的广大市民加入到诗歌散文这样的高雅文学的创作队伍中来，使诗歌散文不再仅是少数文学精英所垄断的文学样式；另一方面是戏曲小说这样的通俗文学也逐渐发展成熟，吸引了原本仅擅长诗歌散文创作的优秀文人的注意，引起了他们从事戏曲小说创作的兴趣和热情。这样，无论是在明代还是在江户时期，都出现了许多跨越诸种文学样式的新型文人群，他们既为使诗歌散文更为“通俗”，也为使戏曲小说更为“高雅”，而作出了双重努力。明代的徐渭、汤显祖、康海、王九思、梁辰鱼、李开先、梅鼎祚、冯惟敏、杨慎、王世贞、屠隆、王稺登等人，都既擅诗文，又擅戏曲；吴承恩、冯梦龙、凌濛初、董说等人，都既擅诗文，又擅小说；冯梦龙、凌濛初、邓志谟等人，都既是小说家，又是戏曲家；思想家李贽、公安派文人等，都既大力提倡诗文革新，又高度评价通俗小说；像《金瓶梅》这样的长篇小说的作者，尽管有王世贞、屠隆、汤显祖等各种说法，但其为亦擅长诗文的文人，则几乎没有异议；明代的不少小说，都贴有徐渭、杨慎、唐寅、汤显祖、李贽、钟惺等人批评的标签，这不一定是真的，但书坊主人之所以这么做，本身就说明当时存在着优秀文人跨越各种文学样式的事实或可能性；与此形成对比的是，很难想象宋代的一些著名文人会被封为某通俗小说的"批评者"。在江户时期，一方面是许多一流文人选择了通俗文学的创作，如松尾芭蕉的选择俳谐，井原西鹤的选择浮世草子；另一方面是从前仅为高雅文学作者所具有的文人意识，也逐渐渗透到通俗文学的作者中去了，从而提高了通俗文学作者的素质。在这样的情况下，明代和江户时期都出现了高雅文学与通俗文学同荣共衰的局面。在明代，正如吉川幸次郎的《元明诗概说》所指出的，14 世纪中叶的元末明初时期，既是一个产生杨维祯、高启等大家的市民诗歌的成熟期，又是一个产生高明的《琵琶记》等南戏杰作和施耐庵的《水浒传》、罗贯中的《三国演义》等小说巨构的通俗文学的成熟期。15 世纪的明代前期，当市民诗歌陷于沉寂的时候，戏曲小说也保持了沉默。16 世纪和 17 世纪上半叶的明代中后期，既是市民诗歌的极盛期，又是戏曲小说的全盛期（参见本书下编《吉川幸次郎关于中国近世市民诗的若干看法》一文）。在江户时期，所谓"元禄文化"，既是和歌、汉诗等的繁荣时期，又出现了松尾芭蕉、近松门左卫门和井原西鹤这俳谐、净琉璃、浮世草子三大家。在江户后期，不仅迎来了汉诗、和歌的全面开花，也迎来了俳谐、歌舞伎和戏作的全盛时期。可以说，无论在明代还是在江户时期，两种文学之间都存在着同步关系。这与市民文人的成为文学活动主体是分不开的，也是前代文学中所未曾有过的新现象。

由于市民成了文学活动的主体，因此，明代和江户文学的发展面貌，也具有了不同于前代的新特点。文学流派和文学运动的风起云涌，成为明代与江户文学发展面貌的主要特征。在明代以前的文学史上，文学的格局大致上是以若干大家为中心的文学圈子所构成的。如先秦以屈原为中心的宫廷文人群，汉代以枚乘、司马相如、杨雄、班固等人为中心的宫廷文人群，三国以曹氏父子为中心的宫廷文人群，六朝以若干王侯贵族为中心的宫廷或沙龙文人群，唐宋以若干大官僚、大文人为中心的文人群等，都以一系列异常杰出的文人为一代文学的标志。但是，明代的情况却不是这样。一部明代文学史，更多的是以文学流派和文学运动为标志，而不是以杰出文人为标志的。尽管明代也有不少杰出的文人，但就个人而言，他们的成就大都不如前代的大文人；而给人更深印象的，则是诸如吴中四杰、北郭十子、台阁体（派）、吴中四才子、前七子、弘正四杰、后七子、前五子、后五子、广五子、续五子、末五子、唐宋派、公安派、竟陵派、吴江派、临川派之类集体性的文学流派，以及各地层出不穷的各种诗社或文学社团。明代文学的这种发展状况，正是广大市民成为文学活动主体所造成的结果。为数众多的市民文人，往往按生活地域或文学观念，结成或形成各种流派、社团、诗社；而明代文学史上的一些著名文人，如李东阳、何景明、李梦阳、李攀龙、王世贞、袁宏道、钟惺、陈子龙、艾南英、汤显祖、沈璟等，则大都是这些流派、社团、诗社的领袖。这些文学流派或文学运动此消彼长，构成了明代市民文学史的主潮。由于戏曲、小说等文学样式的繁荣发达，江户时期的杰出文人出现得更多，丝毫不亚于奈良、平安和镰仓、室町时期。不过，倘就和歌、汉诗等传统文学样式来看，则情况与明代基本相同。由于汉诗、和歌这样的文学样式为广大市民所掌握，所以也往往以地域（如江户、京都）、宗师[如荻生徂徕、贺茂真渊（1697—1769）、山本北山（1753—1812）、香川景树（1768—1843）]、宗法（如《万叶集》、《古今集》）的不同，而形成为数众多的文学流派。这些文学流派的此起彼伏，如汉诗方面古文辞派的盛行与反古文辞派的反弹，和歌方面万叶派的盛行与古今派的反弹，构成了江户市民文学史的重要内容。而且，值得注意的是，江户古文辞派的汉诗理论和万叶派的和歌理论，都直接间接地受过明代古文辞派的影响；而反古文辞派的汉诗理论和古今派的和歌理论，都直接间接地受过明代反古文辞派(如公安派)的影响。这种情况，宛如明代的文学运动在几百年后的江户文坛上又按相同的顺序重演了一遍一样。这说明性质相同的文学阶段，会具有面貌相似的发展样态。

二

由于市民成了文学活动的主体，所以在明代和江户时期，出现了一股以市民文学为背景的、适应市民文学需要的人文主义文艺思潮。这股人文主义文艺思潮，带有鲜明的市民性，是市民意识在文学观念方面的反映。它的出现，有力地推动了明代和江户市民文学的发展实践，为之提供了理论基础和思想武器，成为明代与江户市民文学繁荣发达的一个重要标志。

明代与江户时期的人文主义文艺思潮，都是以反抗传统权威和提倡异端权利的精神为其前提的。市民阶层力量的壮大，自然会产生要求承认本阶层的权利与价值的呼声，这就必然会冒犯既定的传统权威，从而带上鲜明的异端色彩。在明代的思想界，从阳明心学到王学左派到李贽到公安三袁这一脉的思想家，便从隐到显、由弱至强地反映了市民阶层的这一呼声。其中以李贽的思想最为激进。他反对以孔子之是非为是非，强调每个人的思想的权利；他明确地宣布："夫天生一人，自有一人之用，不待取给于孔子而后足也！若必待取足于孔子，则千古以前无孔子，终不得为人乎?"(《焚书·答耿中丞》)这是一种典型的人文主义思想，它喊出了新兴的市民阶层要求有自己的思想权和发言权，要求有自己的独立性和主体性的呼声，具有浓厚的反抗传统权威和提倡异端权利的精神。在江户时期，经历了战国的动乱以后，政治上“下克上”的风潮也开始波及文坛，产生了所谓的“倾侧”精神。这种“倾侧”精神的主要特征，就是对于既定的传统权威和价值观念的反抗。虽说“倾侧”精神最初是政治动乱的产物，但当江户市民文学日趋繁荣以后，它就转而成了市民文学的内在精神动力。例如在描写市民好色生活的井原西鹤的浮世草子对于描写贵族好色生活的紫式部的《源氏物语》的反讽模仿等现象中，就可以看出“倾侧”精神影响的存在和深化。

正因为否定既定的传统权威，强调新兴的市民阶层的权利和价值，所以，普通市民的日常生活，就开始受到市民思想家们的肯定和尊重。这也可以说是“天生一人，自有一人之用”的人文主义思想的一个逻辑结论。在这方面，李贽和伊藤仁斋的观点分别代表了明代和江户市民思想家的一般看法。李贽认为：“穿衣吃饭，即是人伦物理；除却穿衣吃饭，无伦物矣！世间种种皆衣与饭类耳，故举衣与饭而世间种种自然在其中，非衣饭之外更有所谓种种绝与百姓不相同者也。”（《焚书·答邓石阳》）又认为：“如好货，如好色，如勤学，如进取，如多积金宝，如多买田宅为子孙谋，博求风水为儿孙福荫，凡世间一切治生产业等事，皆其所共好而共习，共知而共言者，是真迩言也。”（《焚书·答邓明府》）和强调普通凡人在思想方面都可以有自己的见解一样，李贽也肯定普通凡人在日常生活中的种种表现（如好货、好色等）都自有其价值，它们本身便是目的，而不是实现圣人的“至理”的工具或手段。像李贽一样，伊藤仁斋也强调日常生活的价值。江户时期占统治地位的朱子学说，将道德普遍化为宇宙的原理，强调人的道德修养，压抑人的天性本能。伊藤仁斋起而反对朱子学说。他认为道是在人们以善意送走每天每日的生活中自然形成的，所以他强调尊重人性，尊重生活，尊重人间现实。伊藤仁斋的学说为其弟子们发扬光大，成为江户思想界主要的人文主义潮流之一。

肯定和尊重普通凡人的日常生活之价值的人文主义思想，在文学上必然会表现为对于描写普通凡人的日常生活内容的重视。李贽曾经说过："世人厌平常而喜新奇，不知言天下之至新奇，莫过于平常也。日月常而千古常新，布帛菽粟常而寒能暖、饥能饱，又何其奇也？是新奇正在于平常。世人不察，反于平常之外觅新奇，是岂得谓之新奇乎？"(《焚书·复耿侗老书》)这种"平常新奇"论，自是"穿衣吃饭，即是人伦物理"的一个引申；而凌濛初和睡乡居士的下述文学思想，与李贽的这一观点无疑是一脉相承的。即空观主人(凌濛初)说："语有之：'少所见，多所怪。'今之人但知耳目之外牛鬼蛇神之为奇，而不知耳目之内日用起居其为谲诡幻怪、非可以常理测者固多也……则所谓必向耳目之外索谲诡幻怪以为奇，赘矣！"(《拍案惊奇序》)睡乡居士说："今小说之行世者，无虑百种，然而失真之病，起于好奇。知奇之为奇，而不知无奇之所以为奇，舍目前可纪之事，而驰骛于不论不议之乡。"(《二刻拍案惊奇序》)这些说法，都是针对"二拍"富于日常生活内容的特征而作的辩解，但其实也都可以看作"二拍"创作的指导思想，它们都强调日常生活具有文学表现的价值。不仅"二拍"，推而广之，明代之所以会出现一系列表现普通市民日常生活的长短篇小说，无疑也是与当时市民文人重视日常生活的文学表现价值的观念分不开的。可以认为，这种重视日常生活的文学表现价值的观念的出现，无疑带来了明代市民文学的内容的变化，促进了写实文学的发展，使文学成为表现普通市民的日常生活的工具。明代长篇小说从英雄传奇到世情小说的变化，以及短篇小说中市井内容的繁富，正有力地说明了这一点。江户思想家伊藤仁斋重视普通凡人的日常生活的学说，在文学方面也引申出了相应的主张。这种主张认为对于文学来说，重要的不是追求表现的典雅，而是要表现人情的真实(《古学先生文集》卷三《题白氏文集后》)。人情的真实当然包括普通凡人的日常生活和真实情感。与这样一种文学思想相呼应，江户文坛上出现了许多表现普通市民日常生活的戏曲和小说作品，产生了与传统的“雅文学”相对的新兴的“俗文学”。

正因为重视文学表现普通市民的日常生活的功用，所以擅长表现普通市民的日常生活，为广大市民所喜闻乐见的通俗文学样式，便受到了明代和江户市民文人的充分肯定。如李梦阳在中国文学史上第一次将通俗文学代表作《西厢记》与高雅文学代表作《离骚》相提并论，而徐渭则高度肯定了李梦阳的这一见解(见徐渭《曲序》)；崔铣、熊过、陈束、唐顺之和王慎中等人，将通俗小说《水浒传》与正史之祖《史记》相提并论(见李开先《词谑》)；李贽将《水浒传》与《史记》、杜诗、苏诗、李诗相提并论，作为“宇宙内”的“五大部文章”之一来看待(见周晖《金陵琐事》)，又把戏曲小说看作文学史发展的必然趋向与结果，与正统诗文一样同为“古今至文”(《焚书・童心说》)；幔亭过客(袁于令)《西游记题辞》、天都外臣《水浒传叙》、袁宏道《觞政》等，皆大力称扬《西游记》、《水浒传》、《金瓶梅》等通俗小说；袁宏道甚至认为和通俗小说相比，六经称不上至文，司马迁够不上组练(《听朱生说水浒传》)。诸如此类对于通俗文学的正面肯定，在前此的中国文学史上是听不到的，而在中晚明时期则屡见不鲜，成为一个引人注目的文艺现象。它极大地促进了通俗文学的繁荣，提高了通俗文学的地位，作为明代通俗文学繁荣的背景，是不容忽视的存在。在日本文学史上，尽管出现过世界上最早的长篇小说《源氏物语》，但通俗文学却一直受到正统文人的轻视。到了江户中后期，通俗文学的繁荣与市民读者的要求，使许多市民文人开始认识到通俗文学的意义，自觉地献身于通俗文学的创作，并积极地肯定通俗文学的价值。都贺庭钟的《英草纸序》、上田秋成的《雨月物语序》、本居宣长(1730—1801)的《源氏物语玉の小栉》、曲亭马琴的一些小说序跋，都充分肯定了通俗文学的价值。如曲亭马琴就曾说过："《宇都保》、《源氏物语》之艳且丽，《水浒》、《西游记》之奇且巧，其文绝妙，句句锦绣，实是稗史之大笔，和文之师表。"(《南总里见八犬传》[①]第九辑卷之三十三简端附录作者总自评)伊藤仁斋也说："苟通其理，则见野史稗说，皆有至理，词曲杂剧，亦通妙道。"(《童子问》[②]卷下第五章)这种对于通俗文学的看法和态度，在江户市民文人中是颇有代表性的，无疑也给江户时期通俗文学的繁荣带来了积极影响。

在通俗文学样式受到重视的同时，文学的通俗性也受到明代与江户市民文人的特殊关注。这是因为文学要为市民阶层服务，就必须采用通俗易懂的方式。这样，追求和肯定通俗，便成了明代与江户人文主义文艺思潮的重要特征之一。如欣欣子的《金瓶梅词话序》、徐渭的《题昆仑奴杂剧后》、托名徐渭的《南词叙录》、绿天馆主人(冯梦龙)的《古今小说序》等，都强调戏曲小说的语言应通俗家常，妇孺易晓，比起"入于文心"，即适应知识分子的口味来，更应重视"谐于里耳"，即适应市民阶层的需要。在江户市民文人和思想家的心目中，通俗性也占有相当重要的位置。伊藤仁斋认为，比起墨守传统表现的高级的文学来，卑俗的自由的文学才是文学的使命。他说："盖诗以俗为善，《三百篇》之所以为经者，亦以其俗也。诗以吟咏性情为本，俗则能尽情。"(《题白氏文集后》)如果说伊藤仁斋更强调诗歌的通俗性，那么可以说，江户通俗文学家们就更强调戏曲小说的通俗性。如都贺庭钟强调自己的小说"鄙言却可儆俗"，为文"去俗不远"(《英草纸序》)；山东京传说自己的读本"施国字，陈俚言，令儿女易读易解也"(《忠臣水浒传自序》)；曲亭

---

① 曲亭马琴《南总里见八犬传》(全十册)，小池藤五郎校订，东京，岩波书店，1990 年。

② 东京，古义堂，1904 年刊本。

马琴则说自己的小说“虽云文杂雅俗，然不好古雅之言，此妇人小儿不易解之故也”（《南柯后记序》）；他更以中国白话小说如《水浒传》和《西游记》为榜样，对建部绫足（1722—1774）用雅言古语写作读本的做法提出了批评（《本朝水浒传を读む并批评》[①]之《作者の书ざまを批评す》）。对文学的通俗性的重视，无疑促进了明代和江户市民读者层的扩大。

在普通凡人的日常生活受到重视的同时，他们那不受束缚的真情实感也受到了重视。强调文学要表现人的真情实感，成了明代与江户市民文艺思潮的又一个重要特征。如李梦阳的《张生诗序》、《鸣春集序》，唐顺之的《又与洪方洲书》，李开先的《荆川唐都御史传》，袁宏道的《叙小修诗》，谭元春的《汪子戊巳诗序》，冯梦龙的《太霞新奏序》，汤显祖的《耳伯麻姑游诗序》，等等，无论是古文辞派，还是公安派、竟陵派，还是唐宋派，还是通俗文学作者，都强调文学应该表现人的真情实感（当然，至于具体怎样表现“情”，他们之间存在着很大差异，有的强调模拟古人，有的强调独抒性灵）。江户时期的市民文人，也都强调文学的主要任务就是表现“情”。如伊藤仁斋认为，“诗以吟咏性情为本”（《题白氏文集后》）；以荻生徂徕为首的古文辞派，则像明代古文辞派一样，主张通过模拟古代的文学作品，来深刻全面地洞悉人情与人性；与荻生徂徕的主张相呼应，贺茂真渊认为真情自然是古代和歌的生命，而通过模拟这些古代和歌，就可以具备真情自然的特色；山本北山在抨击古文辞派的文学理论时，像明代公安派一样，提出了要表现自己的真情的主张；与山本北山的主张相呼应，小泽芦庵（1728—1801）和香川景树都强调和歌要吟咏自己的真情，认为和歌是人心自然之声，以真率为最佳，认为吟咏实景实物时出于真情的便是上品；本居宣长在评

---

①　收入《曲亭遗稿》，东京，国书刊行会，1911年。

论《源氏物语》时，提出了著名的“物の哀れ”（物之哀）论，认为文学的重要使命，是表现人为可感动之物所感动的心理活动，并推重《源氏物语》为这方面的杰作；他在和歌方面也提出，歌人应该是多愁善感的，和歌应是感情的自然流露。总之，无论是古文辞派还是反古文辞派，是汉诗论还是和歌论，是儒学家还是“国学”家，都不约而同地要求文学表现人的真情实感，尽管关于表现的具体方法众说纷纭，莫衷一是。明代与江户文人对于“情”的共同强调，正反映了新兴的市民阶层想要自由地表达自己的感情的要求，对明代与江户市民文学大胆表现人的真情实感的创作实践产生了积极影响。

由于传统道德要求用道德教条压抑人的真情实感，所以，明代与江户时期各种强调文学要表现真情实感的说法，都往往或明或暗地把“理”作为对立面来否定，显示出“尊情抑理”的倾向。在李贽的《童心说》看来，作为真情实感发源地的自由心灵（“童心”），是与作为道德教条之表现的“闻见道理”截然对立的，有真情实感就无闻见道理，有闻见道理就无真情实感，二者不能调和。古文辞派之所以主张学习唐诗，反对学习宋诗，其重要理由之一，就是因为如李梦阳所说的：“宋人主理，作理语，于是薄风云月露，一切铲去不为。”（《缶音集序》）这一看法是否完全符合宋诗的实际，那是可以讨论的，但其中鲜明地表现了“尊情抑理”的倾向，则是值得注意的。江户文人对于文学表现真情实感的重视，同样包含着反抗道德约束和理学虚伪的内容。如伊藤仁斋的提倡吟咏情性的诗歌主张，便是以江户朱子学的道学主义为对立面的；以荻生徂徕为首的古文辞派，将文学作品看作了解人类情性的唯一途径的观点，也是与朱子学说对文学作品作道德解释的观点相对立的；江户学者契冲在治学中也以追求人性之真实为目标，反对虚伪的道学态度。他在《势语臆断》（下之下）中评论在原业平的《辞世歌》“有生必有死，此语早已闻。命尽今明日，教人吃一惊”道：“后人吟虚伪的辞世之歌及悟道之诗，皆是伪善，甚为可憎。业平一生的诚意，表现在此诗中，显示着后人一生的虚伪。”①明代和江户市民文人的这种“尊情抑理”倾向，为市民文学冲破道德教条束缚、表现赤裸裸的人性提供了思想武器。

在人类的各种感情之中，由于男女之情乃是植根于人性最深处的人类最基本的感情，所以对于道德伦理往往具有最强烈的冲决破坏作用。这一方面既使传统道德伦理视之为洪水猛兽和万恶之首，另一方面也使市民文人们在反对封建道德时常以之作为最有力的武器。冯梦龙的“借男女之真情，发名教之伪药”（《叙山歌》），便一语道破了个中奥秘。明代与江户市民文人对此的认识都非常透彻，他们纷纷以男女之情来否定名教之理。如詹詹外史（冯梦龙）的《情史叙》，高度肯定了男女之情的力量；李开先的《市井艳词序》，强调男女之情的感人之深；袁宏道的《秋胡行》，写出了一个大声宣布自己死情不死节的妇女形象；汤显祖的《牡丹亭记题词》，认为男女之情具有“生者可以死，死可以生”的力量。尤其是何景明的《明月篇序》，更是将表现男女之情看作中国文学的优秀传统，将较少表现男女之情的文学看作二流文学，甚至连在文学史上具有至高无上地位的杜甫，也因较少表现男女之情而受到了他的批评。在他的这篇序中，有着对于男女之情的崇高礼赞，并具有强烈的否定道学的倾向，因而常受到后世正统批评家的指责。不过，在江户文人中间，它却得到了一个知音，那就是本居宣长。本居宣长的《玉胜间》，对何景明的这篇序曾有所评论。而在《源氏物语玉の小栉》中，他发表了与何景明相似而更为激进的看法。他认

① 久松潜一监修《契冲全集》第九卷《势语臆断》，东京，岩波书店，1974年，第215页；中译文据丰子恺译《伊势物语》，北京，人民文学出版社，1984年，第116页。

为,《源氏物语》描写了许多不道德的恋情,但正是通过这些不道德的恋情,读者才能更真切地发生感动。他认为,人心深处的真实是超越道德的更高层次的存在,文学的作用就在于发掘这种人性深处的真实。在这里,本居宣长通过对于男女之情的性质的认识,达到了对于文学本质的深刻洞察。现代精神分析派文学评论家莫达尔说:"其实诗与文学的伟大便在于(表现)性爱,因为生命中性爱占重要成分,这些文学因此对生命便最真实。"①在明代与江户市民文人对于男女之情和文学与道德关系的上述认识中,有不少地方颇接近于这种西方近代观点。不过,其中尤以本居宣长走得最远。这无疑是因为他是一个反对儒学、提倡"国学"的思想家,因此可以比明代文人更彻底地摆脱儒学教条的约束。明代与江户市民文人对于男女之情的重视,作为当时文学中大量出现的表现情欲和描写所谓不道德恋情的文学作品的思想背景,具有不容忽视的意义。

三

由于市民成了文学活动的主体,所以在明代与江户时期,出现或发展了许多适应市民需要的新的文学样式。这些文学样式,或为前代所有而在明代与江户时期得到发展,或为前代所无而在明代和江户时期开始形成,它们在表现市民阶层的生活、感情和趣味方面,发挥了巨大的作用,成为明代与江户市民文学繁荣发达的另一个重要标志。

在明代文坛上,传统的诗歌和散文当然仍是主要的文学样式,而且由于市民成了诗歌散文作者的主体,所以诗歌散文本身也从

① 莫达尔《爱与文学》,郑秋水译,长沙,湖南文艺出版社,1987年,第17页。

前此为贵族官僚所垄断的文学样式，变成市民群众所掌握的文学样式。与此同时，自宋元时期开始孕育发展起来的戏曲小说，进入明代以后更趋繁荣成熟，这可以说是明代市民文学的最重要的成果之一。在戏曲方面，在嘉靖以后的中晚明时期，继承南戏传统的传奇作品大量涌现，出现了继元代杂剧后的又一繁荣局面，明传奇遂与元杂剧成为近世市民戏曲的两大并峙高峰。在小说方面，明代市民文学所取得的进展更是巨大。尽管以话本为中心的短篇白话小说在宋元时期即已繁荣，并成为宋元时期市民文学发达的一个标志，但它在当时还主要是一种口头文学作品，它的保存和传播因此要受时间和空间方面的限制；它又主要是一种集体创作的产物，尚未成为文人个人有意识地创作的对象；它的技巧也比较稚嫩，在艺术性方面还停留在质朴状态。进入明代以后，情况发生了根本性的变化，许多优秀文人，开始有意识地创作短篇白话小说，这就是所谓的“拟话本”。其代表作是冯梦龙“三言”中的部分作品和凌濛初“二拍”中的绝大部分作品，此外还有《型世言》、《醉醒石》、《石点头》、《鼓掌绝尘》、《清夜钟》、《天然巧》、《鸳鸯针》、《笔獬豸》、《西湖二集》、《僧尼孽海》、《欢喜冤家》、《一片情》等一大批作品。尤其是“二拍”和《欢喜冤家》，更是中国文学史上空前的优秀个人短篇小说集。优秀文人的涉足短篇白话小说，使短篇白话小说的写作技巧获得了长足的进步。关于这一点，小野四平曾就公案小说这个侧面作过令人信服的论证。① 由于明代出版文化的发达，短篇白话小说在明代摆脱了口头文学的原始状态，成为正式的书面文学，不仅摆脱了作为口头文学所不可避免的时间和空间方面的限制，而且这种从听觉艺术向阅读样式的转换，还有利于技巧

① 小野四平《中国近世における短篇白话小说の研究》，东京，评论社，1978年，参见第二章“短篇白话小说における裁判”。

的精密化和复杂化。借助于出版文化的帮助，明代文人还有意识地保存和整理前代短篇白话小说，使其免于随时间之流被冲刷湮灭的危险。如嘉靖年间洪楩所刊的《六十家小说》，万历年间熊龙峰所刊的四种小说，天启年间冯梦龙所刊的“三言”等，都不同程度地收录了前代的话本小说（虽说一般都已经过较大程度的修改），从而成为保存和整理前代短篇白话小说的功臣。总之，在写作、技巧、传播和保存等各个方面，明代的短篇白话小说都呈现出长足的进步。在长篇小说方面，明代更是中国文学史上空前繁荣的时代，各种类型的长篇小说，可以说都主要是在明代开花结果的。虽说一般认为《水浒传》与《三国演义》均产生于元代后期，但它们的作者施耐庵和罗贯中都生活于元末明初。前者是江浙人，曾在杭州生活过；后者虽是北方人，但也在杭州生活过，并与元末割据江南的张士诚政权发生过关系。因而，他们都是生活于或曾经生活于元末明初江南地区发达的市民文化氛围中的人物。《水浒传》与《三国演义》的出现，与当时当地市民文学的高涨是一致的。在这一意义上，他们可以说与明代长篇小说的繁荣具有直接的源流关系。明代的历史小说以《三国演义》为嚆矢，至明末为止，共出现了二十余种，上自远古，下至当代，历朝史事，演述无遗。正如可观道人的《新列国志叙》所说的：“自罗贯中氏《三国志》一书以国史演为通俗演义，汪洋百余回，为世所尚，嗣是效颦日众，因而有《夏书》、《商书》、《列国》、《两汉》、《唐书》、《残唐》、《南北宋》诸刻，其浩瀚几与正史分签并架。”除历史小说和英雄传奇外，明代还发展起了神魔小说、世情小说、政治小说、公案小说等各种长篇小说类型。神魔小说有《西游记》、《唐三藏西游释厄传》、《西游记传》、《续西游记》、《西游补》、《封神演义》、《二十四尊得道罗汉传》、《铁树记》、《飞剑记》、《咒枣记》、《东游记》、《牛郎织女传》，等等；世情小说有《金瓶梅》、《醒世姻缘传》等皇皇大作；政治小说有《魏忠贤小说斥奸书》、《皇明中兴圣烈传》(又名《魏忠贤轶事》)、《警世阴阳梦》、《梼杌闲评》、《于少保萃忠全传》、《于少保萃忠传》、《正统传》、《皇明大儒王阳明先生出身靖难录》、《伟人传》、《豹房秘史》、《征播奏捷传通俗演义》、《平妖全传》、《剿闯通俗小说》、《平虏传》、《辽海丹忠录》,等等;公案小说则有《海刚峰先生居官公案》、《包龙图判百家公案》、《龙图公案》、《皇明诸司公案》、《皇明诸司廉明奇判公案传》、《名公神断明镜公案》、《国朝名公神断详情公案》、《国朝名公神断详刑公案》,等等。总之,在明代,戏曲小说等新兴文学样式都非常繁荣,形成了不同于前代文学的崭新气象。

在江户文坛上,传统的和歌、汉诗也仍是主要的文学样式,它们也摆脱了贵族、僧侣的垄断,成了市民群众所掌握的文学样式。与此同时,江户时期出现了大量新的文学样式。而且,与明代的情况不同,由于江户文学之前不像明代文学之前有宋元市民文学这样一个较长的孕育阶段,因此这些新的文学样式尽管也往往滥觞于前代,却大都是出现于江户时期的,因而,其百花齐放的局面就更为引人注目。在散文方面,出现了脱胎于汉文的狂文。在韵文方面,出现了脱胎于汉诗的狂诗,脱胎于和歌的狂歌、川柳,脱胎于连歌的俳谐等文体。无论是狂诗还是狂歌等,都具有反正统求卑俗的特点,适应着市民阶层的审美需要。在戏曲方面,出现了净琉璃、歌舞伎等新的戏曲样式,吸收了之前的能乐、狂言和木偶戏等的精华,融三味弦伴奏的歌曲、优美的舞蹈与铿锵的念白于一炉。在小说方面,江户时期的发展变化更是迅猛多姿,从脱胎于中世御伽草子的假名草子,到浮世草子,到初期读本(短篇读本),到后期读本(长篇读本),从谈义本到滑稽本,从洒落本到人情本,从黄表纸到合卷,其样式之纷繁令人目不暇接。这些小说样式和准小说样式,或孕育于中世,或诞生于近世,最终为近代小说的出现铺平了道路。总之,在江户时期,由于上述各种新的文学样式的出现和繁荣，也形成了江户文学不同于前代文学的崭新气象。

明代与江户时期新的文学样式的大量出现和高度繁荣，乃是市民成为文学活动主体的必然结果。首先，这些新的文学样式，大抵成于市民文人，尤其是那些无名的市民文人之手，他们的市民意识，必然会对这些新的文学样式的发展产生积极的影响和作用。其次，这些新的文学样式，也是借助当时作为市民文化的组成部分并以市民经济为背景而发展起来的出版文化，而获得流传和保存的。如果没有当时为数众多的以赢利为目的的书坊的存在，就不会有新兴文学样式的繁荣（小说固然如此，戏曲在明代也具有案头文学的功能，所以也必然是如此）。再次，这些新的文学样式，是有意识地以广大市民为读者对象的。以历史小说为例，明代的一些历史小说的序跋，如庸愚子（蒋大器）的《三国志通俗演义序》、林瀚的《隋唐志传通俗演义序》、陈继儒的《唐书演义序》，等等，都不约而同地提到了历史小说在向“愚夫愚妇”，即普通市民普及历史知识方面的重要性。在江户时期，几乎所有的明代历史小说，都被改编为所谓的“中国军谈”（即“中国军事小说”之意）。江户文人之所以这么做，其目的也是为了向倾心于中国文化的日本市民普及中国历史知识。再以政治小说为例，如土木之变、英宗复辟、濠之乱、武宗出巡、魏忠贤擅权、农民起义等当代事件，都出现于明代的政治小说中，它们无疑是明代小说家们为满足关心朝政的广大市民的需要而创作的。这种现象在江户时期也曾出现过。18 世纪末宽政（1789—1800）改革开始后，对时政不满的文人，用黄表纸这种文学样式，创作了许多政治题材的作品，如朋诚堂喜三二（1735—1813）的《文武二道万石通》、恋川春町（1744—1789）的《鹦鹉返文武二道》、石部琴好（18 世纪后半叶）的《黑白水镜》（1789 刊）、山东京传的《孔子缟于时蓝染》，等等，都针对关心宽政改革的江户市民的需要，以荒唐无稽的形式来反映现实政治。此外，如明代的神魔小说、世情小说、短篇白话小说、传奇，江户时期的净琉璃、歌舞伎、读本等之适应市民读者的需要，那也是不用说的。再次，这些新兴的文学样式，为适应广大市民读者的欣赏水平，大都采用浅显而有趣的形式，以此来取悦和争取市民读者。如在明代和江户时期，曾分别出现过半图半文的出版物。这些出版物的形式，大都是在同一页上，一半印图画，一半印文字，有点类似于今天的连环画（当然不完全一样）。在中国，这种半图半文的出版物，并没有发展成为一种独立的文学样式，而是以文为中心，以图为辅助，所以本质上还是书籍。早在元代就有这样的作品，如现存的建安虞氏刊刻的讲史话本《新刊全相平话武王伐纣书》等“全相平话五种”，就是全书每页上方都以图象表现内容的半图半文的书籍，这就是所谓的“全相”。到了明代，这类书籍出现得更多了，成为通俗小说的主要形式之一。如成化年间刊刻的说唱词话十六种，历史小说《盘古至唐虞传》、《有夏志传》、两种《全汉志传》、《两汉开国中兴传志》、《东西两晋演义志传》、《唐书志传》、《南北两宋志传》、《大宋中兴岳王传》、《皇明开运英武传》、《承运传》，公案小说《皇明诸司公案》、《皇明诸司廉明奇判公案传》、《名公神断明镜公案》、《国朝名公神断详情公案》、《国朝名公神断详刑公案》，神魔小说《二十四尊得道罗汉传》，等等，都是上图下文的格式。江户时期也有半图半文或亦图亦文格式的读物。其早期形式有以儿童读者为对象的赤本，以成人读者为对象的青本和黑本，其后期形式有黄表纸和合卷。其格式是全书每页的下半部或整页是插图，在其上部或空白处加入文章或对话，颇类似于今天的连环画或有文字说明的漫画。与“全相”比，毋宁说它们的绘画成分更重，但在吸引文化程度不高的市民读者方面，它们的作用是一致的。此外，一般小说之有插图，那就更为普遍了。最后，这些新兴的文学样式，都是有赖于市民读者层而存在的。由于这些新兴的文学样式适应了市民读者的欣赏趣味，所以也自然受到了市民读者的欢迎。托名袁宏道的《东西汉通俗演义序》，无碍居士（冯梦龙）的《警世通言叙》等，都绘声绘色地谈到了当时市民喜欢听或读通俗小说的情形。对于曲亭马琴的长篇读本《南总里见八犬传》，江户市民也是“田翁野奶，山妻牧童，约莫有血气者，见是书无不爱玩”（《南总里见八犬传》第九辑卷之五十三下《回外剩笔》）。如果没有市民读者层的支持，这些新兴的文学样式是不可能获得这么强大的生命力的。

四

由于市民成了文学活动的主体，所以在明代和江户时期，无论是何种文学样式，都广泛而生动地表现了市民阶层的生活、情感和趣味。这也成为明代与江户市民文学繁荣发达的另一个重要标志。

新兴的戏曲小说等通俗文学样式，首先成为表现市民生活、情感和趣味的重要体裁。明代在长篇小说方面，即在产生于元末明初的英雄传奇《水浒传》和历史小说《三国演义》中，即已洋溢着浓厚的市民情趣与氛围；而到明代中后期，以《金瓶梅》为代表的世情小说的出现，更是把对市民生活、情感和趣味的表现推向了高潮。和《三国演义》与《水浒传》所表现的英雄世界相比，《金瓶梅》所表现的毋宁说是凡人世界，其中描写的是明代市民阶层中的日常人物，叙述的是他们的日常生活，表现的是他们的日常情感。像这种具有高度市民性的小说，只能在高度发达的市民文化氛围中产生出来。除了《金瓶梅》这样的世情小说外，即使在神魔小说（如《西游记》）、政治小说（如《梼杌闲评》）、历史小说（如《新列国志》）、公案小说（如《龙图公案》）等中，也能看出市民意识的浓重投影。因此，明代长篇小说的世界，可以说是明代市民社会的缩影。在短篇白话小说方面，以“三言”中的明代作品和“二拍”为代表，更是表现了一个纷繁而喧闹的市民世界，举凡市井生活的一切，如邻里勃谿、婆媳吵架、男女偷情、偷鸡摸狗、无头公案、财产纠纷，等等，在在都成为明代短篇白话小说的表现对象，正如笑花主人《今古奇观序》所说的：“极摹人情世态之歧，备写悲欢离合之致。”尽管宋元话本中就已经出现了同样的内容，但到了明代拟话本中，表现得更为丰富多彩和淋漓尽致。在戏曲方面，明传奇所表现的，主要也是市井凡人的世界，如北里风习、青楼韵事、夫妻悲欢、骨肉离合、宦海波澜、情场风波、窃玉偷香、越墙穿窬、英雄侠客、乱臣贼子……诸如此类，不胜枚举。在江户时期的戏曲小说等通俗文学样式中，也出现了大量的市民生活内容，反映了市民阶层的情感与趣味。在小说方面，即在江户前期的假名草子中，就已出现了许多反映当代风俗、现实生活和各地世相的作品，如无名氏的《恨の介》、《竹斋》、《仁势物语》等，其中已经吹拂着近世的时代气息。到了随着井原西鹤的出现而成立的浮世草子，更是通过对于市民生活风俗的细腻描绘，对于当代人物心情的具体刻画，展现了一幅幅生动的现世生活画面，奠定了近代风俗小说的基础。“不外浮世之文”的表白，便清楚地道明了其性质。到了江户中期的初期读本，尽管它开始时曾受中国长短篇白话小说的影响，多以翻案为其内容，但后来就出现了像建部绫足的《西山物语》这样的以当代现实事件为素材的作品。与盛行于京都的初期读本同时盛行于江户的谈义本，其内容比初期读本更为市民化，且更富滑稽性，因而更适应市民读者的口味。如风来山人（1728—1779）的《根南志具佐》、《风流志道轩传》，便用刻薄幽默的笔致，反映了当时的社会现实，表现了市民的生活感觉。到了江户后期的初期戏作（洒落本、黄表纸等）和后期戏作（由黄表纸发展而来的合卷、由洒落本发展而来的人情本、由谈义本发展而来的滑稽本、由初期读本发展而来的后期读本等），更是全面而深刻地表现了江户后期成熟的市民生活和心情。如山东京传的洒落本《令子洞房》、《客众肝照子》、《古契三娼》、《通言总篱》、《倾城买四十八手》等作品，通过精细的风俗描写和情景刻画，生动地表现了江户的北里人物和众生世相；山东京传的黄表纸《御存商卖物》、《江户生艳气桦烧》等作品，表现了当代语言风习和事件世相；式亭三马（1776—1822）的滑稽本《浮世风吕》、《浮世床》，以当时江户市民休憩聊天的澡堂与理发店为舞台，塑造了各式各样的市民形象，表现了江户市民的日常生活。在戏曲方面，江户中期出现了由近松门左卫门发展起来的世话净琉璃这一新的样式。与过去以历史人物和事件为内容的时代净琉璃不同，世话净琉璃主要取材于市民社会中发生的卑小事件，在舞台上写实性地表现市民生活场景，这方面的主要作品，有《曾根崎心中》、《堀川波鼓》、《鑓の权三重帷子》、《冥途の飞脚》、《心中天の网岛》、《女杀油地狱》等。在江户后期的歌舞伎作家鹤屋南北的作品中，也描写了许多生活于社会底层的人物。总之，无论是明代还是江户时期的戏曲小说等通俗文学样式，都以其内容方面的浓厚的市民性、世俗性和日常性，而呈现出与前代文学截然不同的风貌。

而且，由于明代和江户时期的戏曲小说等通俗文学样式如上所述主要表现市民社会的日常生活，因此当代题材尤其受到明代和江户市民文人的重视。如像《金瓶梅》这样的世情小说，尽管其时间被设定在宋朝，但其中的内容情节，则无疑都是取材于当代现实生活的；“三言二拍”中的明代短篇白话小说，据学者们的考证，有许多是取材于明代宣德、成化、弘治、嘉靖、万历等各朝所发生的现实事件的；至于像《梼杌闲评》这样的政治小说，乃是以当代题材为内容的。江户时期，近松门左卫门的第一部世话净琉璃《曾根崎心中》，是取材于写作当年四月七日发生的酱油店伙计德兵卫与新地妓女お初的情死事件的；井原西鹤的浮世草子《好色五人女》中有四个故事，是取材于当时实际发生的通奸事件的；建部绫足的初期读本《西山物语》，是以刊行前一年京都发生的一起杀人事件为素材的。当代题材的受到重视，反映了市民文人们对于现世生活的浓厚兴趣，使作品增添了浓厚的当代性。

在市民生活的各种内容中，反映市民阶层的情欲与爱情的“好色”主题尤其受到明代与江户市民文人的偏爱。在明代的戏曲小说等通俗文学样式中，好色主题不仅成为贯穿于像《金瓶梅》这样的世情小说以及“三言二拍”中的许多短篇白话小说的主旋律，也成为流动于像《牡丹亭》、《玉禅师翠乡一梦》、《僧尼共犯》、《红莲债》、《男王后》这样的戏曲作品中的潜流。至于像《如意君传》、《绣榻野史》、《闲情别传》、《祈禹传》、《浪史》、《百缘传》、《双峰记》、《痴婆子传》这样的纯粹以好色为主题的小说，那就更不用提了。明代以前的中国文学，尽管也有自传说是宋玉所作的《登徒子好色赋》、《高唐赋》、《神女赋》，司马相如的《美人赋》，蔡邕的《协和婚赋》，白行简的《天地阴阳交欢大乐赋》以来的表现好色主题的传统，却从来没有像明代文学中所表现的那样直露与大胆，也从未像在明代文学中那样被给予那么多的关注与议论。这种现象的出现，无疑与明代文学的市民属性密切相关。这一点，倘联系江户文学的情况，也许可以看得更清楚。在江户前期，井原西鹤以《好色一代男》为嚆矢，写出了一系列以好色为主题的浮世草子，如《好色二代男》（又名《诸艳大鉴》）、《好色五人女》、《好色一代女》、《男色大鉴》等，直露而大胆地表现了好色主题。在井原西鹤之后，好色主题成了江户文学的流行题材。在浮世草子中，又出现了夜食时分（18 世纪初）的《好色万金丹》（1694 刊）、《好色败毒散》（1703 刊），云风子林鸿（18 世纪初）的《好色产毛》（1695—1696 刊）这样的也是以好色为主题的浮世草子。在净琉璃的世界中，出现了像近松门左卫门的《堀川波鼓》、《鑓の权三重帷子》这样的表现通奸事件的作品。

在江户后期的洒落本中，出现了像田舍老人多田爷(18世纪末)的《游子方言》(1770刊)，梦中散人寝言先生(即恋川春町)的《辰巳之园》、《南闺杂话》，山手马鹿人(即大田南亩，1749—1823)的《甲驿新话》、《变通轻井茶话》、《世说新语茶》，梅暮里谷峨(1750—1821)的《倾城买二筋道》，山东京传的《令子洞房》、《客众肝照子》、《通言总篱》、《古契三娼》、《倾城买四十八手》等描写吉原、深川、品川、新宿等地北里生活和妓院世相的作品。江户时期这些以好色为主题的作品，表现了浓厚的市民意识，受到当时市民读者的欢迎。好色主题在明代和江户市民文学中的受到重视，和市民阶层的生活情趣及文学趣味息息相关，可以说是一种基于共同社会基础的相似文学现象。无论是在明代还是在江户时期，官方的正统思想都是程朱理学，“存天理，灭人欲”都曾是当时的道德戒律。但是，随着市民阶层的壮大和市民社会的繁荣，必然会产生冲破这种道德戒律的要求。于是，好色作为合理的东西，在受到思想家肯定的同时，也必然会频繁地见诸文学作品。当然，明代与江户文学在强调好色的同时，也有过分的现象，这似乎也是历史的“矫枉过正”行为的表现。

在新兴的戏曲小说等通俗文学样式成为表现市民生活、情感和趣味的重要体裁的同时，传统的诗歌散文等文学样式中也开始注入了新的因素(尽管在程度和方式上有所差别)。明代在诗歌方面，正如吉川幸次郎的《元明诗概说》所指出的，由于大批市民作为有能力的诗人参加到诗歌创作队伍中来，借助诗歌来表现新兴阶层的活力，表现他们的新的现实和新的感受，从而使中国近世诗歌呈现出崭新的面貌。换言之，正是由于中国近世诗歌的市民性，中国古典诗歌才能在近世得到健康的发展，并继续作为民族文学的主流，在近世文学史上占据中心位置(参见本书下编《吉川幸次郎关于中国近世市民诗的若干看法》一文)。早在明初诗人高启的诗歌中，就已经表现出市民意识的高涨，其具体表现是强烈的自我意识的表白和对于市民生活的吟咏；在明代中期诗人沈周、祝允明、唐寅、文徵明等人的诗歌中，吟咏了明代商业都市苏州地区的市民生活场景，以及自己作为一介市民文人的内心感受；在明代后期许多诗人的作品中，出现了对于人性本能的充分肯定和对于生之欢乐的热情讴歌。正如本文第二部分所谈到的，强调抒情而忽视载道的“真诗”，乃是明中期吴中诗人、古文辞派诗人及晚明公安派、竟陵派诗人的共同追求目标。在散文方面，明代中期散文家归有光的散文，表现出对于市民社会的日常生活和日常情感的浓厚兴趣，并以擅长细腻感伤地描写日常琐事，而在中国散文史上获得了一席之地；在并非散文名家的古文辞派文人李梦阳的一些传记中，趣味盎然地记载了自己的市民家族的历史，在提供明代市民文人的背景材料的同时，为明代散文增添了新的内容；在明代后期文人钱谦益和张岱等人的散文中，充满着栩栩如生的人物素描和感伤空灵的山水描写。在江户时期，前此仅为贵族或僧侣所掌握的汉诗、和歌等文学样式，开始为普通市民所掌握，由此而引入了新的内容和情感。在汉诗方面，如江户后期以市河宽斋（1749—1820）为首的江湖诗社的诗人们，以多咏平民题材的南宋诗为典范，表现了日常的世界，吟咏了自己的真情。在和歌方面，尽管更多地保持了贵族文学的传统，但在江户时期也出现了不少新的因素。如江户前期下河边长流（1627—1686）编撰的和歌总集《林叶累尘集》及其续集《萍水和歌集》，初次注重并收录了没有官位的武士、商人、农夫等市民阶层歌人的作品。到了江户后期，和歌已成为广大市民喜闻乐见的文学样式，其内容也就更为世俗化和日常化了。如在橘曙览的和歌中，就出现了吟咏矿山和造纸工生活的作品。在内容方面反映市民生活、情感和趣味的同时，明代与江户时期的诗歌散文等文学样式，在形式方面也表现出了新的面貌，其最重要的特征之一便是通俗化。至少从明代中期开始，通俗化已成为明代诗歌散文的一个重要倾向，比如像唐寅的《姑苏杂咏四首》之三："江南人尽似神仙，四季看花过一年。赶早市都清早起，游山船直到山边。贫逢节令皆沽酒，富买时鲜不论钱。"这样明白如话的作品，就充满着新时代的清新气息，为前此的诗歌中所未见。又如像归有光的《项脊轩志》这样的琐屑家常的散文，正如林纾《春觉斋论文・述旨三》所说的："琐琐屑屑，均家常之语，乃至百读不厌，斯亦奇矣！"同样反映了市民性散文的一代新风，为前此的散文中所未见。到了明代后期，具有这种风格的诗歌散文就更多了，通俗化成为笼罩整个时代的文学风尚。关于这一点，《四库全书总目》曾反复作过强调，尽管它作为传统的批评对此不免抱有偏见。① 在江户时期，在汉诗方面，以市河宽斋为首的江湖诗社的汉诗，就是用极为平易简明的风格来写的，给人以清新通俗的感觉。在和歌方面，以小泽芦庵为代表的歌人，提倡以不加文饰的"徒歌"来表现自己的真情实感，强调通俗本色的风格特征。可以说，追求表现的通俗清新，乃是明代和江户时期的诗人、歌人、散文家的共同倾向之一。总而言之，无论是内容还是风格，诗歌散文等传统文学样式，在明代和江户市民文人手中都产生了重要变化，其变化的程度和方式虽说可能赶不上或不同于戏曲小说等新兴文学样式，但其方向却是完全一致的。这无疑是因为当时诗歌散文的作者和戏曲小说的作者同属于市民阶层之故。

---

① 参见拙文《评〈四库全书总目〉的晚明文风观》，载《复旦学报》1990 年第 3 期；收入拙著《中国古典文学论集》，韩国蔚山，蔚山大学校出版部，1996 年；初集、二集合集版，上海，上海古籍出版社，2013 年。

下　编
日本汉学述评

铃木虎雄《支那文学研究》述评

铃木虎雄(1878—1963)是日本的中国文学研究者,也是 20 世纪日本最早用近代方法研究中国古典文学的先行者之一。他自 1908 年起,任京都帝国大学(今京都大学前身)文学部汉文科助教授(1919 年起任教授),与当时任教授的狩野直喜一起,为创建京大的中国文学研究中心,亦为开创著名的“京都学派”,作出了巨大的努力。自入京大前一年的 1907 年 3 月,至 1925 年 5 月,将近十九年间,他共写了三十九篇关于中国古典文学的论文,陆续发表在《日本及日本人》、《艺文》、《东亚研究》、《青年汉文世界》、《史林》、《支那学》等刊物上。1925 年秋,他将这些论文汇为《支那文学研究》[①]一书,交京都的弘文堂书房出版。[②] 至次年底,已第三次印刷,可见此书在当时受欢迎之程度。除了平日上课的讲稿,以及当时正在撰写中的《支那诗论史》以外,他在京大前十八年的研究成果已基本上汇集于此书了。因此,此书也可以说是他的——同时

---

① “支那”是以前日本人对于中国的蔑称,其时的日本学者亦未能免俗。现且一仍其旧,以存历史真相。本书中的其他场合亦如此,将不再一一说明。

② 其汉文《书后》云:“《支那文学研究》编成,录文凡三十九篇,类聚区分,定为五卷,曰诗赋,曰词曲,曰传说小说,曰通论,曰八股,近十九年之所撰述,略具于此。平日所讲文学史稿,及业有成书者,则不预焉。覆读精思,考据之未周,论断之失当,恐亦不鲜,驷不及舌,追改无从。予辈求是,常宿学途之蘧庐;后进折衷,倘逢他山之攻玉。大正乙丑秋。豹轩主人。”

也是20世纪日本的——中国古典文学研究的奠基作之一。为此，笔者撰写本文，对铃木虎雄此书的内容和特色作一简要的介绍。

一

铃木虎雄的《支那文学研究》，对中国文学的诗、赋、词、曲、传说、小说乃至八股文等各种体裁，作了广泛而深入的研究，而尤以诗歌研究所占的比重为大。大致说来，其内容包括下列几个方面。

（一）关于文体起源的研究。有关这方面的论文，有《五言诗产生时期质疑》（《五言诗发生の时期に关する疑问》[①]，史学会讲演；《史林》，1919年4月）、《绝句溯源》（《支那学》，1921年12月）、《词源》（《支那学》，1922年10月）、《论骚赋的生成》（《骚赋の生成を论ず》，支那学会大会讲演，1924年11月30日；其中第一、二章收入《支那学》，1925年8月）等。

《五言诗产生时期质疑》一文，对历来流传的五言诗由枚乘、李陵、苏武始作，即五言诗产生于西汉景帝和武帝时期的说法提出了质疑，认为有三点理由使人怀疑此传说的真实性：(1) 这些被认为是创始之作的五言诗及其他五言诗出现的本原未能确定；(2) 五言诗发达的路径不明；(3) 有关被认为是创始之作的五言诗及其他五言诗的记载不见于史传。由这三点理由推测，五言诗绝不可能起于西汉时期，所谓枚乘、李陵、苏武，皆梁人伪托。推而广之，类似号称卓文君所作的《白头吟》、班婕妤所作的《怨歌行》之类西汉五言诗，也无一不是后人伪托。东汉初班固的《咏史诗》尚甚质直，至傅毅、张衡等出，五言诗始粲然可观。由此可见，五言诗的成立，应在东汉章、和时期。此后，五言诗便日趋发达了。以上见解，

---

① 论文篇名附日文原文，然与中文同者则不赘。

在今天看来已是常识之一，但在当时却有启发之功。铃木虎雄此文由陈延杰和汪馥泉各自译成中文，分别载于《小说月报》第 17 卷第 5 号（1926 年 5 月）及《语丝》第 5 卷第 33 期（1929 年 10 月）以后，在中国也产生了很大的影响。罗根泽的《五言诗起源说评录》（载《河南大学文学院季刊》第 1 期）曾引铃木虎雄之说评曰："铃木氏不信苏、李诗，不信《古诗十九首》，其见甚卓。"同时对批评铃木虎雄此文的朱偰的《五言诗起源问题》和徐中舒的《五言诗发生时期的讨论》提出了反批评。此后，关于枚乘、苏李诗及《古诗十九首》的讨论在中日两国更趋深入，尽管最后定论尚难指望，但五言诗之起源问题已引起中日学者的充分注意，而铃木虎雄的见解也已为许多学者所基本接受。《绝句溯源》一文，探讨了唐代盛行的五七言绝句的起源。铃木虎雄批评了明人关于绝句起源于律诗或"一句一绝"的说法，通过大量事实证明，绝句起源于乐府、歌谣和联句等，至齐梁时，受声韵规则的约束，遂形成后世的绝句体。它之所以被称为绝句，是因为它乃截乐府之一解而成。这也是最早的系统深入地探讨绝句起源的论文之一。绝句本于乐府、早于律诗的看法，虽说前人已经提出，但由于铃木虎雄的精密论证，也更为学界所普遍接受了。此文有汪馥泉的中译文，载《语丝》第 5 卷第 28 期（1929 年 9 月）；又有李邵画的中译文，题为《绝句的源流的研究》，载《北平晨报学园》第 27、28 期（1931 年 1 月 27、28 日）。《词源》一文，探讨了词的起源，《论骚赋的生成》一文，探讨了骚赋的起源，分别是这两个领域中的创始之作之一。二文均有汪馥泉的中译文，载《中国文学论集》（上海，神州国光社，1930）。《词源》又有拙译，载王水照等编选《日本学者中国词学论文集》（上海，上海古籍出版社，1991）。

（二）关于神话传说的研究。有关这方面的论文，有《古水神传说》（支那学会讲演，年月失记）、《关于桑树的传说》（《桑树に关

する传说》,《支那学》,1921 年 5 月)、《采桑传说》(《支那学》,1921 年 3 月)等。

在《古水神传说》一文中,铃木虎雄将《山海经》、《楚辞》、《淮南子》、《列仙传》、《列女传》等载籍中有关古水神的传说作了整理,依河流分成河、洛、汉、湘四个系统,即黄河的水神是河伯冯夷和波神阳侯,洛水的水神是洛神宓妃,汉水的水神是江妃,湘水的水神是湘君。此外,他还对关于湘君和湘夫人由一而二的形成过程及相互关系的各家之说作了辨析,大致厘清了中国古代水神传说的系统。在《关于桑树的传说》一文中,铃木虎雄对中国古代与桑树有关的传说作了整理,认为从有关桑树的传说中,可以得到许多有益的启示。首先,从有关"扶桑"和"桑封"的传说中,可以窥见古人的自然观和宗教观;其次,从有关"帝女桑"的传说中,可以知道中国古代有用"帝"来表现稀奇事物的习惯;再次,从有关"空桑"的传说中,可以了解中国古代关于人的起源的观念,它与禹子启的石开传说、殷祖契的燕卵传说一起,构成了中国古代美丽而奇特的发生传说;最后,有关桑树的传说大都流行于中国北方,也有助于理解中国的采桑传说大都流行于北方的原因。在《采桑传说》一文中,铃木虎雄对中国文学中的"采桑"传说作了纵向的整理。他将上古的大禹与涂山女传说、春秋的解居父传说、鲁国的秋胡妻传说、汉代的"陌上桑"传说,以及魏晋以后以"秋胡妻"为主题的诗歌、元代石君宝的《秋胡戏妻》杂剧、现代的《桑园会》戏曲等合在一起来考察,指出它们有一个共同的母题,即一个过路男子向在路旁采桑的女子求爱,女子或接受(如涂山女、负子妇),或拒绝(如秋胡妻、秦罗敷)。除大禹与涂山女传说之外,这些传说大都产生于中国北方,和桑树传说产生的地点一致,也和《诗经》中吟咏的"桑间濮上"之地一致。他认为,这些古传说的异同与变迁,可以给人以许多启示。如"江淮之俗,以辛壬癸甲为嫁娶日也"(《水经注》卷三十淮水

“又东过当涂县北”条），即与大禹和涂山女传说有关；又如，解居父传说中的负子之妇很是贞节，但屈原赋中却有“负子肆情”之诘难，可见屈原所见尚为传说之本来面目，而后来流行的解居父传说则已经经过了道德家的改篡；再如，通过从秋胡妻传说到《桑园会》戏曲的演变，也可以看出符合社会道德的教训已经代替了传说的妙趣。总之，从采桑传说中，可以看到道德观念和社会习俗的变迁。铃木虎雄谦虚地认为，自己的上述研究仅仅是提供了一些材料，进一步的解释尚有待于学者们的努力。其实，他能够注意到这些神话传说，并且能够系统地整理这些材料，本身已经是具有近代意义的研究工作了；更何况他所提供的一些初步解释，也是足以示人以途径的，而且实际上也已经对后来的学者发生了影响。法国汉学家桀溺（Jean-Pierre Diény）在其《牧女与蚕娘》①一书中，曾高度评价了铃木虎雄这一研究的意义：“在 M.辛克大胆地用羊群来阐述牧女诗前五十年，日本汉学家铃木虎雄就围绕着《罗敷》一诗收集了有关桑树的各种古代资料。下面即将引述的几首诗歌、传说和寓言，早就引起了这位学者的注意。他悄悄地进行了独到的研究。西方无人对此有所察觉。甚至在中国，除了游国恩发表了一篇慎重小心的论文外，至少在《罗敷》这个问题上，确实尚无人想到把文学和民俗联系起来加以研究。”②可见在这个方面，铃木虎雄同样是先驱者之一。

（三）关于古典戏曲的研究。有关这方面的论文，有《蒋士铨的〈冬青树〉传奇》（《蒋士铨の〈冬青树〉传奇》，《大阪朝日新闻》，1910 年 8 月）、《毛奇龄的拟连厢词》（《毛奇龄の拟连厢词》，《东亚研究》，1913 年 7 月）等。前者对《冬青树》传奇作了节译和解说，

---

① Jean-Pierre Diény, *Pastourelles et Magnanarelles: Essai sur un thème littéraire chinois*, Genève, Paris: Librairie Droz, 1977.

② 钱林森编《牧女与蚕娘》，上海，上海古籍出版社，1990 年，第 167 页。

后者探讨了中国戏曲发展史上的重要一环“拟连厢词”。不过，和他的实际研究相比，他在中国戏曲研究方面的倡导之功似乎更显重要。《王氏的曲录及戏曲考原》(《王氏の曲录及び戏曲考原》，《艺文》，1910年8月)一文，是20世纪日本的中国戏曲研究史上的一篇重要文献，它向日本学界介绍和评论了前一年(1909)刚在中国出版的王国维的戏曲研究新著《曲录》和《戏曲考原》。文中提到：“支那词曲之研究，在我邦极属草昧(一二先辈除外)，因传来本邦之文献稀少，且可资津逮之书籍亦不多；或虽有词话曲话类，却以一字一句之修辞方面谈论为主，无通贯之记述，况能溯本寻源哉！此时此际，得王氏此书，真不啻空谷足音。”在此之前，除森槐南、笹世临风、幸田露伴等个别人外，中国戏曲的研究在日本极为薄弱。至盐谷温在东京帝国大学，狩野直喜和铃木虎雄在京都帝国大学分别提倡以后，研究中国戏曲才风气渐开。铃木虎雄此文，在倡导日本的中国戏曲研究的风气方面，在扩大王国维的戏曲研究在日本的影响方面，都有着重要意义。铃木虎雄的学生青木正儿，便因读了王国维的戏曲研究著作，而萌发了治中国戏曲的信念；另一学生吉川幸次郎，后来也以治元杂剧闻名。同时，铃木虎雄此文，也“造成王氏东游(日本)的机运”①。王国维于1911年，即此文发表之翌年，东渡日本，给日本的中国戏曲研究推波助澜，中日学者互相切磋交流，把中国戏曲研究共同引向深入，这都不能不归功于铃木虎雄此文的介绍和提倡之功。所以说，尽管铃木虎雄的中国文学研究仍以传统的诗赋为主，但他在倡导日本的中国戏曲研究方面同样功不可没。

(四) 关于古典诗文的研究。这是《支那文学研究》的重头。

---

① 梁容若《东瀛的中国戏曲研究》，收入其《中日文化交流史论》，北京，商务印书馆，1985年，第124页。

有关这方面的论文很多,主要有《柏梁台联句》(《柏梁台の联句》,《艺文》,1911 年 1 月)、《山水文学与谢灵运》(《山水文学と谢灵运》,《日本及日本人》,1911 年 8 月)、《杜甫的纪行诗》(《杜甫の纪行诗》,《日本及日本人》,1911 年 9 月)、《唐代的叙事诗》(《唐の叙事诗》,《支那学》,1922 年 4 月)、《光绪年间诗界一倾向》(《光绪年间の诗界の一倾向》,京都帝国大学夏期课外讲演,1913 年 8 月)等,分别探讨了中国诗歌史上的一系列重要课题。

《柏梁台联句》一文,对柏梁诗的文本系统、关于柏梁诗真伪的各家之说、柏梁诗在文学史上所占的地位、柏梁诗对后代文学的影响、柏梁诗对日本文学的影响等一系列问题作了探讨,虽然最后尚不能定其真伪,却提供了许多有价值的线索。而且其中涉及七言诗起源问题的观点,即认为高祖时期唐山夫人的《安世房中歌》第六章及武帝时《郊祀歌》的景星章乃是七言诗的起源的观点,也很有启发意义,为中国学者所注意,见罗根泽《七言诗之起源及其成熟》(载《师大月刊》1933 年第 2 期)。《山水文学与谢灵运》一文,研究了六朝山水文学的兴起及谢灵运在其中所起的作用。铃木虎雄的视线,不仅注意到了谢灵运的山水诗,也注意到了谢灵运的山水文,如《山居赋》与《游名山志》,甚至还注意到了谢灵运的自注、诗题与书牍等中所表现的山水之美,这不能不使人叹服其眼光的精密。此外,他还谈到了谢灵运对唐代诗人的影响,指出以写景诗著称的王维、孟浩然、常建和储光羲等人的诗风,都源于陶渊明和谢灵运系统;李白和杜甫的纪游之作,也受了谢诗的不少影响;张九龄和张说的游览之作,也是规模谢诗的;中唐的韦应物、柳宗元也是如此。总之,唐代于写景诗苟有所长者,大抵祖述过谢灵运和谢朓。日本对中国山水文学的研究,至 1960 年代初小尾郊一的《中国文学中所表现的自然与自然观》(东京,岩波书店,1962)一书出而蔚成大观;但溯其创始之功,则不能不提到铃木虎雄这篇论文。小尾郊一自述自己之所以从事这方面的研究，乃是由于受了铃木虎雄此文的启发，也可见此文的影响之一斑。《杜甫的纪行诗》一文，将杜甫的纪行诗与王士禛的《蜀道集》作了比较，指出杜诗之所以伟大，在于能将忠诚与热情等道德内容与艺术表达作完美的结合，在写景之中洋溢着自己的独特情怀；王士禛的纪行诗却只有写景，而不能在写景的同时充分表现自己的性情，因此王士禛的纪行诗不及杜甫远甚。《唐代的叙事诗》一文，探讨了汉魏六朝叙事诗的发展，及中晚唐以后叙事诗的兴盛。铃木虎雄认为，中晚唐以后叙事诗的盛行，与当时传奇小说的盛行有关。如白居易的《长恨歌》与陈鸿的《长恨歌传》相配，李绅的《莺莺歌》与元稹的《会真记》相配，司空图的《冯燕歌》与沈下贤的《冯燕传》相配，等等。同时，叙事诗的盛行亦与"弹词"的兴起有关，因为唐代的叙事诗大都是可以弹唱的。他又认为，叙事诗可以看作后世戏曲的渊源。这些见解，都是很值得重视的。此文由即青译成中文，载《北平晨报学园》第66、67期(1931年4月14、15日)。《光绪年间诗界一倾向》一文，是他关于中国近代文学的一篇力作，其中极为详细地探讨了光绪年间中国诗坛上出现的新面貌，其在中国近代文学研究方面的开创之功也是不可忽视的。

二

铃木虎雄的《支那文学研究》，不仅从文学现象本身的发展历史中去研究中国文学，也从文学与其他外部因素的关系中去研究中国文学。大致说来，有以下几方面的内容。

(一) 关于中国语言与中国文学的关系。语言是文学的表现手段，由于语言的不同，文学也会表现出不同的特点。中国文学的许多特点，便是由汉语的特性造成的。特点之一，便是中国文学所独有的语言游戏性质。铃木虎雄是最早注意到这一特点的日本学者之一。他的《支那文学中的语戏》(《支那文学に於ける语戏》,支那学会讲演;《支那学》,1924 年 7 月)一文,便从汉语特性的角度,探讨了中国文学中的语言游戏文学,如隐语、童谣(字义方面的游戏),字谜、析字、离合、杂名(字形方面的游戏),谐音、双关(字音方面的游戏),反语、自反、吃语诗、虫言诗、禽言诗(双声叠韵方面的游戏),藏头、歇后(文字省略方面的游戏),回文、盘中体、首尾吟(文字排列方面的游戏),人名、药名(嵌字方面的游戏),等等。这些语言游戏文学,都是由汉语的特性造成的,是中国文学所特有的现象。中国文字的这一特点,还决定了中国文字和社会生活的密切关系。《文字之国——支那人有关文字的日常生活》(《文字の国——文字に关する支那人の日常生活》,京都帝国大学学术恳谈会谈话,1918 年 11 月 29 日)一文,探讨了中国文字在中国人日常生活中的地位和作用。他谈到,中国民间有着尊重文字、敬惜字纸的风俗,社会生活中所广泛使用的匾额招牌、门联楹联、四六骈文、酒令骨牌、灯谜诗钟、告示旌表等,都在在表现了中国文字与社会生活的密切关系。关于中国文字生活的这一侧面,历来不登文学研究的大雅之堂,士大夫们尽管也喜欢从事,却只是把它们视为雕虫小技。而铃木虎雄却以一个外国学者对中国语言的敏感,抓住了中国语言与中国文学的关系这一题目进行研究,揭示了中国文学的一大特色。后来,这种研究为中日学者所继承,遂开古典文学研究之一翼。如《文字之国——支那人有关文字的日常生活》一文作后两年,铃木虎雄的学生青木正儿便作了《楹联的趣味》(1920),对楹联的历史和美感作了更仔细的探讨。在中国,陈子展曾写过《八代的文字游戏》这样的文章,王运熙也曾研究过六朝文学中的双关谐音诗。此外,铃木虎雄还重视民间语言对中国文学的影响的研究。他的《运用口语的填词》(《口语を使用せる填词》,支那学会讲演;《艺文》,1923 年 2 月)一文,从《诗经》、《楚辞》中的方言成分,《子夜四时歌》中的俗语和俗语语气,一直谈到宋词大量使用俗语填词的风气,认为正是在以雅语为本而适当地点缀口语的词中佳作最多。铃木虎雄的这一研究,曾受到鲁迅的重视,并将此文译成中文,发表在《莽原》第 2 卷第 4 期(1926)上。众所周知,鲁迅本人也是非常重视民间语言对于中国文学的影响的,在这方面也曾有过许多的精彩言论。这是从语言学的角度来研究中国文学的。

（二）关于中国地域与中国文学的关系。中国是一个幅员辽阔的国家。在不同的历史时期,中国文学的发达地域是不一致的。研究各个时期不同地域的文学的兴衰,也是中国文学研究的一大课题。《支那文学家的地理上的分布》(《支那文学家の地理上の分布》,支那学会大会讲演要旨,1918 年 12 月 8 日)一文,便是这方面的一个初步尝试。铃木虎雄将中国古代的文学家以朝代为经,以地域为纬,画了一张表格,试图使不同时代各地文学家的人数多寡一目了然,并由此了解各地文学的盛衰。根据这张表,他首先指出,春秋战国时期,文学的中心区域在中国北方及南方的楚地。北方文学以诗与诸子为主,风格朴实雄健;南方文学以骚赋为主,风格徘徊纡郁。西汉时期,北方经学发达,多经生儒师;南方则文学发达,多骚人赋家。骚赋首先成熟于吴王、淮南王的宫廷,而后传播到梁孝王的宫廷,再后盛行于中央朝廷,文学呈由南向北发展的趋势。东汉魏晋时期,文学呈南北融合形势。晋室南渡,将发达的北方文化带到了南方,南方人通过南渡北人始见到北方文明。由于北方文学移植到了南方的丰饶富裕之地,文学日渐发达,迎来了六朝文学的隆盛。南北朝时期,文学北不及南,北方人只求不被南方人笑话。隋唐宋时期,隋是文学上的过渡期,唐是大一统时期,宋室南渡在将文化从北方带到南方方面所起的作用可与晋室南渡相比。其时福建受安徽、江西文化的影响,遂迎来了道学与文学两方面的巨大进步。明代全国各地都有文学家，其中尤以江浙地区为文学的中心。清代一方面仍和明代一样，以江浙为文学的中心，另一方面，广东亦开始进入文化圈。这是三千年来中国文学在地域方面的变化大势。他又指出，各地的物质环境，也影响人文甚巨。如明清以后文学以江浙为中心，这是因为这一带有着得天独厚的物质人文环境：风景是“江南佳丽地”，生活是司马迁所谓的“饭稻羹鱼……地势饶食，无饥馑之患”（《史记・货殖列传》），加之以发达的藏书设施，因而造就了一代人文。总的来说，江域优美，河域雄劲，各有特长。南北统一的时代容易出大文学家，既有天分又有机会通观南北的人能出大著作。以上是《支那文学家的地理上的分布》一文的大致观点。从地域的角度研究中国文学史，在20世纪初的中国也不乏其人，如王国维的《屈子文学之精神》，将先秦思想分成南北两派；刘师培的《南北文学不同论》，也分析了南北文学的差异。可以说，这是近代一种相当流行的文学研究方法。不过，铃木虎雄的高明之处在于，他不仅对不同地域的文学作了静态比较，也对整个中国文学在空间方面的变化作了动态描述。当然，他的描述还是相当简略的，在这个领域中，还有许多工作可做，如集中研究某一地区（如江浙、四川、广东等地）文学的盛衰及其与该地一般文化环境之关系，研究文学南北拓境的过程及由此而产生的内容、形式、趣味的变化，研究文学风尚、审美趣味、理论主张之争背后的地域因素，研究旅行、游学、贬谪、远仕、出使等对于文人和文学潮流的影响，等等，都是大有可为的研究课题。这是从人文地理学的角度来研究中国文学的。

（三）关于朝代嬗替与中国文学的关系。在世界古代历史上，朝代嬗替是一种非常普遍的现象，但是臣民对于朝代嬗替的态度，在中国却与世界上其他地域有相当的差异。中国的传统观念强调臣民应对国家尽“忠”，而在封建时代，国家也就意味着朝廷，意味着天子。因此，处于新旧王朝交替时代的中国文人，便遇到了一个外国文人所难以遇到的严重问题，即对新旧王朝的态度问题。这常常使中国文人陷入一种左右为难、进退维谷的困境。反映到文学上，便形成了中国文学所特有的“亡国文学”。关于这一方面，中国的文学研究者是非常熟悉的，而且，也许正因为太熟悉了，所以尽管经常进行这方面的研究，却没有自觉地从宏观上提出这个问题，没有认识到这也是中国文学的特质之一。作为一个日本学者，铃木虎雄以外国人的敏感和超脱，觉察到了这个问题的存在，写了《支那革命与诗人》(《支那革命と诗人》,《京都日出新闻》,1910 年 8 月 14 日)一文来研究。他认为，中国历来的政治制度，使得学者和文人同时也是官吏。每逢朝代嬗替之际，旧朝人民并无反抗新朝之责，但是旧朝的官吏则一定应该反抗新朝，并有责任不仕新朝。如果旧朝的官吏再仕新朝，那就会被看作卑鄙小人。因此，每逢朝代嬗替之际，文人们总要面临着痛苦的抉择：或者“义不食周粟”，这样，名分保全，但有性命之虞；或者“老妇再嫁”，这样，性命保住，却常为伦常所不齿。前者出于信念，但未必没有死亡的恐惧；后者想要苟活，但亦常伴有“良心”的谴责。他们的人格诚然有高下之别，但他们的诗歌却同样歌唱了对于亡国的幽愤和悲哀。前者固然由于歌唱自己的信念而留下了许多壮烈激昂的作品，后者也由于歌唱自己的软弱而留下了许多痛苦悔恨的作品。这两方面的作品，构成了“亡国文学”的双翼，在文学史上占有相当的地位和比重。铃木虎雄认为，前者的人格和作品固然值得尊重，但后者的人格和作品也非常值得同情。在《归元恭的万古愁曲》(《归元恭の万古愁曲》,《艺文》,1921 年 8 月)一文中，他通过分析归庄的《万古愁》曲的寓意，说明了朝代嬗替之际文人的艰难处境和忧郁心境，可以说是阐述他上述观点的一个实例。在处理朝代嬗替之际的文学史时，我们中国学者往往受传统的“大义名分”观念的束缚，不能较为超脱地看待过去文人的困境，常常以政治功罪定文学是非，有时未免不近人情。铃木虎雄此文，由于视角不同，因而颇有助于我们“山中人”看清庐山真面目。此外，既然日本学者已经把朝代嬗替与中国文学的密切关系这一课题提了出来，那么对这个课题进行更为深入的研究，自是我们中国学者责无旁贷的事了。这是从政治学的角度来研究中国文学的。

（四）关于儒家思想与中国文学的关系。文学不是思想，但又离不开思想。文学与思想的关系，当然是文学研究的重要课题之一。在中国文学史上，直到“文学革命”为止，和中国文学关系最密切的，当然是儒家思想。铃木虎雄的中国文学研究，自然也没有回避这个问题。他的《儒教与支那文学——关于儒教主义的三大诗人》(《儒教と支那文学——儒教主义の三大诗人に就て》，膳所中学讲演，年月失记）一文，便以自己的独特理解处理了这个问题。他认为儒家思想对文学的影响有好有坏。在先秦两汉时期，人们对待文学的态度都是非常功利的。直至魏晋时期，才产生了文学有其自身价值的思想。六朝文学的隆盛当然还有其他原因，但将文学与道德分开来考虑这一点，肯定是重要原因之一。一俟文学与道德分离，便相应地产生了纯粹的文人，那便是六朝以后的“文士”。这些文士往往巧于文学而疏于道德，所以往往被人称为“文人无行”，其作品也因之被人认为一无足取。而在另一方面，又有一种所谓的“道学家”，虽念念不忘道德，却不一定有文学才能，他们所作的诗往往味同嚼蜡。铃木虎雄认为，这两种人都不能说是中国最优秀的文人，都不能创作出最优秀的文学。最优秀的文学只能由那些“天性具有文学才能而又能对道德身体力行的人”创作出来。这样的诗人可以将儒家思想与文学完全融合在一起，不流于空理，不陷于浮薄，创造出可贵的文学作品。他认为，在中国文学史上，这样的人物有三个，即陶渊明、杜甫和李梦阳。这三个人有一个共同的特征，即都和“君国”有着密切的宗亲关系，所以自然而然地把国事看作自己的家事，由此产生出了真挚的道德热情，做出了与儒家思想一致的事情。这种源于“血缘”的道德热情一旦和杰出的文学才能结合，便会产生道德与文学密切融合的可贵的文学。宋天子刘裕在东晋不过是陶渊明祖先陶侃的同僚，由此可以解释为何陶渊明对前朝如此念念不忘，对新朝如此不屑一顾。杜甫的外祖母是唐太宗三世孙，外祖父是唐高宗三世孙，故他有唐朝皇室也就是自己宗家的想法，也是不足为怪的。又，杜甫的亲友中也有不少人与皇室有关系，他还曾为皇甫淑妃撰碑。“宫中行乐秘，少有外人知。”（《宿昔》）可见他连宫中的秘事也知道。所以他那“致君尧舜上，再使风俗淳”（《奉赠韦左丞丈二十二韵》）的话，“每饭不忘君”的传说，那天宝之乱时所流的眼泪，都是非常真诚的，非寻常诗人的大话和虚泪可比。由于夫人左氏的关系，明皇室对于李梦阳来说也是关系重大的。此外，李梦阳的父亲李正为周王府封丘王教授，丈人左梦麟官宗人府仪宾，都和皇室有关系。李梦阳与明朱家的关系，和杜甫与唐李家的关系相类似，所以李梦阳也是一个忧国忧君的人物。文学与道德可以冲突（如无行文人与道学家），也可以浑然融合（如以上三人）。如果要说文学的教育作用的话，那么，以上三人的作品是最合适的教材。以上是铃木虎雄关于儒家思想与中国文学关系的见解。很显然，铃木虎雄对儒家思想不无溢美之词。他自己也承认，他是以“君子成人之美”的态度来论述这个问题的。他心目中理想的中国文学，似乎是“美善一致”的文学。这其实完全符合儒家的文学观念。就此点而言，他的思想还是相当传统保守的，与他的学生青木正儿热情讴歌吴虞的儒教破坏论、介绍“文学革命”的态度形成了对照。但是，铃木虎雄关于陶渊明、杜甫、李梦阳与宗室的关系及这些关系对于他们人格与文学的影响的论述，却是很有启发意义的，可以分别作更深入的探讨。而且,日本学者对于李梦阳的评价似乎比中国学者高得多(比如铃木虎雄的学生吉川幸次郎也相当重视李梦阳,撰有《李梦阳的一个侧面——古文辞的平民性》等重要论文),这也是一个饶有意思的现象。这是从思想史的角度来研究中国文学的。

三

铃木虎雄的《支那文学研究》,是他以近代方法研究中国古典文学的最早成果之一。在此之后,他又写出了更多的著作。这些后来的著作,可以看作他早期研究的一个发展;而其后来的研究主要集中于中国古典诗歌方面的倾向,也已可由《支那文学研究》看出端倪。同时,铃木虎雄在京都帝大协助和主持中国文学讲坛长达三十年之久,在此期间,培养出了诸如青木正儿、吉川幸次郎、斯波六郎、小川环树等中国文学研究者;而这些学者又分别培养出了更多的中国文学研究者。铃木虎雄的《支那文学研究》中所体现的研究思想和研究方法,也就通过自己的学生和学生的学生,而深刻地影响了 20 世纪日本的中国古典文学研究。1967 年,《支那文学研究》再次发行,说明它仍然受到日本学界的重视。此外,《支那文学研究》中所体现的研究思想和研究方法,也已经给并且还将给中国学者以影响,这在本文中已略作介绍。就以上这几个方面而言,铃木虎雄的这部《支那文学研究》,在 20 世纪的中日中国文学研究史上,都有着较为重要的意义。

评吉川幸次郎的中西、中日比较文化观

——以《中国的古典与日本人》为中心

第二次世界大战结束后不久，日本的中国文学研究者吉川幸次郎（1904—1980），曾作过一个题为“中国的古典与日本人”（“中国の古典と日本人”）的讲演（“岩波文库”创刊二十五周年纪念讲演会，1953 年 4 月 18 日）。[①] 在这个讲演中，吉川幸次郎阐述了他的中西、中日比较文化观。他的这些观点，是贯穿于他的整个中国古典文学研究的指导思想。了解他的这些观点，不仅有助于我们理解吉川幸次郎的中国文学研究，也有助于我们理解日本中国学的许多特点。因此，本文打算以《中国的古典与日本人》为中心，介绍一下吉川幸次郎的中西、中日比较文化观，并对它的文化背景、认识局限以及对我们中国人的意义作一些初步的探讨。

一

在《中国的古典与日本人》中，吉川幸次郎从巴金的小说《第四病室》说起。《第四病室》中有一个青年工人，在病逝前不住地吟诵

---

① 讲演稿先后发表于《妇人公论》（1953 年 7 月）、《自由について・儒者の言叶》（1953 年 9 月）、《儒者の言叶》（1957 年 2 月），收入其《中国诗史》下卷（东京，筑摩书房，1967）、《吉川幸次郎全集》第一卷（东京，筑摩书房，1968）。本文所引均据《中国诗史》。

杜甫《月夜忆舍弟》诗的“露从今夜白，月是故乡明”。对此，吉川幸次郎提出了一个问题：为什么杜甫的这首诗能使一个没有多少文化素养的现代青年工人感动不已呢？如果说这是因为小说的故事发生在抗日战争时期，那个青年工人也有着和杜甫相似的遭遇，所以才对杜诗产生共鸣的话，那么，“我”这么一个生活在没有战争的日本，既没有负过伤，也有可以寄信的家，家人也没有离散的日本人，又为什么也深受感动呢？由此可知，“在这首诗的深处，肯定存在着某种更深刻、更根深蒂固、更能使人感动的东西”，这种内在的东西，吉川幸次郎认为就是“人性”和“人本主义”。具体一点说，就是：“不单是吟唱个人的喜怒哀乐……即不单是吟唱狭隘的个人感情，而是要和世间所有的人共享悲欢。”“杜甫那种对于人类的广泛的爱……充溢于诗的深处和表面。”这就是杜甫这首诗能感人至深的一个根本原因。

但是，吉川幸次郎的意图，并不仅仅是要解释杜甫的这首诗，他的目的，是要以这首诗为例，说明中国文学的特质。他说，这种“对于人类的广泛的爱”，“不仅是杜诗，也是中国诗歌中普遍存在的东西”，它“一直浓浓地流淌在中国文学的深处”，“是中国文学自古以来作为自己的使命延续下来的东西”。他认为，这种“对于人类的广泛的爱”，不仅存在于中国的古典文学中，也存在于中国的现代文学中。他说：“这种感情，不仅存在于古老的8世纪的诗中，而且如巴金的小说所显示的，它也震动着现代中国工人的心灵。虽然中国的现代文学在某些方面曾明确宣布要与过去的文化决裂，但在另一方面，过去的文化中的某些永恒的东西，又常常引起现代中国人的缅怀。不仅是缅怀，而且已经成了他们的血肉，使第四病室的患者流下了眼泪。”也就是说，吉川幸次郎认为，“对于人类的广泛的爱”，是整个中国文学的特质。

那么，决定中国文学这种特质的中国文化的特质又是什么呢？

吉川幸次郎认为，这就是中国人的“无神论”和“人本主义”思想，他认为这是中国传统思想方法的核心。（在其《中国文学史》第一章“中国文学的特色”中，吉川幸次郎也表达了相似的见解。他说：“若要对中国文明的特色一言以蔽之，那可以说是彻底的人本主义。如可以把人本主义一词换说成 Humanism 的话，那么，没有一个地方像中国那样尊重 Humanism。”“中国的 Humanism 并不像经由对宗教的否定而来的西洋的 Humanism 那样尖锐而强烈，中国的 Humanism 是原本就有的，不是经历过对神的否定的东西。”①）吉川幸次郎所谓的“无神论”和“人本主义”，其意思是“认为人可以信赖的只有人本身”，而不是神。他说：“中国人认为，人只靠人的力量是能够完善的，至少是‘能够’完善的，这里面含有对人的强烈信赖……人不是作为单数的个人，而是作为‘人们’，作为复数的人而存在的。既然如此，人就应为人人而生，由此使自己成为完善的人。因此，作为单数的个人，作为隐者而生存，也就并非是人的本分。人的本分是对人们行善，并从人们那里接受善意，人为此而且必须为此而生，这就是中国的传统观点。”吉川幸次郎认为，这种精神“经常出现在中国文学中，表现为对人类的广泛的关心”，形成了中国文学的“人本主义”特色，使中国文学成为“世界上人本主义的重要源泉之一”。

吉川幸次郎进一步比较了中日文学的不同。他认为，日本文学相对而言比较缺乏这种“对人类的广泛的关心”。针对某些日本人的“无论是日本文学还是中国文学，同样都只是花鸟风月的文学”的简单认识，吉川幸次郎指出：“那可并不一定。人为人人而生这一思想，在日本就不那么根深蒂固。”“光是玩弄花鸟风月的无聊

---

① 吉川幸次郎述、黑川洋一编《中国文学史》，东京，岩波书店，1974 年，第 2 页，第 4 页。

诗人，在中国也不能说没有，但优秀的诗人却并不如此。”而且，“即使同是歌咏花鸟风月，其歌咏方法，中国与日本也相当不同”。他仍以杜甫《月夜忆舍弟》诗的“露从今夜白，月是故乡明”为例，指出：“这里并不是单纯把月亮作为美丽的东西来吟咏的，而是歌唱了永久地放射出美丽光辉的月亮与总是得不到幸福的人类之间的对比。”也就是说，即使在中国的花鸟风月文学中，也往往蕴含有“对人类的广泛的关心”，而不像日本的花鸟风月文学那样，仅仅是纯粹的审美观照。这决定了中日两国文学中所表现的自然观的差异。他说：“自然和人类都受制于同样的法则，从而都富于善意与秩序，这是中国哲学所包含的另一个方面；只不过自然是悠久无限地保持着那种秩序的，而人类则往往失去那原来的秩序。人类也和自然一样，能够保持美好的秩序，这样一种哲学，在描写自然的时候，始终存在于其背后。”而这种哲学，“正是日本文学所未必具有的”。从广义的文化角度来说，中日文学自然观的这种差异，也正是中日文化差异的表现。

不过，在吉川幸次郎看来，中日文化之间的差异，和中西文化之间的对立相比，就显得微不足道了。他认为，中西文化是世界上两种截然不同的文化，它们各有自己的优点和缺点。中国文化的缺点是“天真乐观”：“人只靠自身就能完善，这一想法的前提，是那种认为人性都是善的，人都是善意的动物的思想。像基督教那种认为人是有罪的思想，在中国，或更广泛一些，在东洋，是难以产生的。这确实是一个缺点。”但是，如果换一个角度来看的话，那么，这个缺点也可以认为是优点：“它的乐观主义加强了对人类的信赖，信赖的基础是富于对他人的宽容精神。因为人只有靠人才能生存下去，所以就需要有一种相互谅解——即承认他人个性的相互谅解——的宽容精神。”也就是说，中国文化的优点是“宽容”。与此相反，西方文化因为相信“人不可能依靠自身得到完善，只有通过对神的信赖才能获得拯救”，所以具有与中国文化对立的优点和缺点。它的优点是“强烈性”以及对“人性恶”的认识，它的缺点则是“狂热性”和“不宽容性”。他说：“欧洲式的思想方法，具有过去的东洋文化（不光是指日本文化，也包括中国文化和印度文化）所难以具有的强烈性。但正因为这样，它也有缺点。人只靠自身不能得到完善，只有通过神的媒介才能得到完善——这种想法，不能不相应地产生某种危险（说危险也许不大妥当，那么也可以说是某种偏向），容易产生把人们引向某种狂热的偏向。虽则看起来纳粹主义或法西斯主义之类东西和西洋那种高度发达的文化表面上毫无关系，然而在心理上，或在某些方面，也许还是大有关系的吧?”由于中西文化有着上述的本质不同，所以吉川幸次郎认为，中国文化“在某种意义上恐怕还补充了欧洲式的（包括希腊式的和基督教式的）思想方法所带有的偏向”，是世界上一种独特的文化。

通过中西文化的比较，吉川幸次郎认为，中国文化是一种世界性的文化，而不是一种地区性的文化。针对某些日本人的“中国典籍和我们日本典籍一样是东洋地域产生的”的说法，他指出：“如果仅站在这个立场上来主张读中国典籍，我是不大赞成的。强调是东洋的东西，恐怕会被人误解为那是只适用于东洋这一特殊地域的特殊存在。我认为不应该把中国典籍当作特殊的东西，而应该当作普遍的东西去读。也就是说，不应该站在单纯把它看作日本的古典或中国的古典的狭隘的立场上去读，而应该把它当作广大人类的古典之一部分去读。”也就是说，和希腊文化、基督教文化一样，中国文化也是人类的宝贵财富，在世界文明史上有着崇高的地位。

综上所述，在《中国的古典与日本人》中，吉川幸次郎把“人本主义”看作中国文化的核心，并认为这种“人本主义”是为日本文化所缺乏而与西方文化相对立的。

二

以上，我们介绍了吉川幸次郎的中西、中日比较文化观，下面，我们试着来探讨一下他的观点的文化背景，换句话说，看看他的观点是怎样形成的。

我们当然注意到了吉川幸次郎对中国文化的热爱。这种热爱，是在他长期从事中国文学研究的过程中形成的，在日本的中国学家中也是颇具代表性的。也许可以这么说，灿烂的中国文化，使任何研究它的人，都不能不在某种程度上热爱它，初不限于日本学者是如此。但是，和其他国家，尤其是西方国家的学者相比，日本学者对中国文化的热爱有其独特的地方，那就是他们在相当程度上是把中国文化作为日本文化的“母体”来热爱的。在他们的眼中，中国文化不仅仅是一种外国文化，也是一种“本国文化”，至少是一种“古代的本国文化”。吉川幸次郎的中西、中日比较文化观中，就渗透着这样一种意识。他虽然也考察了中日文化的不同，但当他考察中西文化的对立时，他就有意无意地把“中国文化”的概念扩大为“东洋文化”了。因此，他的中西文化比较，有时候是中国和西方的比较，有时候却是东方和西方的比较。这不是他的概念有问题，而恰恰是因为在他的意识中，他是把中国文化和日本文化当作一种大范围里的共同文化来看待的。正因为有了这种意识，所以他对于过去日本文化和中国文化的密切关系表示缅怀，对现代日本文化和中国文化的日渐疏远表示忧虑。我们有理由认为，吉川幸次郎对中国文化的热爱和对日本文化应该吸收中国文化的呼吁，都不仅仅是一种纯粹出于利害考虑的价值判断，也是一种出于传统心理的感情判断，这和西方学者对中国文化的热爱有着本质的差异。当然，我们也应该清醒地看到，正因为这种热爱是相当感情化的东西，又加上他们大都是通过书本来认识中国文化的，所以，他们对中国文化的看法有时难免具有理想化的色彩，一旦与中国的现实碰壁就容易走向另一个极端。这在人们认识外国文化时，似乎也是难以完全避免的。吉川幸次郎对于中国文化的认识，同样也具有这么一个特点。

在吉川幸次郎的中西、中日比较文化观中，我们也可以看出儒家思想的深刻影响。吉川幸次郎最喜欢的中国诗人是杜甫，他对中国文学特质的把握，是通过杜诗进行的，他对中国文化传统的认识，也是从杜诗出发的。他晚年甚至放弃了《中国文学史》的写作，而专门从事杜诗的注释工作。在中国文学史上，杜甫可以说是受儒家思想影响最深的大诗人，是儒家文化的最杰出的体现者。吉川幸次郎选择这么一个诗人作为中国文学和中国文化的代表，一方面说明他接受了儒家思想的价值观，一方面也制约了他对中国文学乃至中国文化的认识。吉川幸次郎本人即是日本儒学的现代传人，正如他的学生高桥和巳在《中国诗史》的《解说》中所说的："吉川幸次郎博士的学风，假如要在我国的儒学史上归类的话，那么可以说是属于山鹿素行、伊藤仁斋、荻生徂徕等的古学派的，尤其是更接近仁斋的学风……仁斋学问特色的近代式发展展开，就形成了博士学风的特色……他把在仁斋那里仅限于经学的研究领域强有力地扩展到文学中去，继续考察中华民族范围更广泛的感情和思考的历史。"山鹿素行、伊藤仁斋和荻生徂徕等人，都是日本江户时期的著名儒学家，吉川幸次郎继承了他们的治学方法，当然也就继承了他们的价值观念。高桥和巳称他的中国文学研究方法是"儒家式的文学研究方法"，不仅是指具体方法，也是指价值观念。可以说，他是以儒家的精神来研究中国文学的。从儒家的价值观念出发，他当然会选取杜甫作为中国文学和中国文化的代表，以杜诗作为认识中国文学特质和中国文化传统的典型。反之，由于价值观念和研究对象的制约，吉川幸次郎对中国文学和中国文化的认识，也就理所当然地带上了儒家思想的烙印。所谓“对于人类的广泛的爱”，用儒家的话来说，就是“仁者爱人”，就是“泛爱众”。问题在于，中国文学和中国文化的特质，并不能仅用儒家思想来概括；而且，即使是儒家思想，表现在中国文学和中国文化中，也有“害人”的一面，并不都是那么合乎理想和富于诗意的。吉川幸次郎受儒家思想的影响，也有把中国文学和中国文化理想化的倾向。

但是，吉川幸次郎的中西、中日比较文化观，也不能全用儒家思想的价值观念来解释；严格地说，他的儒家思想的价值观念，是用近代西方的人本主义、人道主义、个人主义、自由主义等思想改造过的。这首先反映在他所使用的术语上。尽管他所使用的诸如“无神论”、“人本主义”、“人性”、“宽容”、“个性”等术语的含义，和它们在西方的含义也许不尽相同，有些甚至会有很大的不同，但这些术语被采用本身，说明了吉川幸次郎所受到的西方近代思想的影响。其次，吉川幸次郎对中国文学和中国文化特质所作的一些描述，也确实使人感到更像是西方近代思想的产物，而不像是中国传统思想的产物。比如他说：“所谓文化，我以为概括地说不外乎就是人类之间的爱的表现。”这与其说像中国儒家的“仁学”思想，不如说更像西方的“博爱”思想和“人道主义”思想。又比如，他认为中国文化富于“对他人的宽容精神”和“承认他人个性的相互谅解”，这种说法，也鲜明地带上了西方近代思想的烙印，而从中国文化本身中，是难以得到这么一个印象的。由于吉川幸次郎用西方近代思想的眼光来看中国文化，因此也有将中国文化理想化的倾向。

对日本文化未来的忧虑及探索其新的发展方向，是吉川幸次郎中西、中日文化比较研究的归宿，这在相当程度上决定了他的中西、中日比较文化观的基调。在日本,对待外来文化历来存在着两种态度。一种是排斥的态度,认为日本只要保存固有的文化即可,不必吸收外来文化。这种态度自明治维新以来在日本已不占上风,但也不时有所表现。吉川幸次郎当然是反对这种态度的,他认为:“比起日本固有的东西来,日本人更需要异于日本固有物的东西作为营养。”另一种是欢迎的态度,认为日本在保存固有文化的同时,还应大量吸收外来文化。不过,在吸收什么上,却存在着极大的分歧。第一种意见认为,日本现在还不够现代化,所以,当前首先应该吸收的,仍是西方文化,而不是中国文化。这种意见自明治维新以来在日本一直占着上风,福泽谕吉的《文明论概略》即其代表。第二种意见与第一种意见相反,认为日本现在太现代化了,所以,当前首先应该吸收的是中国文化,而不是西方文化。吉川幸次郎对这两种意见都不满意。他认为第二种意见的要害是,“想利用中国典籍作为把日本的现代化往后拉的力量”,而事实上,日本的问题不是太现代化,而是还不够现代化。他认为第一种意见固然有一定道理,但也有使日本文化产生偏向的危险。因此,他提出了第三种意见:“作为和日本固有物不同而需要成为日本人营养的东西,当前应该放在首位的,仍然应是西洋文化吧!但与此同时,还有一种不同的东西……作为不同文化的表现,那就是中国的典籍。我觉得,它们对于日本人来说,也值得一读。”为什么中国典籍也值得一读呢?这是因为,一方面,中国文学中有许多和日本文学不同的东西,可以作为日本人的营养;另一方面,“光读西洋典籍是不够的,不仅不够,而且只读西洋典籍,还会产生某种偏向,在某些场合下甚至会产生危险;而中国典籍则可以中和它,补充它,或者积极地从另一个角度有力地教之以‘人类中心’的思想。就这一点而言,中国典籍是日本人所必需的营养。”他希望日本人“把中国典籍当作营养,当作使我们向更真实的现代化接近的动力去读”。他对日本现代文化一味吸收西方文化而放弃吸收中国文化感到忧心忡忡，他说："过去的日本人和中国的这种思想和文学（指"人本主义"思想和文学）有过非常密切的关系，但是近来的日本人却恐怕未必如此了，或者说，即使读这些中国典籍，也未必能正确地理解了。我想，这对于日本文化的未来岂不是非常值得担忧的事情吗？"吉川幸次郎作"中国的古典与日本人"这一讲演时，日本刚经历了军国主义的噩梦，又有沦为美国殖民地的危险。惨痛的教训和困难的处境，使许多日本人对明治维新以来的价值取向产生了怀疑：西方文化是否果真那么完美？中国文化是否果真已经过时？吉川幸次郎的中西、中日比较文化观，便正是这种怀疑的产物。这使他的中西、中日文化比较研究带上了鲜明的倾向性，那就是相对推崇中国文化，相对贬低西方和日本文化。这是形成他的理想化的中国文化观的又一个重要因素。不过，吉川幸次郎的中西文化兼收并蓄论，与福泽谕吉等前辈学者的弃中学西论，虽说表面倾向上极为不同，但其内在目的则非常一致，即都是为了探索日本文化的新的发展方向。

三

吉川幸次郎的中西、中日比较文化观，尽管反映的仅是一个日本中国学家的见解，尽管其中对中国文化的认识有理想化的倾向，尽管其最终目的只是为了探索日本文化的新的发展方向，但它对我们中国人来说，尤其是对我们中国的中国文学研究者来说，却也不是毫无意义的。

吉川幸次郎对待本国文化与外国文化的态度是值得我们学习的。他既不像"国粹"论者那样盲目排斥外国文化，一味赞美本国文化，也不像崇外论者那样全盘否定本国文化，盲目赞美外国文化；既不像复古论者那样强调学习中国文化，拒绝学习西方文化，也不像西化论者那样一味学习西方文化，不肯学习中国文化。他不同于所有这些偏执论者。他既看到了本国文化的长处，也看到了本国文化的短处；既看到了西方文化的长处，也看到了西方文化的短处；既看到了中国文化的长处，也看到了中国文化的短处。他要走的是一条在保存日本固有文化的同时对中西文化兼收并蓄的道路，是一条吸收各种外来文化的长处以弥补本国文化的短处的道路。在对本国文化和外国文化的态度上，吉川幸次郎可以说是相当清醒、明智的。自鸦片战争以来，我们中国人对外国文化（尤其是西方文化）的态度一直摇摆不定，往往总是在全盘肯定与全盘否定之间徘徊。其实，中国文化永远是一种伟大的文化，到任何时候它都不会“一文不值”；同时，中国文化也只有不断吸收外国文化的长处，才能更新发展。有了这种态度，我们才能既不排外，又不媚外。在这方面，吉川幸次郎的态度是值得我们学习的。

吉川幸次郎的中西、中日比较文化观，还有助于我们从新的角度来重新认识自己的传统文化。这具有两方面的含意。一方面，俗话说“旁观者清”，外国学者对中国文化的看法，尽管往往不如我们自己的看法那么贴切，却常常包含着许多富有启发性的东西。如吉川幸次郎认为中国文化是一种能和西方文化起互补作用的伟大文化，是一种超越地区性的世界性文化，而且能成为“使我们向更真实的现代化接近的动力”，就颇有助于我们认识自己文化在世界文化之林中的地位和作用。又如，他认为中国的古代文化与现代文化之间有着“一以贯之”的东西，这对那些过分强调新旧文化对立的人来说，也不啻是一个清醒的劝告。但另一方面，吉川幸次郎的中西、中日比较文化观又促使我们认识到这样一个事实，即一国文化对于本国人和外国人来说往往会具有不同的意义。文化与文化之间，常具有互相拒斥与互相吸引的双重倾向。拒斥是因为有保存自己的愿望，吸引是因为有发展自己的愿望。无论是拒斥还是吸引，在文化之间的不同点上表现得最为清晰。问题在于，不同文化之间的拒斥与吸引，所说明的与其说是文化本身的优劣，毋宁说是文化之间的不同。因此，当甲文化拒斥乙文化时，我们不能据此认为甲文化所拒斥的正是乙文化的缺点；同样，当甲文化吸收乙文化时，我们也不能据此认为甲文化所吸收的正是乙文化的长处。这样，就产生了文化对于本国人和外国人具有不同意义的问题。比如，当20世纪初中国与欧美的古典诗歌同时陷于困境的时候，一方面，欧美现代诗歌从中国古典诗歌中寻找摆脱困境的出路，而另一方面，中国现代诗歌却又从欧美古典和现代诗歌中寻找摆脱困境的出路。这颇可说明文化交流之间的一般状况。所以，当吉川幸次郎提出他的中西、中日比较文化观时，我们应该清醒地看到，他是站在一个日本人的立场上来看问题的，他对中国文化的推崇，在相当程度上，是因为中国文化中有着为日本文化所欠缺的东西。我们不能据此而沾沾自喜，认为中国文化天下第一，而是应该站在中国人的立场上，寻求外国文化中为中国文化所欠缺的东西来学习。比如，当吉川幸次郎（还有其他日本学者）批评日本文学的纯审美的自然观，赞扬中国文学的哲理性的自然观时，从中国文化的发展考虑，我们有必要作出相反的判断，即中国文学应该打破自己的哲理性的自然观的局限，吸收日本的纯审美的自然观的长处，从而使我们文学中的自然观变得更为丰富多彩。又如，西方文化的“原罪”观念，“强烈性”的特点，当然也是值得我们参考的。只有这样，我们才不至于以外国人的赞扬搞新式的“夜郎自大”。

吉川幸次郎的中西、中日比较文化观也启示我们，当我们研究本国或外国的文学时，我们不应该停留在文学的表面现象上，而是应该深入到文学的深层结构中去。换句话说，应该力求把握文学现象背后的文化传统，从宏观的整体的角度来研究文学。没有这种把握的研究，只能是皮相肤浅的研究；把握有问题的研究，只能是错误歪曲的研究；只有准确地把握了文化传统，才能对具体的文学现象有更为深入的了解。正因为吉川幸次郎是站在文化传统的高度来研究中国文学的，所以他的研究才显示出一种高屋建瓴的气势。长期以来，我们有时习惯于或者搞"繁琐考据"式的研究，忽视宏观整体研究的重要性，或者搞"假大空"式的研究，忽视微观具体研究的重要性，而不善把理论假说与具体材料有机地结合起来，更缺乏从文化传统的高度所作的研究。在这方面，吉川幸次郎应该是我们的学习榜样。

吉川幸次郎的中西、中日比较文化观也启发我们认识到比较方法对于文学研究的重要性。吉川幸次郎不仅以比较方法来认识中国文化，也以比较方法来研究中国文学。他经常将中国文学与西方文学、日本文学及亚洲其他各国文学进行比较，从而得出许多有说服力的新颖独到的结论。长期以来，我们的中国文学研究都局限于本国范围，而事实上，中国文学历来是一种国际性文学，至少是东亚范围内的国际性文学，它与朝鲜、韩国、日本、越南等东亚国家的文学不仅有影响—接受关系，而且可以说就是其血肉相连的组成部分。把中国文学作为一种国际性文学的研究，在中国迄未展开。这无疑限制了我们对中国文学的认识和研究的深度。而在这方面，日本学者也是走在我们的前面的。

中国文学中的人生观的变迁：从乐观到悲观到扬弃悲观恢复乐观

——吉川幸次郎《中国诗史》简介

《中国诗史》(全二卷)是吉川幸次郎关于中国诗歌的一部论文集，由作者的学生高桥和巳编撰，1967年由筑摩书房出版。编者编撰此书的目的，据书后所附编者的《解说》说，乃是“旨在通过这些论考，使人们领略各时代中国诗歌文学的精华及其演变的概要”。尽管这些论文写于不同的时期，形式篇幅也各不相同，但它们却的确在展示中国诗歌的精华的同时，也显示了作者眼中中国诗歌的“演变的概要”。这个“演变的概要”，据作者看来，就是中国文学中的人生观经历了从乐观到悲观到扬弃悲观恢复乐观的三段式变化，并分别与先秦文学、汉魏六朝文学和宋以后文学这三个文学阶段相对应，构成了中国文学中的人生观的一个螺旋式圆圈。《中国诗史》上卷中的大部分论文和下卷中的一部分论文，主要都是阐述作者的这一看法的。此书在中国已由章培恒等译成中文，1986年由安徽文艺出版社出版。我作为此书的译者之一，想把作者的这一看法向我国的古典文学研究界作一简要介绍(括号中是收入《中国诗史》的论文之名)。

一

吉川幸次郎认为，先秦文学是一种乐观的文学。流动于先秦文学中的人生观认为，人类无论作为个人还是作为社会，都是幸福的安定的存在，这是人类的常态。人类常态的丧失，是由于人类努力不够的缘故(《新的恸哭——孔子与“天”》)。儒家的理想主义，容易幻想一个完善的社会，一个因此而没有悲哀的人生(《关于苏轼》)。这种乐观的人生观充斥于先秦时期的各种古典著作，尤其是《诗经》和《楚辞》中，形成了先秦文学的乐观特色。

吉川幸次郎认为，先秦文学中的这种乐观人生观，集中体现在先秦人对于天的认识方面。先秦人认为，因为天使日月星辰正常地运行，所以天是宇宙秩序的象征；由于日月星辰的运行，产生了春夏秋冬的四季交替，养育了植物，因而天又是宇宙善意的象征；进而言之，由于天给予地上的植物的影响，容易使人们认为万物乃至人类都是天的产物，人类就是天在地上的延续。因此，人类在自身中本来就具有天所具有的法则与方向，只要人类所抱的希望是合理的，就合于天的法则，有意志的天就会赞助这种希望。当然，天并不是积极地表达自己的意志的，原则上，天并不在人类的思维与行动之前预先显示自己的意志，而只是远远地躲在人类背后消极地庇护。引起人类的思维与行动的，首先是人类自己的责任，天不过从背后援助或牵制而已(《新的恸哭——孔子与“天”》)。吉川幸次郎认为，先秦人对于天的这种认识，充满了对于天的善意和公正的信赖，充满了对于人类的努力和责任的肯定，所以是非常乐观的人生观。

在《尚书》里，充斥着这种乐观的人生观。吉川幸次郎认为，《周书·洪范》篇开头所说的“惟天阴骘下民，相协厥居”一语，便蕴含着这样的乐观看法：虽然天的意志是隐微的，但人类的正当希望归根结底是会受到天的赞助的。人类呀，首先要靠自己的努力，天是不会辜负人类的努力的。天既不是不可知的存在，也不是不可解的存在。有时候似乎像是天违人意，但其实只不过是人类的努力不够罢了。在寿夭问题上，《洪范》篇也表示了相似的乐观看法。“五福”被说成是天对于人类努力的褒奖，“六极”则被说成是天对于人类不够努力的惩罚。长寿也好，短命也好，都不是不可知不可解的命运的产物，而是属于其理由可以理解的天惠或天罚的一种。也就是说，连人寿的长短也是依人类的努力与否而定的。《商书·高宗肜日》篇所说的“惟天监下民，典厥义。降年有永有不永，非天夭民，民中绝命”，《周书·无逸》篇所说的经常勤劳则保长寿，耽于逸乐则致夭折，也同样都认为夭折是夭折者自己的责任。像这种连人寿都依人类自身努力与否而定的思想，应该说是非常乐观的。因为如果连人寿都是这样的话，那么其他的幸福当然就更可以通过努力稳稳当当地获得了（《新的恸哭——孔子与“天”》）。

在《诗经》里，也充斥着这种乐观的人生观。吉川幸次郎认为，流动于《诗经》中的支配性情感，是善良的人们必获胜利这样一种信念，以及人类的主宰者天的意志就是要把人类引向这个方向这样一种信念。对于国家，天是善意的朋友，如殷以缺乏善意失去天的支持，周以具有善意获得天的支持。对于个人，天也是善意的朋友。尽管在《小雅》与《大雅》的后半部分，天又被歌唱为屡屡把饥馑、旱魃、内乱等恐怖时代降给人类的东西，但这仍然不是由于天意的无常，而是由于人类，尤其是处于人类中心地位的统治者的缺乏善意，天才降下惩罚的。总之，《诗经》中所能见到的天，是有一定倾向性和意志的天，至少是以佑善罚恶为原则的天，因而是值得信赖的天。当人们觉察到天对这个原则有所违背时，就能向天提出诘责与质问。又由于天是可以信赖乃至允许质问与哀求的，所以在某些场合，人们也有可能承认自己的不幸是某种特殊的天意的表现，这是一种原则既被信赖、例外也可存在的情感。然而承认自己是一个例外，并不等于否认天的原则。天的原则始终是善意之友。既然天的原则是始终被信赖的，那么自己也应该信赖它，始终不懈地践履善行。《诗经》中的某些诗人认为，由于自己生不逢辰，所以才有了例外的不幸，从而把例外合理化了。在某些场合，诗人们在自己或包括自己在内的整个时代有了例外的不幸时，通过展望天的原则仍旧发挥作用的时代来临的可能性，便得到了安慰。所谓“正风”、“正雅”，意思就是天的原则完全显现的时代的歌；所谓“变风”、“变雅”，意思就是天的原则没有显现的时代的歌。当然，尘世上的不幸要比幸福更多一些，所以“变风”、“变雅”的数量便远过于“正风”、“正雅”。但这毕竟是“变”，是“变则”。变则时代的人们，不断回顾“正”即原则的时代，哀歌自己没能生活在“正”的时代，这就是“变风”、“变雅”。在悲哀的深处，是那种相信“正”的时代的可能性的心情。换句话说，这种心情认为，既然人类生活在希望人类幸福的天的主宰之下，那么，就必须承认“人类是幸福的”是一个原则，“人类的存在是安定的”也同样是一个原则。“寔命不同”(《召南・小星》)，人常常不一定是最幸福的，但因为这还是被某种天意所支持着的，所以仍然有某种程度的安定(《项羽的〈垓下歌〉》)。《诗经》的总的精神，就是期待通过人类的努力恢复善意(《〈诗经〉与〈楚辞〉》)。而《诗经》的诗人的悲愤，其实乃是这种幻想被打破了的悲愤(《关于苏轼》)。

在《楚辞》里，也充斥着这种乐观的人生观。吉川幸次郎认为，《离骚》等屈原作品，在信赖天意助长人类的善意这一点上，是与《诗经》相同的。《离骚》中所说的“皇天无私阿兮，览民德焉错辅”，便是最为明确的表白。正因为相信天的善意是存在的，所以《离骚》才说“指九天以为正”，《惜诵》才说“指苍天以为正”；要是没有对天的信赖，那么当然就不会让天来作自己清白的证人了。不过，一方面由于屈原的特殊处境，一方面由于时代的越发动荡，所以比起《诗经》的诗人来，屈原更深地感觉到天意是难以圆满地显现的；

或者不如说，历史就是不幸时代的绵延。这是《诗经》中未曾出现过的情感。然而尽管屈原承认不幸的时代在现实生活中是很多的，但他仍然相信天意完全显现的幸福时代是可能有的，并主张它是实际存在过的。屈原的希望，就是要把自己的时代变成这种可能有的合乎善意的时代。因这种希望被辜负而产生的愤怒，是屈原作品的原动力。屈原悲哀的中心内容，就是自己没能生活在那个幸福的时代。总之，屈原也坚定地相信天是善意的朋友，所以他也相信“人类是幸福的”这个原则。比起《诗经》的诗人来，屈原更清楚地知道要实现这个原则是如何的困难，但他仍然相信这个原则。既然应该使人类幸福是天的原则，那么为什么天总是不照这个原则去做呢？为什么到屈原时代这个原则也还未显现呢？对于这个问题，屈原已经不像《诗经》的诗人们那样把它看作天对统治者的惩罚了；在屈原看来，这毋宁说是由于阻挠天的原则显现的恶人的跋扈。不幸的到来，毋宁说是由于人类的无常。因此，屈原对恶人的憎恶，使人感到比起《诗经》的诗人来更为强烈（《项羽的〈垓下歌〉》）。总之，比起《诗经》来，《楚辞》中的怀疑与绝望更为深沉。但尽管如此，透过这些怀疑与绝望，以及诗人对自己主张的强烈呼吁，使人觉得他们仍然强烈地期待着善意的恢复，这就是不甘心屈服于命运支配的精神。《楚辞》与《诗经》因而都同属先秦文学范畴，都表现了中国式的古代精神（《〈诗经〉与〈楚辞〉》）。

但是，在《论语》里面，这种乐观的人生观却出现了最初的动摇。这种动摇，表现在孔子对得意门生颜回夭折一事所发的“天丧予”和“不幸短命死矣”（《先进》）的感叹里。吉川幸次郎认为，孔子在这时候意识到，天是一种不给颜回以长寿的、具有不可知不可解性质的东西。天往往是无常的。在这种天的支配下生存的人类，一定是渺小的不安定的存在。孔子原先也坚定地相信人类是天在地上的延续，相信人类因此而拥有的能力；但是颜回的死，却极大地动摇了他的乐观信念。于是，孔子就正直而坦率地说出了自己的动摇(《新的恸哭——孔子与“天”》)。

二

吉川幸次郎认为，汉魏六朝文学是一种悲观的文学。流动于汉魏六朝文学中的人生观认为，人类是一种为不可知不可解的命运之绳所束缚的渺小的不安定的存在。换句话说，人类努力的效果是有限度的，人类的努力经常会遭到命运的打击(《新的恸哭——孔子与“天”》)。人类被看作被超越人类努力之上的命运所支配的渺小的存在(《〈诗经〉与〈楚辞〉》)。这种悲观的人生观，尽管在《论语》中已初露端倪，但其明确的表现，则是到汉初诗歌中才开始出现的，后来，则充斥于整个汉魏六朝文学中，形成了汉魏六朝文学的悲观特色。

吉川幸次郎认为，汉初项羽的《垓下歌》和刘邦的《大风歌》，率先表现了这种悲观的人生观。项羽的《垓下歌》是那种意识到人类为不可知的命运之绳所支配的人物的心声。人类的幸福是偶然的，不幸也是偶然的，这是因为人类被某种超越人类之物——天——所支配的缘故。天所操纵的命运之绳，一会儿任性地摆向幸福，一会儿又任性地摆向不幸。操纵者是无常的，但它所产生的结果却是绝对的。命运之绳一旦一度摆向不幸，那就会使人类的力量和努力通通归于无效。这种意识是产生《垓下歌》的根源。项羽所说的天，一定是作为人类的主宰、作为使人类命运发生偶然变化的存在物而被意识到的。这是反复无常的天。即使是那些拥有优异能力并看起来像是能够发挥这种能力的人，天也要一下子把他们投入不幸。这是不允许质问的天，在这样的天的主宰下生存的人类，是至为不安定的存在。预感到说不定什么时候就会袭来的不幸，一定会使人恐怖得发抖的。这种天似乎不是把让人类幸福作为原则的，而毋宁说是把夺走幸福作为原则的。项羽的这首歌，把人类看作无常的天意支配下的不安定的存在，像这样一种情感，在这首歌之前的中国诗歌里是很少见的，而在这首歌以后的中国诗歌里却屡见不鲜。也就是说，在这首歌出现的那个时期，流动于中国诗歌深处的人生观，已经发生了一个根本性的变化（《项羽的〈垓下歌〉》）。刘邦的《大风歌》也同样流露了人类生存于无常的天意支配之下的情感。这首歌也好，项羽的歌也好，都是感慨于自己境遇激变的歌。激变的方向虽然相反，但在境遇的激变这一点上却是相同的。人们感慨于境遇激变之际，便正是感受天意无常之时。项羽的歌，是对境遇的激变及因激变而产生的境遇不可解的下降的哀歌；而刘邦的歌，不也是因为境遇的急剧上升而感受到天意无常的产物吗？如果说项羽的歌显示了人类由安定的存在转变为不安定的渺小的存在的转机，那么，刘邦的歌也同样歌唱了这种转机（《汉高祖的〈大风歌〉》）。

吉川幸次郎认为，这种悲观的人生观不仅流动于项羽的歌和刘邦的歌中，实际上也流动于整个汉代诗歌中。汉代诗歌所喜欢吟咏的内容，都是对人生的怀疑，对人的渺小的悲叹（《中国文学史一瞥》）。《古诗十九首》与《诗经》中的许多作品虽同为逐臣弃妇之作，但二者的情感却并不相同。这是因为《诗经》中的逐臣弃妇，除《氓》、《谷风》、《权舆》等篇之外，大都只是歌唱眼前的不幸；而《古诗十九首》里的逐臣弃妇，却或隐或显地追怀着过去的幸福，把现在的不幸作为不可理解的变化来歌唱。还有那种自己也不清楚在等待什么的对未来的不安，也是汉诗中的新的情感。比如《古诗十九首》的“昔为倡家女，今为荡子妇”，苏武诗的“昔为鸳与鸯，今为参与辰”，“生当复来归，死当长相思”等，都是这种情感的产物（《项羽的〈垓下歌〉》）。人类幸福的脆弱，这是汉代五言诗及后来的建安五言诗的最重要的主题；认为人类是在偶然的支配下的存在，这是整个汉代诗歌中最突出的情感（《阮籍的〈咏怀诗〉》）。

不仅在汉代诗歌里，而且在汉代史传作品《史记》里，这种悲观的人生观也表现得异常的强烈。吉川幸次郎认为，《史记》也是文学之形成所必须的那种怀疑的提出者，这种怀疑推翻了以前的各种乐观的哲学（它们认为人类依靠某种思想体系就能得到幸福），而认为无论依靠什么思想体系都不能完成对于人生的说明（《中国文学史一瞥》）。司马迁虽说主要把使人遭受挫折的原因归结为人类的无常或常识的暴力，但他也往往认为人物的升沉是不可知的命运在起作用。司马迁在《史记·伯夷列传》的最后，在引了代表乐观哲学的谚语"天道无亲，常与善人"以后浩叹道："余甚惑焉，倘所谓天道，是邪非邪?"表示了他对天道的深深怀疑（《对常识的反抗——司马迁的〈史记〉的立场》）。《史记·项羽本纪》的一个重点，就是把项羽作为一个抱有天意无常意识而灭亡的英雄来描写，其中反反复复地叙述了项羽的这种意识（《项羽的〈垓下歌〉》）。《史记·高祖本纪》和《留侯世家》，也把汉高祖作为一个和项羽一样意识到天意的无常、意识到自己成功的偶然、意识到人类生活于天意支配之下的人来描写（《汉高祖的〈大风歌〉》）。总之，司马迁似乎难以抵御这样一种思想的诱惑，即天或天道是不可知的，人类生存于无常的不可知的天的支配之下（《对常识的反抗——司马迁的〈史记〉的立场》）。

在六朝文学中，这种悲观的人生观得到了进一步的加强。吉川幸次郎认为，热情的昂扬增加了从汉代点燃起来的怀疑和对人的渺小的敏感。怀疑不久就发展为绝望。3世纪的阮籍以诗歌来表现其绝望的哲学，美文大家陆机则用修辞来使绝望深化。个人与社会的矛盾以及由此产生的个人的孤独感被说成是人生的必然，人寿有限被作为人类受限制的确证反复强调，这全都是对于人的渺小的敏感。这种倾向弥漫于此后的分裂的六朝时代，亦即弥漫于直到6世纪末的四百年间(《中国文学史一瞥》)。人们意识到动荡不安的现实，屈服于超越人类努力的命运，向往着虚无缥缈的世界，歌唱着他们的疑惑与绝望(《唐诗的精神》)。这种人生有限的悲观的人生观，在曹植那里，成了使友情得以燃烧起来的导火线(《关于曹植》)；而在阮籍那里，则成了构成《咏怀诗》的基调和哲理的出发点，并达到了高潮。阮籍的《咏怀诗》，一方面继承了汉魏诗歌的悲观传统，看到了人类幸福的脆弱易败，以及这种脆弱与无穷循环的自然的强韧之间的对比；另一方面，他更进一步发展了悲观传统，把幸福的丧失看作人生的必然。而且时间因此也成了产生这种可诅咒的必然的最令人厌恶的东西。按照阮籍的观念，人类在时间的长流上存在，不断地产生着双重的不安。因为时间既是通往最后的丧失——死亡——的过程，同时又时刻不停地包蕴着幸福的丧失而消逝(《阮籍的〈咏怀诗〉》)。在晋宋之交的诗人陶渊明的诗歌里，也可以看到这种悲观人生观的发展。如《形影神》组诗中的"形"诗和"影"诗，分别表达了作为作者陶渊明两个自我之化身的肉体和精神对于生命的不同态度："形"认为人生无常，应该及时行乐；"影"认为人生无常，应该及时行善。无论是哪一种看法，都是基于悲观人生观的对于人生无常的感慨(《陶渊明》)。被誉为六朝最有生气的宋代诗人鲍照也是这样，他的诗歌中同样洋溢着悲观的人生观："古来共歇薄，君意岂独浓"(《代陈思王京洛篇》)，"古来共如此，非君独抚膺"(《代白头吟》)，"语昔有故悲，论今无新喜"，"前悲尚未弭，后感方复起"(《代门有车马客行》)，"丝竹徒满座，忧人不解颜。长歌欲自慰，弥起长恨端"(《代东门行》)，"心自有所存，旁人那得知"(《代别鹤操》)，等等。这种悲观的人生观，也正是笼罩着无思想性的齐梁小诗人的生活的基调，齐梁艳体诗则不过是那种绝望基调上的一种点缀而已(《唐诗的精神》)。

三

吉川幸次郎认为，宋以后文学是一种扬弃悲观恢复乐观的文学。流动于宋以后文学中的人生观认为，人生并非只是由悲哀构成的，人生中也有欢乐；悲哀既然是人生的必然内容，那就没有必要执着于它；人生是一个漫长的持续的时间过程，所以充满着希望；人生就是委身于由悲哀和欢乐构成的时间之流的波动。这种扬弃悲观恢复乐观的人生观（如下所述，这主要是由苏轼所完成的），充斥于宋以后的文学中，形成了宋以后文学既不同于汉魏六朝文学、又不同于先秦文学的乐观特色。

吉川幸次郎认为，对于悲观人生观的扬弃，早在唐代即已开始。唐诗一方面继承了悲观人生观，一方面又开始超越。比如杜甫诗的"明年此会知谁健"（《九日蓝田崔氏庄》），"飘零何所似，天地一沙鸥"（《旅夜书怀》），白居易的《长恨歌》、《琵琶行》等诗，都是受制于命运之绳的人类的写照，同是悲观人生观的表现（《项羽的〈垓下歌〉》）。人生将会怎样地遭到命运的恣意摆布，唐代诗人对此并非不知，从前代诗人的哀叹吟咏中，他们已洞悉其情，并深有感触（《唐诗的精神》）。但与此同时，唐代诗人也开始超越悲观人生观。清算对于人的渺小的过度敏感的大诗人，首先是李白和杜甫，其次是韩愈和白居易。杜甫的诗中诚然有着悲哀忧愁的一面，但那悲哀和忧愁，是尽管相信个人与社会都会进步，而这种进步却会受到阻挠，由此而产生的愤懑和愁怨。李白的诗，仿佛多吟咏快乐，但他的吟咏快乐，并非像前代诗人那样只是出于逃避现实的消极的理由，而是把快乐视作充实人生的积极的东西。这种积极的态度，与杜甫是相通的（《唐诗的精神》）。到了韩愈和白居易，则进一步认识到了，包括悲哀在内的激情的表现，至李白和杜甫已臻于极致，无以复加，所以尝试另辟蹊径(《宋诗的情况》)。所以，唐代诗人在适度地继承过去世代积累下来的对人的渺小的敏感和怀疑的同时，对人的可能性有了较大的自觉。怀疑在进一步地减弱，对于人类的乐观一般地在增加(《中国文学史一瞥》)。

吉川幸次郎认为，到了宋代，诗人们开始摆脱悲观人生观。激情的尽情表现，被作为孩子气的夸张而尽量避免。因此悲观被抑制了，这是因为悲哀最容易成为表现激情的素材(《宋诗的情况》)。摆脱悲哀，正是宋诗的最重要的特色(《关于苏轼》)。宋初诗人欧阳修似已具有这种扬弃悲哀的倾向，但欧阳修尚不完全是自觉地这样做的，他是把保持平静的心境这种消极态度作为创作方法的。梅尧臣也是这样。使这种摆脱完全成为可能的是苏轼，只是到了他，才是完全自觉地积极地扬弃悲观人生观的。通过从多种角度观察人生各个侧面的宏观哲学，苏轼摆脱了在过去的诗歌中久已成为习惯的对悲哀的执着。苏轼是在这样四个层次上扬弃悲观恢复乐观的：首先，他认为人生并非只是充满了悲哀，有悲哀就有欢乐，人生就像由哀乐搓合而成的绳子。而且，常识所谓导致悲哀产生的不幸，换一个角度来看，也未必果真就是不幸。其次，他明确地承认悲哀是人生不可避免的要素，是人生必然的组成部分，所以认为执着于这种悲哀是愚蠢的。再次，苏轼一反过去那种把人生看作一个短暂的匆促的时间过程的看法，把人生看作一个漫长的持续的时间过程。这是人生观的一个重大转变，因为这种看法会产生较少的悲哀绝望和较多的乐观希望。最后，苏轼认为如果说波动的持续或持续的波动就是人生，那么反之，主体的持续的抵抗也是人生。这并不意味着必须与波动作斗争，委身于波动，这也是主体所作的抵抗。吉川幸次郎认为，这不仅是苏轼个人对于悲哀的扬弃，也是诗歌历史的转折点。苏轼中断了过去的诗歌所习惯的对悲哀的执着，而把方向改变为更多地对人生抱以希望。苏轼之后的人，也包括对他没有好感的人，很少吟咏对人生的绝望与悲哀，这正是因为他们都生活在苏轼改变了诗歌中的人生观以后的缘故(《关于苏轼》)。

南宋的陆游，便是继承苏轼上述乐观人生观的诗人之一。吉川幸次郎认为，陆游的诗和北宋诗相比，更富于悲哀与感伤，并有着一种对于过于冷静的北宋诗风进行反弹的倾向；但是陆游却并没有像杜甫那样，一味激动不已地沉浸在自己和世事两方面的异常悲哀之中。这是因为他毕竟是宋人，尽管他自己并没有自觉地意识到，但他已经从苏轼那里继承了宏观的哲学与抵抗的哲学。首先，他像苏轼一样，肯定忧愁悲哀作为人生的必不可少的组成部分是到处存在的；与此同时，陆游还认为人生不只是由悲哀构成的，幸福也是到处都有的，这种哲学，也是从苏轼那里继承而来的。其次，陆游认为人生宛如飘泊水面的泛泛不定的虚舟，只有凭借主体的持续的抵抗，才能挣扎着走完人生的旅程，这种哲学，也和苏轼相同。总之，陆游的诗之所以既富于感伤而又不沉湎于感伤，正是因为受了他所继承的由苏轼开创的宏观哲学的影响之故(《关于陆游》)。这不仅是陆游诗歌，也是宋代诗歌的一般特色。宋代诗人普遍认为，人生中真正的大欢乐是没有的，但是小欢小乐则在人生的各个部分都有，人生就是在小欢小乐上的流转。宋诗因此而获得了一种可以称之为“平静”的特色(《宋诗的情况》)。

四

以上，是我从《中国诗史》中归纳整理出来的吉川幸次郎关于中国文学中的人生观从乐观到悲观到扬弃悲观恢复乐观的变迁的看法的主要内容。然则，从中我们可以得到一些怎样的启示呢？

首先值得注意的是作者选择的那种特殊的研究角度。和我们所习惯的政治性社会性研究角度不同，作者选取了“人生观”这一角度对中国文学进行研究，并且划出了中国文学中的人生观的三段式变迁的轨迹。作者之所以选取这一研究角度，无疑和作者本人的思想素养及文化背景有关。而通过这种特殊的研究角度，作者一方面在我们非常熟悉的文学作品中发现了全新的意义（如关于《诗经》、《楚辞》和阮籍的《咏怀诗》等的论述），另一方面则赋予一些以前为我们所不大重视的文学作品以重要的价值（如关于项羽的《垓下歌》和刘邦的《大风歌》等的论述）。这启示我们，学术研究的深入，不仅有赖于新材料的发现，也有赖于新的研究角度的选择。而目前对我们来说，后者毋宁说是更为重要的。

其次值得注意的是作者那种高度的宏观抽象能力。正是这种高度的宏观抽象能力，使他能够从纷繁复杂的中国文学现象中，概括出一种近似于规律或线索的东西。不管我们是否同意他所概括出来的东西，我们都会对这种概括本身产生深刻的印象。编者高桥和巳在此书《解说》中也惊叹道：“此书所收各篇论文，并非是按其排列顺序写成的……但读者大概会有一种‘这真像是按排列顺序写成的’的印象吧……虽说作为学术语言，不论写作的时期和年龄如何，把前后所作连起来看也能首尾一贯，自是应当追求的理想，但这还是值得惊叹的。”正如编者所说的，此书中所收各篇论文，最早的作于 1948 年，最迟的作于 1966 年，前后相距将近二十年，但其中的观点却一以贯之，这的确令人惊异。这其实正是因为作者在研究中国文学时，发挥了其高度的宏观抽象能力，概括出了某种规律或线索，并以这种规律或线索作为经线，以各种各样的具体例证作为纬线，就像音乐中的主题与变奏一样，从而撰写出了一篇又一篇的精彩论文。这种高度的宏观抽象能力，却往往是我们的研究中相当缺乏的。我们的许多研究，尤其是一些“史”的研究，似乎除了时间线索之外，提不出任何其他线索；而单单靠时间线索，其实是不能构成“史”的，至少构成的只是表面上像“史”而实际上却是一盘散沙似的东西。究其根源，难道不正是因为缺乏对于历史材料的高度的宏观抽象能力吗？

再次，和作者那高度的宏观抽象能力相配合的，是作者那同样令人惊叹的细腻的微观分析能力。正是这种细腻的微观分析能力，使作者在概括中国文学史的规律或线索时，能够用极为丰富的例证，来描述其不同阶段上的不同层次，乃至不同层次上的不同色彩。正如此书编者在《解说》中所说的：“博士最重视的是人的语言，是研究者对于语言的敏感性和深思熟虑……他认为只有通过对一个个词语和一节节诗歌的熟读吟味，以及乍看起来似乎难以理解的小考证的积累，才能达到伟大的真理——他的这种治学态度，是始终一贯的。”对于作者的这种细腻的微观分析能力，我们通过其对于《诗经》、《楚辞》以及项羽、刘邦、阮籍等人诗作的精细入微的分析，可以得到深切的感受。可以说，正是他那细腻的微观分析能力，使他对于中国文学史的规律或线索的概括不致成为空洞无物的大话；反之也可以说，正是他那高度的宏观抽象能力，使他的那些精细入微的分析不致成为钻牛角尖式的繁琐考据。

总之，在作者的上述研究中，我们可以看到宏观抽象能力与微观分析能力以及独特的研究角度的完美结合。也许正是因为这一切，才使得作者的中国文学研究无论在日本还是在世界范围内，都产生了深刻而广泛的影响，并且保持着持久不衰的魅力吧？

吉川幸次郎
关于中国近世市民诗的若干看法

——《宋诗概说》、《元明诗概说》简介

吉川幸次郎的《宋诗概说》和《元明诗概说》，分别出版于1962年和1963年(东京，岩波书店)，集中体现了他对中国近世市民诗歌的看法。他的学生黑川洋一在为他所编的《中国文学史》(东京，岩波书店，1974)第一章第八节的附记中说："在《进步的一种形式》中，博士反驳了那种认为唐以后的中国文学在诗歌世界中已经停止了进步的流行看法，认为宋及以后的元明清时期，随着时代的推移，越来越多的市民参与了诗歌文学的创作，与此同时，诗中所吟咏的心理感情也越来越细致，因此，宋以后的诗歌文学也仍然是在进步的。而且，为了吸收众多的参加者，就有必要使文化的模式不发生急剧的变化。《宋诗概说》、《元明诗概说》就是作为这种理论的实证而写的。"黑川洋一的这段话，颇有助于我们理解《宋诗概说》和《元明诗概说》的主要论点和写作背景。也就是说，吉川幸次郎认为南宋后期至元明清时期的中国诗歌是一种"市民诗歌"，它经历了一个逐步发展的过程，总的趋势是越来越进步。在这个基本观点的指导下，吉川幸次郎在《宋诗概说》和《元明诗概说》中，着重探讨了中国近世诗歌的市民性质、市民诗的发展过程、市民诗的政治背景、市民诗的学习榜样、市民诗与新型文人的关系、市民诗在中国近世文学史上的地位等问题，试图通过对这些问题的探讨，求得对中国近世诗歌的新的认识。在和其他学者一起

翻译这两部书的过程中，我深感他的观点的独到，因此想把它介绍给我国的中国文学史研究界。由于原著是“诗史”著作，不是理论著作，作者的观点虽贯穿全书，却散见各处，因此本文作了一番归纳整理，并在每个问题后谈一下自己的感想。应该说明的是，吉川幸次郎原著的内容是非常丰富的，本文所处理的只是其中的一小部分材料。如果大家能够因为本文的介绍而去阅读原著，那将是笔者所衷心期望的。①

一、中国近世诗歌的市民性质

从13世纪初到20世纪初这七百年间的中国古典诗歌，也就是南宋后期元明清诗歌，继承唐宋诗的传统，而又表现出不同的面貌，可以称之为“中国近世诗歌”。对于中国近世诗歌的评价，在当时就不甚高；到了现代，经过“文学革命”以后，更是落到了低谷。这是因为流行的看法认为，中国近世诗歌只是陈陈相因和了无生气的东西。而在这种文学史观背后起作用的，则是认为“中国历史自宋代以后就一直停滞不前”的历史观。吉川幸次郎对这种流行的看法提出了挑战，他认为，与“东洋的停滞”这种轻率的看法相反，中国文明无论在物质方面还是在精神方面，在近世都仍在不断地发展着。在文学方面，诗歌作为中华民族最重要的文学样式，在近世同样在不断地发展着。它一方面继承遗产和保持传统，另一方面又吟咏新的现实和新的感受。吉川幸次郎认为，中国近世诗歌的这种新的面貌，是由它不同于唐宋诗歌的特殊性质决定的，这就是它的“市民性”。在《元明诗概说》序章第一节中，吉川幸次郎

---

① 中译本合为《宋元明诗概说》，郑州，中州古籍出版社，1987年初版，1999年初印。

论述了这一点。

吉川幸次郎指出，唐宋以前的诗人，基本上都既是诗歌的专家，又是官僚或想要跻身官僚行列的人。这种情况从南宋后期开始发生了变化。南宋后期的诗，与其说是由官僚，毋宁说是由市民创作的。这是中国近世市民诗的发端。到了元代，由于蒙古统治者限制汉人参与政治，更多的市民把精力倾注于诗歌。在明代，由于政治体制使市民容易抬头，各个阶层的人们都加入了作诗的行列。这种现象一直延续到清代。当然，中国近世的官僚也作诗，甚至作诗是取得官僚资格的必要条件。但是，中国近世的官僚，大都是通过科举考试取得社会地位的市民出身的人，他们依靠的是能力而不是门第。这是宋以后贵族制度消失所带来的结果。因此，官僚的生活和不是官僚的市民的生活，无论在物质方面还是在精神方面，都并不完全隔绝，这也和唐宋以前不一样。而且，市民出身的官僚（如前后七子），往往成为市民诗歌的领导者。

由于市民成了诗人队伍的主体，因此，中国近世诗歌和诗人的数量便急剧增加了。可以想见，即使在那么一瞬间，都有成千上万的市民诗人在那里写出成千上万首诗。这种状况存在于整个中国近世，因此，中国近世诗歌的数量大得惊人，以至于难以像编《全唐诗》一样编出《全明诗》和《全清诗》。

诗人和诗歌数量的增加，当然会带来质量不高的缺点。和唐宋诗相比，中国近世诗歌中的劣诗自然更多。但是在另一方面，诗人数量的增加，却提供了更多产生优秀诗人的机会。尤其是大批市民作为有能力的诗人参与诗歌创作，借助诗歌来表现新兴阶层的活力，表现他们的新的现实和新的感受，自然会使中国近世诗歌呈现出崭新的面貌。

吉川幸次郎认为，正是因了这种“市民性”，中国古典诗歌才能在近世得到健康发展，并继续作为民族文学的主流占据中心地位。

而不幸，这一点却为历来研究中国文学史的中日学者所忽视了。

由上述介绍可以看出，吉川幸次郎是以“市民性”概念来研究中国近世诗歌的。他将南宋后期至明末的一切文学现象，都置于“市民性”的概念下来审视，由此得出了许多新颖的结论。文学研究中的“市民性”概念，乃是一种近代概念，使人联想起西方近代的市民文学思潮。这个概念传入东方以后，为东方的学者所接受，被用于东方近世文学的研究。但是，“五四”以后的中日学者，多将此概念应用于戏曲、小说等虚构文学的研究，而很少用于近世诗歌的研究。吉川幸次郎运用“市民性”概念来研究中国近世诗歌，填补了这方面的一个空白。就此意义而言，吉川幸次郎的中国近世市民诗研究，可以说是受西方近代文学思潮影响的产物，是近代意义上的文学史研究的一个发展。但另一方面，“市民性”的概念，又和吉川幸次郎的文化背景及个人修养有关。他在《诗人与药铺——关于黄庭坚》①一文中曾说：“我之所以写这篇文章，乃是因为我对下面这一点感到兴趣，即 11 世纪中国诗人的生活环境，同我们 20 世纪日本人的生活环境竟是如此相似。而这一点，在唐人的生活中，至少在由唐诗反映出来的唐人的生活中，表现得并不明显……我开始对阅读宋诗感到兴趣，或许与年龄有关；但同时，其原因也许不限于此吧！”所谓 11 世纪中国诗人与 20 世纪日本人的相似的“生活环境”，其实就是市民性的生活环境。吉川幸次郎之所以对宋诗发生兴趣，乃在于他发现了宋诗中潜藏着的“市民性”，而这种“市民性”又是和他自身的市民性相通的。这一点，对于理解他的中国近世市民诗研究是很重要的。他对宋代以后的中国近世诗歌的研究，在相当程度上，乃是诱发于他对其中所蕴含的市民性的兴趣；而这种兴趣的根源，则在于他作为一个 20 世纪的日本

① 收入其《中国诗史》下卷，东京，筑摩书房，1967 年。

人自身所处的市民生活环境，以及日本自江户时期以来形成的强大的市民文学传统。因此我们认为，他用“市民性”概念来研究中国近世诗歌，不仅是因为受了西方近代文学思潮的影响，也是因为受了东方生活和东方文化的制约。他的学生高桥和巳在《中国诗史》的《解说》中说，吉川幸次郎把“（宋代以后的）文学的担当者逐渐扩展到市民阶层”看作一种“值得庆贺的进步”的看法，是“从博士自身人格中产生的文学史评价标准”，“和博士自身出色的市民性一起，构成了贯穿各篇论文的潜在的思想骨架”。所谓“从自身人格中产生的”和“自身出色的市民性”，也就是这么个意思。

二、市民诗的发展过程

吉川幸次郎认为，中国近世市民诗的发展，迄于明末，大致经历了六个阶段：南宋后期是孕育期，宋末元初是壮大期，元末明初是成熟期，明代前期是沉寂期，明代中期是复兴期，明代中后期是极盛期。在前几个时期，市民诗的中心地区在长江下游的江浙一带；至极盛期，则更扩展到全国各地。

在《宋诗概说》第六章中，吉川幸次郎论述了南宋后期市民诗的兴起。他认为，市民诗的萌芽，可以追溯到北宋后期。南北宋之交吴可的《藏海诗话》中，记载了北宋元祐间在金陵开当铺的王四十郎、开酒店的王二十四郎、开妇女用品店的陈二叔结诗社的事迹，这是现在可见的最早的市民诗的史料之一。不过，在整个北宋及南宋前中期，这种情况还是个别的现象，只是到了南宋后期，这种情况才发展为较为普遍的现象。当时，在新兴的市民阶层中，产生了许多市民诗人，他们有的是都市里的商人，有的是农村里的地主，有的是大官僚的清客，而大都不是官僚。其中最著名的，是浙江温州的“永嘉四灵”和首都杭州的“江湖诗人”。尽管作为最初的市民诗人，他们只歌唱身边琐事和日常生活，没有精神的飞翔和感情的升华，但他们的出现本身，却展示了后来几百年间文学主要由市民而非官僚来担任的新的方向，是中国近世市民诗的重要开端。这是中国近世市民诗的孕育期。

在《元明诗概说》第二章中，吉川幸次郎论述了宋末元初市民诗的壮大。他认为，南宋的灭亡，不仅没有遏止市民诗的发展势头，反而更加速了它的成长。宋亡后第七年(1286)十月十五日，浙江浦江市民吴渭向浙江各地市民诗社悬赏征诗，以《春日田园杂兴》为题，限期三个月交稿。结果，竟有二千七百三十五人应募。吴渭从中评出二百八十名为合格者，于次年三月三日发表，并向前五十名发了奖品。他又将前六十名的诗编成小册子《月泉吟社》，并施加评点。吉川幸次郎指出，仅浙江一带就有这么多人应募(其人数已超过《全唐诗》的诗人总数)，而且被收入《月泉吟社》的六十人中，除个别人有诗集传世外，其余大多数人都是只见于此小册子的无名市民(遑论那些没有被收入小册子的人)，这说明这个地区的市民诗人，或有作诗能力的市民，是很多的。由此推想，整个江南地区的市民诗人，还不知有多少。和当时轰轰烈烈的抵抗诗相比，这时候的市民诗的确是不引人注目的，它还没有造就出杰出的市民诗人，还没有呈诸文学史的表面。因此，历来的学者对宋末元初的诗歌，都只注意那些壮烈激越的抵抗诗，却忽视了那些默默无名的市民诗。吉川幸次郎则指出，市民诗是宋末元初最重要的文学现象，它不仅对后来的中国诗歌，而且对整个的中国文明，都有着划时代的重要意义。另外，像谢翱、方凤、吴思齐等抵抗诗人，都曾被吴渭邀为这次征诗的顾问。由此也可看出，宋末元初的抵抗诗人本身，便和市民诗人有着密切的联系。这是中国近世市民诗的壮大期。

在《元明诗概说》第三、四章中，吉川幸次郎论述了元末明初市民诗的成熟。他指出，孕育于南宋后期、壮大于宋末元初的中国近世市民诗，终于在元末明初迎来了它的成熟期。这一时期的市民诗的中心地区仍然是江浙一带，这确定了中国近世诗歌尤以南方市民为主要创作者的方向。元末明初市民诗成熟的标志，一是诗人数量的增加，二是诗歌质量的提高，三是新型文人的出现。从钱谦益《列朝诗集》的前几集中可以看出，元末明初，在现在的江浙一带，产生了大量的市民诗人。杰出诗人杨维祯是当时市民诗人的领袖，他主持元末诗坛四十年，作为各地诗社的指导者，到处周游，在他的周围，聚集了一大批市民文人。以他和倪瓒等人为中心，在元末明初的江南，形成了一个新型文人群，标志着成熟了的市民诗人已独立地登上了文坛。元末明初另一个重要的市民诗人是高启，他和其他市民诗人一起组织了"北郭十友"诗社。此外，还有与高启一起号称"吴中四杰"的杨基、张羽、徐贲，以及袁凯等人，也都是有名的市民诗人。这一时期的市民诗人的作诗能力，已远较南宋后期及宋末元初的市民诗人要高。他们已经不满足于歌唱身边琐事，而是要歌唱精神的飞翔。这种精神的飞翔，在杨维祯那里已初具规模，在高启的诗中，更是达到了一个前所未有的高度。因此，高启的诗，是南宋以后在江南地区成长起来的市民诗的高峰。这是中国近世市民诗的成熟期。

在《元明诗概说》第五章第一节中，吉川幸次郎论述了明代前期市民诗的沉寂。他指出，由于朱元璋及其继承者的高压政策，近百年来在江南地区形成的极为发达的市民诗传统，不得不中断了一百来年。元末明初许多著名的市民诗人（如吴中四杰）都被朱元璋迫害致死，有些市民诗人（如袁凯）则仅得幸免，只有像刘基、宋濂这种迎合朱元璋口味的文人才受到赏识（其实他们最终都死于非命）。这时，只有福建、广东等南部地区，由于未受到镇压，所以还存在着市民诗坛。福建的诗社很活跃，其领袖是林鸿。广东的情况也是如此。《唐诗品汇》(1393)之出现于福建而非江浙,盖也是基于同样的原因。由于市民诗歌中心地区的沉寂,致使整个明初市民文学都呈现出万马齐喑的局面,只有“三杨”的“台阁体”点缀着残局。诗作为市民的修养,似乎还在被不断地创作着,但是却没有什么能够给人以印象的诗人。这是中国近世市民诗的沉寂期。

在《元明诗概说》第五章其余几节中,吉川幸次郎论述了明代中期市民诗的复兴。他指出,到了15世纪后半叶,江南地区的市民诗传统又复活了。在明统治者的政策鼓励下新崛起的寒素阶层,脱离了原来的寒素,熟悉了文学的技能,于是明代前期的市民诗的沉寂局面得以被打破。在历来的市民诗的中心地区之一的苏州地区,以沈周、祝允明、唐寅、文徵明等人为代表,市民诗人的人数再度达到数千人。在中国的其他地区,市民诗人也日渐活跃。如有名的诗人李东阳虽为“巨公”,但出身微贱,是朱元璋想要他们崛起的那个阶层的代表。然而,整个15世纪,也可以说是一个过渡期,经过这个过渡期,遂迎来了以市民诗人为中心的16世纪复古主义文学运动的燎原烈火。这是中国近世市民诗的复兴期。

在《元明诗概说》第六、七章中,吉川幸次郎论述了明代中后期市民诗的极盛。他指出,强大的复古主义文学运动,如疾风怒涛般地席卷了整个16世纪的中国,受到社会各阶层人士的支持、欢迎和参加。它似乎不仅是16世纪的文学信条,也支配了16世纪的整个社会,成了人们的生活信条。中国近世市民诗在这时候达到了它的高峰。复古主义文学运动,是市民性的文学运动。它的领导人“前七子”,除徐祯卿外,均出身于中国的北方。这说明市民文学的中心,已不限于江南一地。到了16世纪后半叶,“后七子”的主要领导人都是南方人(除李攀龙、谢榛),而且还有极南广东地区的人。这表明原先产生于北方的复古主义文学运动,已经成了全国性的势力，以至风靡了整个社会。尤其是王世贞的加盟和领导复古主义文学运动，使16世纪上半叶还处于观望、怀疑状态的南方地区的市民诗人，也纷纷加入到这个运动中来。到了17世纪上半叶，尽管市民诗坛由于厌倦了复古主义而转向反动，使以“公安”、“竟陵”为代表的反复古主义文学思潮占了主流，但上个世纪复古主义文学运动所造成的市民诗的盛况却依然如故——毋宁说更为发达了。不仅市民出身的官僚们，以及未必成为官僚的地方上的富人们在作诗，陋巷里也有诗人。钱谦益的《列朝诗集》的最后几卷，多有这方面的资料。在这些市民诗人中，也有不安于陋巷而奔走各地卖文鬻诗的“山人”。包括山人在内的市民，又常常结成诗社、文社，如“复社”、“幾社”等。一时间，文坛上群雄割据，宗派林立。这是中国近世市民诗的极盛期。

清兵的入关，中断了中国近世市民诗的这一高潮。不过，清王朝建立以后，市民诗的传统又恢复了——尽管倾向有所不同。吉川幸次郎本来打算再写一部《清诗概说》，来论述清代的市民诗，可惜没有写成。所以，我们说明代中后期是中国近世市民诗的极盛期，其实仅仅是相对于它以前的阶段而言的，并不是说这就是中国近世市民诗的终点。

在吉川幸次郎的这些论述中，有不少非常富于启发性的东西。首先，吉川幸次郎把自宋末至明末三百多年间的文学现象，用“市民诗”为主线串了起来，理清楚了它们之间的源流脉络，使这些在今日文学史著作中像一盘散沙似地存在的文学现象，有了有机的历史的联系和统一的分明的面貌。可以说，这才是真正的文学史的研究，而不是作家作品的堆砌。其次，由于吉川幸次郎把一部中国近世诗歌史看作市民诗史，所以他着重发掘和介绍了一些以前为人们所忽视的重要材料，如《藏海诗话》中北宋市民结诗社的材料，《月泉吟社》的材料，等等。这些材料的发掘和介绍，有助于我们重新认识中国近世诗歌的性质。再次,更重要的是,吉川幸次郎用市民诗的眼光来看待过去已为人们所熟知的文学现象,得出了完全不同的结论,使它们具有了新的意义。如关于永嘉四灵、江湖诗人、元末明初诗人和复古主义文学家的市民属性问题,都发前人之所未发,不同于流行的看法。如果用“市民诗”的眼光来重新审视中国近世诗歌,则可以说真正的中国近世诗歌研究才刚刚开始,还有不少领域有待于我们去开拓耕耘。

三、市民诗的政治背景

正如瑞士历史学家布克哈特将意大利文艺复兴时期文化产生的原因归诸意大利当时的政治制度一样,吉川幸次郎也在元明时期的政治状况中寻找中国近世市民诗兴衰的原因。

吉川幸次郎认为,元朝统治者废除科举制度、阻止汉人参政的政策,是促使元代市民诗发展的主要原因。中国传统的文人,历来与政治保持着十分密切的关系。他们的能力,往往主要发挥于政治领域;他们的身份,因而也往往是官僚。元朝统治者的政策,使大批文人不能成为官僚,使他们的才能在政治方面得不到发挥,这样就驱使他们将全部才能倾注于文学,形成了大批以文学为终身唯一事业的新型市民文人。从《月泉吟社》以模拟科举考试的形式向市民诗人征集诗歌这一做法中,我们也可以看出市民诗人对元朝统治者废除科举制度的不满,以及废除科举制度与市民诗产生之间的关系。至于为什么同样是不能参与政治,北方的文人主要从事戏曲创作,南方的文人却主要从事诗歌创作,吉川幸次郎认为这是因为传统文学的根基在南方更为深厚,因而市民文人首先以诗歌作为才能的发泄口的缘故。

如果说元朝统治者阻止汉人进入政权的政策造成了元代市民

诗的盛况的话，那么，吉川幸次郎认为，明代统治者鼓励市民进入政权的政策也同样造成了明代市民诗的盛况。和过去的统治者不一样，明太祖朱元璋出身于乡村贫民，靠他们打天下坐江山。所以开国伊始，他就试图建立一种崇尚朴素、简易、实干、率直的乡村式、平民式的文明，而不是建立那种繁琐、文弱、虚饰的都市式、贵族式的文明。因此，他讨厌历来担负文明之重任的以文学能力为中心的都市里的知识分子，希望出现更多的有实干能力的阶层和人物。为此，他改革了科举制度，不考较难学会的诗文，而是考较易掌握的“八股文”，使许多下层人士得以通过科举考试出人头地。朱元璋的这一做法，与市民势力的增长基本上是相适应的。但在具体实施的时候，却犹如一把双刃剑：一方面，他给自己所喜欢的乡村中不熟悉文学的市民以出人头地的机会；另一方面，他又对自己所不喜欢的都市中有较高文学能力的市民进行压制。这种政策，为他的后代所继承，使整个明代文明呈现出朴素、率直、奔放、粗刚的基调。这给明代市民诗的发展带来了不可估量的影响。

首先，明统治者的这一政策，使明代前期的市民诗及整个文坛呈现出一派萧条景象。一方面，南方市民诗的中心苏州地区，因为曾是张士诚的根据地，所以使朱元璋非常憎恨，课以全国最高的税率，“四百万粮充岁办，供输何处似吴民”（唐寅《姑苏杂咏四首》之二），从而剥夺了当地人的闲暇，败坏了他们的兴致，以致无法从事文学创作。而原来的那些市民诗人，则大抵因与张士诚的关系，而受到了严厉的镇压。另一方面，那些历来不能进入政权的寒素阶层的人物，虽然由于朱元璋的鼓励，通过八股考试而得以成为官僚或知识分子，却一时还不至于拥有像诗人那般可以充分活动的文学能力。因此，新旧文苑暂时还是一片茫茫。

其次，尽管朱元璋的政策在近期内造成了市民诗的不振，但是到了 15 世纪后半叶，它的威力却开始逐渐显示出来。一方面，经济的恢复与控制的放松，使江南地区重新成为市民文学的中心之一，出现了许多继承元末明初传统的优秀的市民文人；另一方面，全国各地都涌现出了大批的市民诗人，江南地区已不再是全国市民诗的唯一中心。中国北部、南部和中部，都出现了强大的市民文学力量。明代中后期的文学运动，为中国各地区的市民诗人所轮流掀起。如复古主义文学运动，主要是北方市民诗人掀起的；"公安"、"竟陵"文学运动，主要是中部市民诗人掀起的。"前七子"大都出身于中国北部的贫穷人家，那儿历来远离市民文学的中心。如李梦阳出身于侠客之家，何景明出身于低贱之家，康海是农家之子。"后七子"的中心人物李攀龙也是农家之子。他们的出现，说明朱元璋制定的政策取得了成功，他所要鼓励的那个寒素阶层，已经登上了历史和文学的舞台。也就是说，明代中后期全国性的市民文学盛况，同样也是明统治者长期以来的政策所造成的结果。

再次，吉川幸次郎认为，朱元璋的政策，不仅造成了明代前期市民诗的沉寂与明代中后期市民诗的盛况，也决定了或者说影响了整个明代市民诗的基调。明代市民诗的基调是简易率直的，连初看之下显得繁琐的复古主义文学运动，其实也是简易率直的。明代市民诗的这种倾向，是由它的作者的性质决定的。如朱元璋最初所期待的那样，比历来的中国文明担当者更为广泛的阶层，尤其是天性生来就简易率直的阶层，成了新文明的担当者，这决定了明代市民诗歌的上述基调。这种简易率直的基调，反过来又吸引了更多的文学能力不高的市民来作诗；而市民诗人的大量涌现，又使明代市民诗风更为简易率直。无论从造就作者抑或形成诗风来看，都离不开朱元璋政策的鼓励。此外，自南宋以来就一直酝酿着的对于唐诗的尊崇态度，也因朱元璋的政策而受到了鼓励。于是，简易率直的唐诗就被作为纯粹的抒情诗而受到了模仿，而富于哲理和议论的冷静理智的宋诗却几乎不受重视。明代市民诗人的学习榜样，与明代文明及市民诗的基调是完全合拍的，这里面也有明统治者的政策在起作用。

如上所述，吉川幸次郎是用元明时期的政治状况来说明中国近世市民诗兴衰的原因的。我们觉得，这种说法有相当的道理。在非商业化的社会里，影响文学的一个相当重要的因素，便是政治状况。而且，如果说关于元代政治状况的说法已是老生常谈的话，那么，关于明代政治状况的说法却道人所未道，颇有新意，显示了吉川幸次郎的卓越的洞察力。然而，我们觉得还可以补充的一点是，南宋和元明时期的中国江南一带，已存在着相当发达的市民经济；中国近世市民诗的主要发达地区，也正是江南地区。因此，中国近世市民诗的发达与市民经济的发达之间，肯定存在着某种隐秘而密切的联系。如15世纪下半叶的王锜（1433—1499）在他的《寓圃杂记》中，叙述了苏州地区在明初百余年间的经济的变迁。吴中地区市民文学的变迁，其实正是与这一经济的变迁同步的。对于这种文学与经济之间的联系，吉川幸次郎在《宋诗概说》和《元明诗概说》中未曾予以充分注意，这不能不说是一个缺憾。吉川幸次郎也注意到了，被排斥于政治之外的元代市民在把精力转向文学的同时也转向了商业，可惜他未曾就近世市民经济与市民诗歌的关系作更进一步的论述。这或许也是历史观的局限吧！

四、市民诗的学习榜样

当市民诗在南宋后期兴起的时候，它的前面已经有了唐诗和宋诗这两大风格不同而各有千秋的诗歌遗产，因此，它马上便面临着一个如何继承遗产的问题。这个问题，前代诗人也曾遇到过，但是从未像市民诗人所遇到的这么突出。因为中国古典诗歌发展到唐宋，已臻于顶点，后来的诗要想另辟蹊径，别树高帜，殊非易事。

此外，市民诗人的急剧增加，作诗愿望的猛烈高涨，也必然会产生学习榜样的要求。在这种情况下，如何继承遗产，或者说，如何学习榜样的问题，便被提到市民诗人和市民诗歌理论家的议事日程上来了。在整个中国近世市民诗歌史上，这个问题像是一道主旋律，贯穿于它的始终，成为一切争论的焦点。

那么，新兴的市民诗人在唐宋诗中应接受哪一部分遗产呢？换句话说，应学习哪一种榜样呢？唐诗有各种理由中选。首先，比起宋诗来，唐诗更是中国古典诗歌的"正宗"。古诗的各种体裁，都完成于唐代。无论在内容感情抑或措辞表达方面，唐诗无疑是最高的"古典"。其次，唐诗以感情感受取胜，宋诗以学识议论见长，前者是诗人的诗，后者是学者的诗，因此，学问不深的市民诗人之取法唐诗而摒弃宋诗，也就是理所当然的了。再次，文学的发展也和文明的发展一样，不断地追求着自己的对立面。当市民诗兴起的时候，它所面对的，是已经发展了几百年的盛极而衰的宋诗；而唐诗则因为阔别了几百年，反而使人觉得新鲜了。因此，新兴的市民诗人宁可学习"新鲜"的唐诗，而不愿学习"陈旧"的宋诗——到复古主义文学运动泛滥以后，人们又厌倦了已学了几百年的唐诗，而回到宋诗上来，也是出于同样的心理。

唐诗有各种理由受到市民诗人的青睐，已如上述，但对唐诗的态度，却仍有一个发展的过程，而且各个时期所学习的唐诗的侧重点，也各有不同。大致说来，对唐诗的尊崇与市民诗的发展同步。具体而言，又可分为若干阶段。

南宋后期是第一个阶段。吉川幸次郎指出，对唐诗的复归倾向，在王安石、陆游、杨万里等人的诗中就有所表现，是南宋以来就存在着的潜流；但是，只是到了南宋后期，它才明确地成了市民诗人的创作方向。"永嘉四灵"及"江湖诗人"都主张学习唐诗。徐玑说"诗得唐人句"(《次韵刘明远移家三首》其二)，徐照说"诗成唐体要人磨”(《酬赠徐玑》),叶适称赞“四灵”有“复行唐诗”之功,刘克庄自称“苦吟不脱晚唐诗”(《自勉》),戴复古对宋诗颇有微词,这些都说明南宋后期的市民诗人是自觉地以唐诗为学习榜样的。当然,他们所学习的,主要是以贾岛和姚合等人为代表的中晚唐诗,这作为新兴的市民诗人的入手途径,还是很合适的。同时,为适应市民诗人学习唐诗的需要,唐诗的选本也出了好几种。赵师秀的《众妙集》专收小诗人,不收大诗人,周弼的《三体诗》专收中晚唐诗,这都是为市民诗人所编的作诗入门书,其倾向和当时的市民诗歌的实际相一致。此外,还出现了以评论唐诗为主要内容的诗话著作,以在理论上指导市民诗人。如魏庆之的《诗人玉屑》,是一部以盈利为目的的诗话著作,有着适应成批出现的市民诗人需求的背景。又如严羽的《沧浪诗话》,第一次主张要学唐诗的核心部分,对“永嘉四灵”的学晚唐诗提出了批评。吉川幸次郎认为,这种理论的出现,显示了对前一阶段学习唐诗的理论的超越,是以学习晚唐诗为契机的对唐诗的再认识向着更为向心的方向的探索。它直接影响了后来元明时期的市民诗歌理论,成为市民诗人普遍接受的看法,并且在明代终于由理论变成了实践,那是后话。这一阶段,开了后来几百年间学习唐诗潮流的先河。

宋末元初是第二个阶段。在这个阶段,出现了不少以市民诗人为对象的简便平易的作诗教本。如方回的《瀛奎律髓》(1283),专收唐宋的五七言律诗,按题材分类排列,附有编者评语,以杜甫为一祖,黄庭坚、陈师道、陈与义为三宗,反映的是江西诗派的文学观点。于济原编、蔡正孙增订的《联珠诗格》(1300),专收唐宋诗人的七言绝句,分成三百余格。蔡正孙的《诗林广记》(1289),则是唐宋诗的评论。从这些教本的内容来看,当时的市民文人尚未完全只学唐诗,所以唐诗尚未如后来那样定于一尊。对当时的市民而言,首要的问题是要学会作诗,这些教本的出现便满足了这个要求。

元末明初是第三个阶段。吉川幸次郎认为，以唐诗为学习榜样的意识，在这时候和市民诗一起成熟了。杨维祯所学习的，主要是李贺和李白的诗，比南宋后期市民诗人进了一步，但尚未接近唐诗的核心。赵孟頫、袁桷、虞集、揭傒斯、范椁、杨载等北方宫廷诗人，都有意学习唐诗的核心部分，对唐诗的学习，这才开始走上了“正轨”。高启的诗，“上窥建安，下逮开元，大历以后，则藐之”（李志光《高太史传》），显示了学习盛唐诗歌的实绩，开辟了明代诗人学习盛唐诗的方向。

明代前期是第四个阶段。吉川幸次郎认为，以唐诗为榜样的意识，在这个时期被深化了。这一时期，不仅在实际创作中，而且在诗论书里，在强烈地主张唐诗优越的同时，企图确定应该把唐诗中的哪一部分作为核心来学习的要求也出现了，并且制约了此后的明代诗论。高棅的《唐诗品汇》，便是这样的一部著作。高棅认为，以李白、杜甫等人为代表的盛唐诗歌是唐诗的顶峰，只应该以此为学习的榜样。这种说法是从严羽的《沧浪诗话》而来的。但是，严羽之说在南宋末期是很孤立的，而且是很零碎的；高棅则把唐诗明确地分为初盛中晚四期，并把严羽视为“第一义”的汉魏诗剔除了，因此，他的主张更为彻底。正如高启在实践方面所作的那样，高棅的《唐诗品汇》在理论方面为明代市民诗歌的学习榜样定下了方向。

明代中期是第五个阶段。吉川幸次郎认为，自南宋以来就一直在发展着深化着的尊崇唐诗的意识，到了这时已臻于顶点，其标志就是复古主义文学运动的出现。复古主义文学运动的口号是“文必秦汉，诗必盛唐”和“不读唐以后书”。它认为在前代诗歌中，只有盛唐诗能够作为市民诗人的学习榜样；至于其他诗歌，都只是旁门歪道。这种认识来自严羽的《沧浪诗话》和高棅的《唐诗品汇》，是从南宋以来就发展着的以唐诗为学习榜样的运动的一个必然结局。但是，复古主义文学家们却比他们的前辈走得更远。在《唐诗品汇》中，尽管高棅认为中唐以后唐诗是在走下坡路，但还是收了那些诗；而复古主义文学家们却全盘否定了那些诗。又，前此的明代诗风，一向是以所有的唐诗为学习榜样的，并且也不乏学习宋诗的例子；但复古主义文学家们却只学盛唐诗，而全盘否定宋诗。而且，复古主义文学家们还要求在遣词造句和内容感情上都完全模仿盛唐诗歌，这更是前人所不曾做过的。可以说，几百年来对唐诗的学习，到了16世纪，无论在理论上还是在实践上，都已被绝对化了。这也决定了它已走上绝路，预示了反动的即将来临。

明代后期是第六个阶段。进入17世纪，由于对学了几百年的唐诗感到厌倦，由于对复古主义文学运动感到失望，明代市民诗人终于起而反动。以盛唐诗为唯一的学习榜样，以完全模仿盛唐诗为创作方法的做法被断然抛弃了，包括宋诗在内的更为广泛的前代诗歌，成了新一代市民诗人的学习榜样，创作手法因此也更为自由灵活。从此，市民诗的学习榜样改变了。

通过分析自南宋后期至明代后期三百余年间以唐诗为学习榜样的理论与实践，吉川幸次郎指出，以唐诗为学习榜样的作用是双重的，既有利也有弊。其利在于，唐诗作为振奋激情的作品，使一代又一代的市民诗人受到诗歌的熏陶，学会用诗歌形式表现自己的生活与感情。就此意义而言，可以说没有对唐诗的学习，就没有中国近世市民诗。而且，他们对唐诗的推崇，就中国古典诗歌的实际情况而言，也是完全正确的。其弊在于，由于强调学习榜样，所以产生了许多仅仅是皮相模仿的浅薄、乏味、松散、空洞、柔靡的劣诗，而诗人数量的增加和诗人的"多作癖"，又更增加了这种机会。复古主义文学运动的发生，使这种弊病达到极点。他们以与榜样完全合拍作为文学创作的方法，使文学仅止于模仿；而且模仿得并不成功，仅止于表面，未达到本质，生吞活剥，没有消化；对榜样的选择局限性很大，排斥了许多优秀的东西；而固定的榜样，使作品显得单调，千篇一律；此外，由于强调学习榜样，而往往忽视了对现实的反映。这些都是一味模仿的后果。

以上，便是吉川幸次郎关于中国近世市民诗的学习榜样的论述。对于众所周知的南宋后期至明代后期的学习唐诗的现象，吉川幸次郎作出了不同于流行看法的分析。首先，他将这一时期的学习唐诗的现象，与市民诗歌的兴盛联系起来考虑，找出了学习唐诗的历史原因，而不是像流行的看法那样，仅仅就事论事地讨论元明人对唐诗的学习。其次，由于他找到了学习唐诗这一现象背后的历史原因，所以他能描述从南宋后期到明代后期各个时期学习唐诗的发展过程，理清它的源流脉络，而不是像流行的看法那样，仅仅对一家一派作孤立的研究。再次，由于他把学习唐诗看作市民诗歌发展的需要，是一个历史的必然，所以他既能指出它的利弊得失，又能对它的历史作用作出中肯的评价，而不是像流行的看法那样，以是非评价代替历史评价。最后，他的分析使我们对《诗人玉屑》、《沧浪诗话》、《三体诗》、《众妙集》、《瀛奎律髓》、《联珠诗格》、《诗林广记》、《唐诗品汇》等诗话著作和唐诗选本的历史意义有了新的认识；而且，推而广之，对宋代以后诗话与诗选层出不穷的历史原因也会有所领悟。总之，吉川幸次郎的分析，对我们重新认识中国近世诗歌史上的文学流派之争，将会是很有启发作用的。

五、市民诗与新型文人的关系

吉川幸次郎指出，南宋以来日渐发达的市民生活与市民文学，同时也造就了过去的中国文明中所未曾有过的新型文人。

吉川幸次郎认为，新型文人的第一个标志，是他们作为“纯粹的文人”，有着较为独立的地位。传统的观点认为，光有文学才能是不够的，同时还必须有“济世”之才，一个兼有政治、哲学、军事才能的文人，更胜于一个纯粹的文人。到了南宋后期及宋末元初，出现了最初的市民诗人。他们因为环境的限制，不能参与政治活动，因而仅仅从事文学活动。这些市民诗人，是新型文人的萌芽，但还不是真正的新型文人。因为在当时，要使文学、哲学、政治三种才能集于一身的观念还很强大，那些市民文人在社会中还不占重要地位，他们的文学活动也无多大影响，并且，他们本身也还不具备新型文人应该具备的各种条件。直到元末明初，这样的新型文人才真正出现。这些新型文人与哲学无缘，也与政治无缘；更确切地说，由于元代特殊的政治环境，他们也不得不与政治无缘；但同时，他们却极为重视文学或艺术，愿意为之献出一切。这就使得他们不愿意当官僚，而愿意以市民文人的身份终其一生。这样的人物，在文学家无论怎样都必须与政治发生联系的过去的文明体制中，是不可能产生的，它只能产生于元末明初这样一个特定的历史阶段。以杨维祯为首的南方文人集团，便是这种新型文人的典型。不过，这种与政治的脱离，在元末，还是由环境造成的，到了明代，却成为市民诗人的自觉愿望。明代中期的沈周等人就是这样。

新型文人的第二个标志，吉川幸次郎认为，是这些文人都具有“文学至上”的观念。“文学至上”的态度，过去也不是没有，3 世纪的三国人即倡导这种态度。可以说，7、8 世纪的唐代以前的时代，都是处于这种态度的影响之下的。到了元末明初，杨维祯等文人都更强调“文学至上”。沈周等明代中期文人也是这样。不过，他们的“文学至上”观念，还带有消极色彩。因为像杨维祯等人的主张“文学至上”，乃是为了逃避与反抗蒙古人的统治；沈周等人的主张“文学至上”，也是为了逃避与反抗国家权力。只是到了李梦阳等复古主义文学家那里，“文学至上”的观念才更为积极，更为彻底。李梦阳认为，世界的本质就是声色与运动，因此，只有以感情为内容、借助感觉来表现的文学，才是人类最为真实的事业和必不可少的工作。他发起的复古主义文学运动，本身就包含了这样一种“文学至上”的观念，从而使“文学至上”的观念成为许多市民的生活态度，成为整个时代的社会风气。

新型文人的第三个标志，吉川幸次郎认为，是他们的多才多艺。“文学至上”观念的确立，远离政治带来的闲暇，市民经济带来的富裕，必然会导致新型文人对与文学相关的其他艺术门类的高度重视。新型文人往往不仅精通文学，还精通书画等其他艺术门类，而书画家也同时精通文学。由此产生的结果是，新型文人大都拥有多方面的杰出才能。如元末的倪瓒，既是优秀的诗人，又是“元末四大画家”之一；明代中期的沈周、祝允明、唐寅、文徵明等人，都既是卓越的诗人，又是卓越的画家和书法家。像这样的多才多艺的文人，在传统的文人中不是没有，但只有在新型文人中，才成为一种普遍的现象。这与文人地位的独立及“文学至上”观念的确立有不可分割的联系。

新型文人的第四个标志，吉川幸次郎认为，是他们那不同于俗的生活态度。由于强调“文学至上”观念，所以新型文人在生活中充满了自信与骄傲，强调文学家艺术家的特权，蔑视世俗的常识常规。像杨维祯的奇异的打扮，倪瓒的病态的洁癖，唐寅的装疯卖傻，张献翼的风流放荡……都是新型文人生活态度的表现。可以说，有意无意地追求生活的自由放任，是新型文人在外形上的一个标志。这既是由他们内心的自信所造成的，也是由外在的宽松所鼓励的。市民势力的膨胀，给市民文人带来了更多的自由。

吉川幸次郎认为，市民生活与市民文学不仅造就了新型的市民文人，也相应地造就了一个重视新型文人的新型的社会环境。如后七子的主要人物李攀龙和王世贞并不是政界的中心人物，却由于是当时最大的文学家和文坛领袖，因而也就成了当时的巨人，文明的主宰者，众望所归的人物，一颦一笑都会影响社会；文人的地位，也视他们的褒贬而升降。这不仅是过去的文学家，也是过去的市民诗人，所未曾享有过的殊荣。总之，市民文明的发展，产生了一个把有才能的市民作为时代伟人来尊敬的社会，造就了值得从社会那里得到这种尊敬的市民，培养了这些市民为自己的市民身份而自豪的心情。

如上所述，吉川幸次郎从社会地位、文学观念、艺术才能、生活态度等各个方面论述了新型文人的特征。吉川幸次郎的论述，具有以下几方面的意义。首先，吉川幸次郎能够从文人身份变化的角度研究中国近世诗歌，这的确是抓住了文学史研究的一个较为关键的问题。文人地位的相对独立，的确是市民文学成熟的标志之一，这在东西方文学史上都是如此。如在欧洲文学史上，中世纪以前的文人，往往是宗教家和文学侍从之臣，直至文艺复兴时期，才涌现出较为独立的新型文人，这标志着欧洲近代文学的开始。在日本文学史上，平安时期的文人主要是贵族，镰仓、室町时期的文人主要是僧侣，到了江户时期，平民成了文人的主体，这是日本近世市民文学兴盛的标志。中国的情况与它们是相似的。而关于文人身份的研究，却历来为我们所忽视。我们常常用静止的眼光来看待“文人”这一意义含混的概念，似乎从屈原到鲁迅，中国文人的身份从来没有过变化。更进一步说，在文学的作者、作品与读者三者中，我们历来不重视对第一和第三者进行史的分析，因而在我们的文学史观念中，他们都只是一些静态的概念。其次，吉川幸次郎从文学观念变化的角度研究中国近世诗歌，也是抓住了文学史研究的另一个关键问题。“文学至上”观念的确立，对于文学的发展来说确实是必不可少的。它是文学成熟与独立的标志，也是文人地位独立的必然结果。正如“科学至上”、“哲学至上”一样，它所反映的是成熟的文学家对于自己工作的独立性的信念。没有这样一种信念,就没有独立的文学。我们的研究,历来只注意较为具体的文学思想,却不太重视对于"文学"本身价值的看法的变迁。因此在我们的文学史观念中,两千年来文人似乎是用同一种态度来对待文学的(关于魏晋文人对文学的自觉这一观点,最早也是由日本学者铃木虎雄提出来的)。再次,吉川幸次郎关于近世文人多才多艺的论述,也促使我们思考这样一个问题:文学与艺术的互相渗透,给中国近世的文学艺术带来了怎样的影响?这个问题的解决,有待于文学史家与艺术史家两方面的努力。再次,吉川幸次郎认为新型文人的生活态度是由他们的"文学至上"观念决定的,这也是很有见地的。一般的解释是把文人的怪癖畸行归之于他们的个人脾气,但这样却无法解释为什么文人的放诞在中国近世会成为整个社会时代的风气;而吉川幸次郎的解释则至少从一个方面说出了其中的原因。最后,我觉得,新型文人的出现,标志着另外一个更为重要的事实,即近世文学已渐由对政治的依附转向对经济的依附。这种转向,使文学和文人具有了更大的自由。这一点为吉川幸次郎所未谈到,而其重要性也是显而易见的。

六、市民诗在中国近世文学史上的地位

市民诗与戏曲小说的关系问题,是市民诗在中国近世文学史上应占何等地位的关键问题,对此,吉川幸次郎在《元明诗概说》序章第二节及其他各节中作了重点论述。

吉川幸次郎看到,从 20 世纪初起步的中日两国关于中国文学史的研究,都存在着一个严重的偏向,即在叙述中国近世文学时,中日文学史家都只对新兴的虚构文学感兴趣,而对这一时期的诗和非虚构的散文,则采取轻视、蔑视乃至无视的态度。这种偏向在

流行于中国文学史界的“汉赋、唐诗、宋词、元曲、明清小说”一语中表现得最为明显。之所以会产生这种偏向，吉川幸次郎认为有以下几方面的原因。首先，从荷马史诗开始的西方文学史，是以虚构文学为中心的。东方的学者受西方文学影响，开始重视自己文学中一向受轻视的虚构文学，想强调东方和西方一样，也存在着虚构文学的传统。其次，由于虚构文学历来为中国文明所轻视，有关它的资料非常之少，因此，这一新兴的学问领域引起了学者们的兴趣。第三，20 世纪的中国语言改革运动“文学革命”改变了关于文学的价值观念，主张用白话取代文言，因此，用白话写的戏曲小说受到了片面的尊重，而用文言写的近世诗歌则受到了轻视。第四，人们认为近世诗歌因为一味模仿前人，所以往往缺乏生趣，戏曲小说则由于是新兴的文学样式，所以常常生趣盎然；诗歌具有悠久的传统，所以往往站在保守的、封建的立场上，而戏曲小说则往往表现新的思想和新的要求，反抗传统，等等。

但是，吉川幸次郎却不同意关于中国文学史的这种流行看法，他认为，这不是正确理解中国文学发展史之道。他从以下几个方面论述了近世诗歌仍是近世文学的中心这一观点。首先，他认为中国近世被看作文学的中心，因而也被用来表现最真切的感情的，仍然是诗歌以及非虚构的散文，尤其是诗；与此相反，在“文学革命”以前，戏曲小说一直被认为是二三流的文学，很少有人抱着认真的态度来写，像日本的《源氏物语》那样领悟到虚构价值的小说，在鲁迅之前的中国是很罕见的。其次，中国近世诗歌的主要作者是市民或市民出身的官僚，这样的作诗人口有成千上万，这说明诗在当时并不是“第二艺术”。而且，由于市民成了诗歌的主要作者，中国近世诗歌的内容也产生了本质的变化，它歌咏了新的生活和新的感情，并非如人们所说的只是一味模仿。第三，中国近世市民诗的产生发展，和戏曲小说的产生发展是相辅相成、并行不悖的。

在诗歌文学的兴衰与戏曲小说的兴衰之间，可以划出大致的平行线。比如，13世纪，蒙古的统治使找不到政治出路的北方文人转向戏曲创作，产生了新兴的戏曲文学；同样找不到出路的南方文人则转向诗歌创作，产生了新兴的市民诗歌。14世纪，即元末明初时期，既是一个产生了新型文人杨维祯、高启等大家的市民诗歌的成熟期，又是产生了高明的《琵琶记》等南戏杰作和《水浒传》、《三国演义》等小说巨构的虚构文学的成熟期。15世纪，当市民诗歌陷于空虚的时候，戏曲小说也保持了沉默。16世纪，既是市民诗歌的极盛期，也是戏曲小说的高潮期。李开先、康海、王九思、梁辰鱼等戏曲作家，同时又是复古主义诗歌的健将。《金瓶梅》的创作也与某大诗人有关。由此可见，16世纪虚构文学的盛况，与复古主义文学运动不是毫无关系的。17世纪上半叶，戏曲小说与市民诗歌同时达到了它们的顶点。这些都表现出市民诗歌与戏曲小说的密切关系。因此，中国近世市民诗的研究，不仅对于它本身是重要的，对于戏曲小说的研究也是重要的。第四，因为市民诗歌的作者和戏曲小说的作者同属市民阶层，因此，如果要说诗中有"封建性"的话，那么，戏曲小说中也同样是有的；反之，如果说戏曲小说中有反抗传统的新意识的话，那么，诗歌中也同样存在。第五，把虚构与非虚构作为衡量文学价值高下的标准，这是对西方文学史的生搬硬套；东方理应重视作为东方文学特长的非虚构文学，尤其是诗，而不应妄自菲薄，贸然求同。第六，仅从文言白话之别来判断文学体裁的价值，乃是一种轻率的政治判断，现在已经到了反省的时候了。根据上述认识，吉川幸次郎认为中国近世文学研究中首先应该重视的仍是诗，而非戏曲小说。如果抽掉了诗，那么，对这一时期的文学便不可能得到正确的认识。在吉川幸次郎看来，中国近世文学应以诗为第一位，而以戏曲小说为第二位。

我觉得，吉川幸次郎对20世纪中日学者关于中国文学史，尤其是中国近世文学史的看法的批评,对诗歌在中国近世文学史上的地位的肯定,对诗歌与戏曲小说的相互关系的论述,都是非常富于启发性的。他所指出的中国近世文学史研究中的偏向确实存在。这种偏向之所以会产生,是由于受西方文化冲击以后引起的对传统的文学观念的反动,有其历史的合理性。但是,尽管有其历史的合理性,却仍然是一种偏向。如果说在“文学革命”时不得不矫枉过正的话,那么,到了今天,它就没有理由继续存在下去了。吉川幸次郎认为不能生搬硬套西方概念来研究东方文学,这是很有见地的。现在比较文化学和比较文学研究的进展,使我们认识到吉川幸次郎说法的预见性和合理性。他又认为文言白话之分不是衡量文学成就的根本标准,也颇有助于我们认识“五四”以来形成的新的偏见。尤其是他关于中国近世诗歌与戏曲小说在作者倾向和风尚等各方面密切相关的说法,更是有助于纠正长期以来把戏曲小说与诗歌割裂开来研究的偏向,使我们看到在这方面还是大有工作可做的。他对中国近世诗歌在文学史上地位的强调,有助于纠正我们长期以来对近世诗歌的忽视。当然,他以没有意识到虚构文学的价值作为戏曲小说是“二三流的文学”的证据,这一说法还是可以讨论的。因为文学的自觉性虽说有助于作者创作的积极性,却不是文学创作的根本要素。中国古典戏曲小说虽说都是在“游戏”的气氛中创作出来的,但这无妨于它们的伟大。更何况我们也不能说中国近世文人对虚构文学的价值真的毫无认识。总之,在中国近世诗歌的研究方面,20 世纪以来中日文学史家所做的工作还是远远不够的。大量的材料尚有待于发掘和整理,对近世诗歌的传统偏见亦亟待打破。只有到了那时候,才谈得上对中国近世诗歌有较为准确的认识,才谈得上对戏曲小说与诗歌之间的隐秘关系有较为清晰的了解。也许到那时候,我们就更能体会到吉川幸次郎研究的预见性和重要性了。

斯波六郎
《中国文学中的孤独感》述评

吉川幸次郎的《中国诗史》上卷中的大部分论文和下卷中的一部分论文，勾勒了中国文学中的人生观从乐观到悲观到扬弃悲观恢复乐观的变化过程；与此堪成双璧的是，与吉川幸次郎的那些论文大致成于同一时期的斯波六郎（1894—1959）的《中国文学中的孤独感》（《中国文学における孤独感》，东京，岩波书店，1958）一书，也探讨了中国上古和中世文学中所表现的诗人的孤独感问题。他们分别从两个相近而又不同的侧面，研究了中国古代文学中所表现的诗人们的心情和对人生的看法。所以，在介绍了吉川幸次郎的《中国诗史》以后（参见本书下编《中国文学中的人生观的变迁：从乐观到悲观到扬弃悲观恢复乐观》一文），笔者自然有意于再介绍斯波六郎的《中国文学中的孤独感》，并希望这番介绍能成为此书出现中译本的契机。斯波六郎曾与吉川幸次郎一起，在京都帝国大学汉文科受业于狩野直喜和铃木虎雄的门下，后任广岛大学（及其前身广岛文理科大学）教授多年，是广岛大学的中国文学研究，尤其是中国中世文学研究的重要奠基者之一，其主要业绩有以《文选索引》（京都大学人文科学研究所，1959）为代表的《文选》学研究。下面所要介绍的《中国文学中的孤独感》一书，尽管他自谦为“鸡肋”，却无疑是他的著作中为人读得最多、影响也最为广泛的一种。

一

斯波六郎此书初版于1958年，由岩波书店印行。全书分为十七章，其目次是：一、孤独；二、隐者；三、《诗经》；四、屈原；五、宋玉；六、项羽；七、汉代诸作家；八、阮籍；九、刘琨；十、左思；十一、鲍照；十二、袁粲；十三、陆机；十四、王羲之；十五、陶渊明；十六、杜甫；十七、李白。一望而知，作者是依时代顺序，选取从上古到唐代的若干有代表性的文人来展开论述的（此外，书后还附有《中国文学的融合性》一文，虽说也很有意思，但与全书关系不大，故本文不予涉及）。不过，全书的实际写作过程，却并不是按此顺序来进行的。据作者后记自述，此书从孕育到出版，大致经历了十二年左右的漫长岁月。作为此书嚆矢的，是作者1946年秋在广岛尚志会上所作的题为“生活诗人陶渊明”的讲演。这个讲演，从陶渊明不仅作游戏诗，也作生活诗这一立场出发，论述了陶渊明的孤独生活。作者自称，他之所以选择这个题目，是因为想以此为契机，进而探讨中国诗人的孤独感。不过，在此后的若干年里，作者因事暂时搁下了这一念头。直到七年后的1953年，在广岛大学举办的开放讲座上，作者才再次讲演了陶渊明之前的屈原、宋玉、汉代诸作家、阮籍、左思、陆机、王羲之，以及陶渊明之后的杜甫等人的孤独感。在讲演时，当时尚为广岛大学中文研究科学生的横田辉俊（后曾任广岛大学教授）作了详细的笔录。作者便以此记录稿为底稿，再作修订，以《中国文学中的孤独感》为题，发表于《中文研究丛刊》第三辑（1954）上。由于印数较少，只有少数同学友人得到了此书，故1957年夏，岩波书店怂恿作者再加修订后出版单行本，于是，作者又加入了项羽、刘琨、鲍照、袁粲、李白诸人，最终形成了现在这样的面貌。

作者为什么要选择中国文学中的孤独感来作为研究对象呢?了解一下作者孕育此书的时代背景,对解答这个问题也许不无益处。据此书后记自述,第二次世界大战末,广岛被原子弹炸得面目全非。战争的一般后果是"国破山河在",但广岛却连山河也改变了模样,而且,据说此后七十五年间将寸草不生。接着而来的,是苏联的参战与日本的投降。对劫后残存的广岛人来说,这是非常沉重的时刻。他们感到茫然若失和惊恐不安,不知道将来会有怎样的生活方式。作为当时生活在广岛的人之一,作者的心灵无疑也为同样的阴影所笼罩。战争及其带来的悲惨后果,常常使人们不得不重新思考人类的处境。萨特在第二次世界大战中的经历,使他对人类的处境产生了独特的看法,孕育了他的存在主义哲学。斯波六郎在第二次世界大战末的广岛的经历,虽未使他孕育出一种独特的哲学,但也使他对中国文学产生了全新的认识。似乎可以认为,正是从他作为一个茫然自失的广岛人的体验中,孕育了他研究中国文学中的孤独感的契机。正如在谈到杜甫的《清明》诗中所表现的"意识到并吟咏了人都是一个一个的个别存在"时作者所说的:"这种连亲人朋友都无可奈何的心情,我们在好几次受到空袭时,也曾痛切地体味过,这就是能使人感到'人都是孤独的'这一点的心情。"这说明正是战争的经历,使作者能够理解或能够如此理解杜甫乃至中国古代诗人的孤独感。相似的研究兴趣,也出现在战后日本其他中国学家的中国文学研究中。正如松本幸男《日本的中国中世文学研究八十年》①一文所指出的,日本战后的中国六朝文学研究中,存在着由于战后日本在国际上的局外人地位及社会与个人的不幸状况而引起的对于表现人的绝望悲观的六朝文学的共鸣。(顺便说一句,此书所叙述的,也大都是六朝文人。)吉

① 载《立命馆文学》第422—423号,1980年8—9月。

川幸次郎在1950年代写下了《项羽的〈垓下歌〉》、《汉高祖的〈大风歌〉》、《推移的悲哀》、《阮籍的〈咏怀诗〉》等论述中国文学中的悲观人生观的起源及特点的系列论文，其研究的兴趣，也是朝向中国文学中的，尤其是中国中世文学中的悲观内容的。总而言之，作者之孕育和写作此书，是和第二次世界大战中及战后日本人的痛苦体验、艰难处境与凄凉心境分不开的。

不过，促使作者以中国文学中的孤独感作为研究对象的，除了战争中及战争后的经历和体验之外，还有另外一个重要因素，即战后日本社会的急剧变迁。众所周知，由于美军的占领，日本在战后走上了西方民主主义的道路，这使日本社会发生了很大的变化。其具体表现之一，就是如作者所说的，在战后的日本，“孤独”、“和平”、“民主主义”成了最流行的词汇，成为现代日本的三大泛滥语。也就是说，在战后日本，与“民主”意识、“和平”意识一起，发展起了“孤独”意识。这种“孤独”意识，一方面是和战争中人们经常体验到的面临死亡时的孤独，以及战后日本在国际社会中的孤立地位所带来的孤独有关的，另一方面也是和“平等”、“民主主义”、“个人主义”这样的西方现代思潮有关的。“孤独”与前者的关系已如前述，这里稍稍说明一下后者。所谓“孤独”，用作者的话来说，就是“自己的问题只有自己知道，完全无法依靠他人，自己是孤立无援的个人”这样一种意识。这种意识，是苟有内省力的人都会产生的，是谁都或多或少经历过的。如果人们都追究每个人所经验到的孤独感，便会认为人类归根结底是孤独的。这种孤独感往往会导向个人主义；而个人主义的流行，也更容易使人们产生孤独感。战后日本人所体验到的孤独感，便也是和个人主义、民主主义的流行分不开的。据作者自述，他在此书中所使用的“孤独”一词，便是按其现代意义来使用的。这一点，即从作者自述此书的写作目的也可看出来。他在此书后记中说，自己之所以要以孤独为研究课题，并不是为了礼赞竖起孤独之壁的生活方式，而是因为想到人类只有注意到并习惯于自己的孤独，才能理解别人的立场，并与别人建立起良好的关系，这样的人多了，世界就会更富于谅解精神，成为温暖宜人的地方；此外，也是因为想到那些承认他人的人格，了解人格的尊严性的高尚理论，归根结底也是源于人类的孤独性的。也就是说，作者所理解的孤独，是一种引导人走向平等、谅解与合作的东西。正是从这种理解出发，作者才在此书中给予杜甫那种理解他人立场的孤独以最高评价。从作者的这种理解中，不难看出战后日本受西方思潮影响的痕迹，这使这部研究中国古代文学的著作，带上了一层鲜明的现代色彩。

此书于 1958 年初版后，至 1982 年，已经第十次印刷。这反映了不仅在战后那困难的处境里，而且即使在经济高度成长的社会中，“孤独”也仍是一个与人们切身相关的问题，此书因而仍如战后不久那样受人关注，并为人们所普遍爱读。

二

此书是按时代先后选取若干位代表诗人来进行论述的，但为了介绍方便起见，有必要先将作者关于孤独感的本质、孤独感的起因和孤独感的种类等方面的看法作一总的介绍，以把握作者的思路。

作者认为孤独感的根源是人与生俱来的无论何时都有的隐藏于内心深处的动物性的生命的不安感。《列子》中的“杞人忧天”（《天瑞》）的故事和阮籍《大人先生传》中的忧天忧地的话语，便是这种生命的不安感的流露。生命的不安感常表现为苦恼与忧愁。只要人具有与生俱来的生命的不安感，便会具有苦恼与忧愁。《庄子》的“人之生也，与忧俱生，寿者惛惛，久忧不死，何苦也”（《至乐》)，"开口而笑者，一月之中不过四五日而已"(《盗贼》)，便流露了这种源于生命的不安感的苦恼与忧愁。当这种生命的不安感谁也不理解而只属于自己的时候，便自然会感到孤独。

作者认为孤独感根据产生情况的不同，可分为独处时的孤独感与人群中的孤独感。独处时的孤独感是指一人独处时因与人群隔绝而产生的孤独感；人群中的孤独感是指即使在人群中，但由于他人的不理解而产生的孤独感。《庄子》中的"空谷足音"(《徐无鬼》)可谓前者，"陆沉"(《则阳》)可谓后者。前者是相对于自然而言的人类的孤独感，后者是相对于他人而言的个人的孤独感。此书中所处理的，主要是后面这种孤独感，即作为个人的孤独感。

作者认为孤独感是一种自己被他人拒斥时，或感到自己被他人拒斥时，亦即感到自己的想法不能通于他人时所产生的心理状态。或换句话说，是由于自己的想法不能通于他人，因而感到只剩下自己一个人，从而自己凝视自己时所产生的心理状态。但这种自我凝视又与道德反省的自我凝视不同，因为后者是理智的，而前者却是感性的，并伴有寂寥感。从作者的分析来看，孤独感应是自我意识的一种，它既产生于自我意识觉醒之时，又反过来促进了自我意识的觉醒。

作者认为这种自我凝视的孤独感是人与生俱来的，只不过在大多数场合，如在忙乱的世界中，由于牵于外物而被暂时忘却，或被什么东西暂时消解。但只要一有自我凝视的机会，便会感到孤独。也就是说，作者认为人的本质是孤独的，平时不感到孤独，只是因为没有内省的机会而已。

作者认为触发人类内心深处的孤独感的原因主要有两大类，一是由对生命的思考引起的，一是由人类的处境引起的。第一大类原因所触发的孤独感，是一旦意识到以后，直到生命的最后一刻，无论如何不能消解的。第二大类原因所触发的孤独感，则会随着事过境迁,而在一定程度上得到消解。因而,前者可称绝对的孤独感,后者可称相对的孤独感。

所谓绝对的孤独感,也就是认为人都是一个一个个人的孤独感。这种孤独感超越了各种具体的孤独,达到了对于人类生存的本质的理解。抱有这种孤独感的人,一方面对人生抱有更为深沉的绝望之感,另一方面也能通过推己及人而理解他人的孤独,从而在承认“人都是孤独的”的前提下,达到自他融合和物我融合的境界,形成对世界的更为宽容谅解的看法。这种绝对的孤独感,可以说正如作者所说的,是一切承认他人人格,承认人格尊严性的高尚理论的出发点。而是否具有这种孤独感,也是检定一个诗人是否成熟的标志。

不同的诗人,由于所处时代、社会、环境的不同,由于出处、遭遇、性格的差异,而往往会具有不同的孤独感,或者兼有几种孤独感。作者在书中对此作了具体的分析。但是,孤独感的种类尽管有种种不同,但构成其核心的东西却是不变的,这一点是不能忽视的。

三

下面,我们再来看看作者对中国文学中的孤独感的历史演变所作的描述。在描述中国文学中的孤独感的历史演变时,作者经常对各个诗人或各个时期的孤独感作纵向和横向的比较,以浮现每个诗人或每个时期的孤独感的特点,并以这些特点展示孤独感的历史演变的轨迹。

在第一节“孤独”中,作者首先考察了“孤独”这个词的起源及含义的变迁。他说,“孤”和“独”最初已分别出现在《孟子·梁惠王下》和《荀子·王霸》中,但尚未连在一起使用,而且其含义也是“孤独鳏寡”意义上的“孤”和“独”。把“孤”和“独”连在一起使用的最初一批例子，见于《礼记·王制》、《淮南子》和司马相如的《上林赋》，但其含义主要是指物质生活上的无依无靠状态，与现在用于精神生活上的“孤独”含义不同。另外，在《管子·明法解》、《韩非子·孤愤》、《史记·项羽本纪》中，还可见到与“孤独”同训的“孤特”一词，但其含义也是指政治或人际关系方面的孤立无援状态，而不是指个人的精神生活状态。从精神生活立场上来说的“孤独”，至少是包含精神生活意义的“孤独”一词，最初出现于2世纪中叶以后，即东汉中后期左右。在《楚辞·七谏》王逸注和《诗经·小雅·正月》郑玄笺中所出现的“孤特”，便是与现代所说的“孤独”相当接近的东西。“孤独”一词从东汉开始用于精神生活意义不是偶然的，因为自我意识和文学意识的觉醒，正是从东汉中后期开始的。

作者认为，尽管接近现代意义的“孤独”（或“孤特”）一词最早出现于2世纪中叶以后，但对“孤独”的意识则从很早就开始出现了。在《荀子·王制》中，出现了“人能群”，即人具有社会性的意识；而在《左传·襄公三十一年》中，又出现了“人心之不同，如其面焉”，即人生来便具有个人特性的意识。这说明古人已意识到了孤独这种东西。“人心之不同”，即人的想法各不相同，暗示了人各各都是孤独的这种意识。又“同床异梦”之词，也暗示了人类的孤独性。

作为中国历史上具有孤独感的人物的最早例子，作者举出了中国上古时代的隐者尧、许由、伯夷、叔齐等人。作者认为尽管那些传说不一定可信，但说明从很早起就存在这种隐者的态度了。隐者有两种，一种是避世不求仕进的人，一种是怀着理想隐没不显的人。真正的隐者，由于具有与世隔绝的感觉，因而多少会感到自己的孤独。作者认为倘真有这种隐者的孤独感，则可以认为是后世文学中所出现的大部分孤独感的源头。

中国文学中所表现的孤独感，作者认为最早见诸《诗经》。《唐风·葛生》的“予美亡此”，吟咏了丧夫独居的女子的孤独（这是后世中国文学的重要主题之一）；《小雅·采薇》的“昔我往矣”，吟咏了出征归来的男子的孤独；《魏风·园有桃》的“心之忧矣”，吟咏了心忧国事的大夫的孤独；《小雅·正月》的“彼有旨酒”，吟咏了不得重用的弃士的孤独，正如东汉末郑玄笺所说的：“此贤者孤特自伤也。”总之，《诗经》中的这些诗，大都吟咏了自己遭到周围环境的拒斥，却没有什么人可以诉说，由此而产生的烦恼，或是由肉体隔离而产生的烦恼，而缺乏精神性的烦闷。即或有精神性的烦闷，也是非常朴素的，表现也是简单的。

在《诗经》之后，出现了用复杂的表现来吟咏强烈的孤独之苦闷的屈原的作品。在他的作品中，表现了因不与周围环境调和而产生的孤独的苦闷。他之所以不能和周围环境调和，是因为他自信自己的立场是正确的，并始终不渝地坚持这一立场。他将自己的不幸归之于生不逢时，并相信“时”的公正的存在，由此而解脱了自己的孤独。

到了宋玉，不仅意识到了自己的孤独，还将这种孤独客观化了（即将之作为凝视的对象）。虽然这种倾向已见于《诗经》的《小雅·正月》和屈原的作品，但其表现和意识都不如宋玉那般清晰明确。而后来的汉代作者们，也都继承了这种表现方法。宋玉一方面通过沉湎于自我凝视后产生的低落情绪，另一方面也通过像屈原那样将自己的不幸归之于生不逢时，来解脱自己的孤独。

但无论是屈原还是宋玉，都还没有将自己不遇的责任完全归之于“时”，并由此来考虑解脱的原理。明确地考虑解脱的原理，作者认为是从进入汉代才开始的。汉代的作者们，在悲哀于自己的无可奈何的孤独的同时，又从自己以外的东西中去寻求解脱之道。

这自己以外的东西，就是“天”或“时”。汉代作者通过将自己的孤独归之于“天”或“时”，来求得自我宽慰与自我解脱。如项羽的《垓下歌》，便是通过将自己的失败归之于“时不利”，而使自己得到解脱的。

以追悯屈原的形式寄寓自己感怀的汉代诸作者，大体上都继承了宋玉的自怜自艾的孤独感，以及通过季节感怀来表现孤独和寂寞的方法，但在内容和表现上却有了值得注意的变化。在内容上，汉代作者在凝视自己时，往往把自己分成若干部分，这与宋玉仅将自己视为一个整体不同；在表现上，出现了对孤独的自我形象的更为具体的描写。至于孤独感与“天”或“时”的关系，则大体上在西汉的作品中，是将责任转嫁给“天”或“时”，由此而解脱自己的孤独；在东汉的作品中，则是不相信“天”或“时”，由此而解脱自己的孤独。

屈原、宋玉及汉代以追悯屈原的形式寄寓作者感怀的作品中所出现的孤独感，都是因为自己之所守遭到周围环境的拒斥而产生的；汉代作者直接感叹自己不遇的作品中所出现的孤独感，都是由于对自己的处境不满而产生的。但在魏晋作品中，则出现了三种稍异其趣的孤独感。一是由自己拒斥周围环境而产生的孤独感，如阮籍的作品中所表现的；二是由悲愤亡国破家之情而产生的孤独感，如刘琨的作品中所表现的；三是由对阶级差别不满而产生的孤独感，如左思和鲍照的作品中所表现的。由于阮籍生活于危险的社会中，恰如被不安之网罩住一样，因此，他便尽量拒斥其周围环境，只靠自己生活下去。不得已而采用这种生活方式的人的心灵，其实是充满了深沉的绝望孤独之感的。刘琨则由于遭到国破家亡之难，因而行吟坐卧都不能忘怀，在“负杖行吟，则百忧俱至；块然独坐，则哀愤两集”（《答卢谌书》）中，流露出深深的绝望孤独之感。左思由于出身寒门而不能荣达，因而产生了强烈的孤独感。他通过把自己的不遇归为“地势”，并产生自怜自艾情绪，且希望自己能通过文学得到永久的名声，来慰藉自己的孤独。与左思不同，同样因出身低微而不能荣达的鲍照，则通过坚持自己的个性，而慰藉了自己的孤独。他认为自己不遇是由于个性耿直，但又宣称自己不会通过改变个性来与周围环境妥协。这种坚持自己个性的不妥协性，在袁粲的《妙德先生传》里得到了幽默的表现。其中表现了抗众愚守孤独是如何的困难，同时又流露了众人皆醉己独醒的自傲。

如上所述的孤独感，都是由对自己周围或时世的不满和抵抗而产生的，这种孤独感会有依事情的变化而得到消解的可能性。也就是说，一旦周围环境改变了，也就可能不感到不满和抵抗了，自己也就能与周围环境妥协了。但有两种孤独感是一旦意识到以后，直到生命的最后一刻，无论如何不能解脱的：其一是由感叹生命短暂而来的；又一是由意识到人类毕竟是一个一个个人而来的。在广阔的背景上捕捉整个人生，深刻意识到生命之短暂的作品，是直到晋代才开始出现的。这种捕捉有两种思考方式，一是眺望浮在永久的时间长河之上的个人，一是眺望浮在无限的宇宙空间之中的个人。前者有陆机的《叹逝赋》，后者有王羲之的《兰亭集序》。意识到人毕竟都是一个一个个人的作品，也只是到了南朝以后才开始出现的，如陶渊明和杜甫的作品。

从屈原到王羲之的作品中所表现出来的孤独感，可以分为由境遇引起的和由生命短暂引起的这两种，对这两种孤独感作仔细品味并巧妙地歌唱的诗人是陶渊明。他的代表作《形影神》诗，通过歌唱面对生命短暂的三种人生态度，表现了他的第一种孤独感。陶渊明诗歌中所表现的坦然面对死亡的心情，在理论上与陆机《叹逝赋》最后部分的旨趣是一致的。但陆机倾向于抽象思考，陶渊明则倾向于具体体验。陶渊明的第二种孤独感，源于其想要守住自己本性的愿望。这种孤独感从与周围环境不能调和出发，再超越之，从而达到了认识到自己毕竟是一个独特的个人的境界。陶渊明因此而能把自己的孤独感推及于他人，由自己的孤独感理解他人的孤独感，这与以前的诗人是不同的。

孤独感这种东西是人人皆有的，但对它的态度却是因人而异的。大多数优秀的诗人，能超越一时的孤独，更深地品味它，思索它，进而达到自他融合的境地。陶渊明是这样的诗人，杜甫更是这样的诗人。陶渊明是将自己的心情推及于他人，杜甫则是从每一个个体出发。前者是自己的扩大，后者是自己的转身。因而，两个诗人达到自他融合的途径是不一样的。在杜甫的诗中，经常可见用观察自己之心来观察他人的态度。在这些诗中，表现了每个人都有自己的生活的观点，这与认为每个人都是独一无二的个别的存在的强烈意识是分不开的。他将自怜自艾的孤独之情推及于宇宙万物，感到宇宙万物都是孤独的。同样是孤独感甚强的陶渊明，便尚未达到这种彻底的万物同视的境界。这是只有深深地潜入自我之中的人才能感受到的。由这种心情产生的齐物之情是严肃的谦虚的东西，与世俗之情及游戏式的互相同情是全然异质的。其特色也可以说是不仅把孤独视为个人的问题，也把它视为全人类的问题，视为整个生活的问题。同是社会诗，杜诗比白诗更动人，恐怕便是由于这个原因。感到孤独，就会想要与可以依托的永恒之物融合为一，杜诗中便随处可以看到这种倾向。融合以后，作者与外物化为一体，使孤独寂寞的人类之心，融入了广大无边的宇宙之中。诗人就这样在不知不觉间，流露了人类那想要依靠什么的心理弱点。人类是如此地想要依靠什么，所以人类的生存方式，最终不就可以归结为想要依靠什么的问题吗？而且，在人类是孤独的同时，又毕竟不能得到绝对的孤独，这不是和人的爱情有关吗？杜诗便充分表现了人类的这种矛盾处境。

和杜甫形成对比的是李白。李白也有由愤叹不遇而产生的孤独感，由悲叹人生无常而产生的孤独感，这与其他人的孤独感没有什么不同；但李白另有一种孤独感，却是他人所未必有的，这就是在超越境地中的孤独感。这种孤独感抬高自己，以守住孤独为荣，不愿与他人融合，恰与杜甫的态度相反。杜甫感到人情的不可靠，在作了仔细追究以后，看到了人的孤独性，进而达到了同情万物各自立场的境界；李白也感到人情的不可靠，从而也在某种程度上意识到了人的孤独性，但他只感到自己的孤独，却不去推察他人的孤独，他只注意他人对自己的态度，却不关心自己对他人的态度。这种对待孤独的态度，无疑起源于李白对自己才能的极度自信。中国诗人由于自信其才能，因而感叹自己不遇的人甚多，但像李白那样表现得如此强烈的人却是没有的。给自己以高于他人的评价，这乃是人之常情，杜甫也具有这种心情；但杜甫并没有把自己抬高到世人和俗物之上的心情，而李白却具有这种心情。当他感到世人不能赏识自己时，便感到自己受到了周围环境的拒斥，而凝视受到拒斥的自己时，孤独感便油然而生了。对于自己受到拒斥的原因，李白不像屈原那样归之于自己信念的正确，也不归之于“天”或“时”等超人间的力量，或是归之于社会条件的限制，而是将一切归之于世人的不理解和无见识。这是李白的生活方式和创作态度的一个主要特色，也影响及于他的孤独感。像他这样的自信心极强的诗人，很难推己及人地想象他人的心理。因而在他的诗中，很难看到像杜甫那样的由想象他人心理而产生的同情，这无疑和他的极端自负有关。自负的人容易蔑视和无视他人，并把自己不遇的原因归之于他人。这样的人与他人的关系，全然是“君情与妾意，各自东西流”（《妾薄命》）的。置身于这种近于敌视的疏离感中的人，其生活绝不能说是愉快的。李白之所以爱人外之境，爱醉乡，原因恐怕正在于此。李白是为解脱忧愁而这么做的。他忍受着现实的苦恼，逃向了非现实的世界。他的乐观主义和快乐主义的生活态度，实际上便是这么产生的。不体谅别人的心情，也是由这种生活态度引起的。然而，世界是多姿多彩的，人生是各式各样的，多种生活方式的存在，其实也并不足怪。

以上，我们概括地介绍了作者对中国文学中的孤独感的历史演变所作的描述，以及他通过对各种不同的孤独感的比较所勾勒的各个诗人的孤独感的特征。遗憾的是，作者的这种描述和勾勒到唐代就结束了，使我们无从窥见唐以后文学中的孤独感的情况。但是，作者在此书中所描述和勾勒的种种孤独感，应该是具有普遍性的吧？因为它们不仅流动于唐以后的文学里，也流动于现代人的心中。

四

最后，我希望能再花些篇幅谈谈此书在方法论上的意义，因为和此书所提出的许多独特的见解一样，此书所采用的独特方法也是值得我们借鉴的。

此书的方法论之最重要的特征，是母题论方法的运用。所谓母题论方法，就是探讨某一意象、心理、思想、形象、典型在文学中的具体表现和历史演变。此书所处理的，便是“孤独感”这一心理现象在中国文学中的具体表现和历史演变。这种母题论的方法，是经常为国外的中国文学研究者们所采用的，如吉川幸次郎对于中国文学中的人生观的研究，小尾郊一对于中国文学中所表现的自然与自然观的研究等，都是其例；但是，在中国学者的中国文学研究中，却似乎不太被采用。在研究中国文学时，这种母题论方法的好处其实是显而易见的。虽说每一次它只能处理一个对象（如人生观、孤独感、自然观等），但它能够围绕这一个对象，勾勒出文学史的一个侧面，将不同时代的不同作家和不同作品，非常有机地联系起来，宛如文学史之网上的一根根经线，通过与时代论、作家论、作品论等纬线的交织，织成一张完整的文学史之网。对中国学者来说，这种母题论方法的研究应是今后的重要课题。

此书对比较论方法的运用也值得注意。所谓比较论方法，顾名思义，便是在研究时不断地将个案进行比较，以指出它们之间的异同渊源关系，确立互相之间的联系与各自的特征。比较论方法的运用，初不限于母题论研究方面，但又以母题论研究方面最为重要。如果没有比较论方法的辅助，母题论研究便会缺乏层次与变化，流于平板和静止。此书在描述中国文学中的孤独感时，便对各个时期各个诗人的孤独感进行了比较，指出了各自所具有的特征以及前后的发展变化，从而最终完成了一个母题的历史的研究。此书关于《诗经》与《楚辞》、屈原与宋玉、汉代诸作家与屈原、西汉与东汉、魏晋与汉以前、陆机与王羲之与前此各家、陶渊明与杜甫、李白与杜甫等的比较，便都是非常精彩的例子。此外，此书有关中日文学中的孤独感的比较，也随处可见，限于篇幅，本文中未作介绍。作者通过这种比较，展示了孤独感的特征，揭示了孤独感的普遍性。

此书所选择的母题也引人注目。和人生观、自然观一样，此书选择了一个事关重大的母题“孤独感”。这个母题与人类的基本生存状况有关，也是文学表现中最重要的内容之一。选择这样的母题来进行研究，不仅有助于阐明中国文学的特点，加深对中国文学的理解，也有助于通过中国文学，进一步加深对人类处境的理解。在这个意义上，此书不仅是一部文学研究著作，也是一部人生研究著作。也许正是因为这个原因，此书才不仅为专业人士，也为广大非专业人士所爱读吧？

当然，此书也并不是完全没有瑕疵的。比如作者认为，“在广阔的背景上捕捉整个人生，深刻意识到生命之短暂的作品，是直到晋代才开始出现的”，因此而形成的“绝对的孤独感”，也是直到晋代才开始出现的，这一观点我们即不敢苟同。因为对于生命短暂的认识，其实几乎是与中国文学同步开始的，在《诗经》里即可见其端倪，在汉代诗歌，尤其是《古诗十九首》里，更是成了一个重要的主题；同时，所谓的“绝对的孤独感”，其实也是与此相伴随而出现的，比如在阮籍的《咏怀诗》中，我们便能同时看到这二者的存在。关于这一点，我们想作者可能是“智者千虑”而有所疏忽了。

小尾郊一《中国文学中所表现的自然与自然观》中译本序

20世纪日本的中国六朝文学研究（在日本也称“中国中世文学研究”），以第二次世界大战的结束为分界线，大致上可以分为战前与战后两个时期。战前时期，是日本的中国六朝文学研究的低潮时期，四十余年间仅出现了八十余种研究论著，而且还局限于东京和京都两地。究其原因，乃是因为尽管日本自明治维新以来不断吸收西方近代文化，但在中国文学的研究方面，尤其是在中国六朝文学的研究方面，却仍然受到以经学为中心的传统的汉文学价值观的束缚，对未能“文以载道”的六朝文学有着看轻的倾向；同时，也往往只是把中国的古典作为与日本本国文化相同的东西来看待（这就是所谓的“国汉”思想），而不是把六朝文学当作外国文学来作近代意义的研究。但是，即使在这一时期，也不是没有新风在吹拂的。早在1911年，铃木虎雄就以其《山水文学与谢灵运》（后收入其《支那文学研究》），而显示了六朝文学研究的新方向。后来，青木正儿有《支那人的自然观》（后收入其《支那文学艺术考》），对中国文学中的自然观作了探讨。1934年，桥本循发表《支那文学与山水思想》（载《立命馆文学》），开始更为仔细地探讨谢灵运的山水文学。与此同时，《世说新语》等作品的文学性，也开始受到学者们的重视，出现了一系列的研究论著。这是吹拂于战前日本的中国六朝文学研究界的新风，它已经预示了战后日本的中国六朝文学研究的大致走向。

战后最初几年，日本经济混乱，社会动荡，生活困难。当时日本的中国六朝文学研究，也像学界的其他领域一样，除了零星的点缀之外，大致上是一片空白。进入1950年代，情况发生了根本性的变化。首先，随着朝鲜战争的爆发和日美关系的改善，带来了经济复兴，社会繁荣，生活上升，这奠定了学术研究得以重新开展的物质基础。其次，日本战败以后类似国际社会局外人的地位，给战后成长起来的新一代学者以深深的刺激，使他们普遍产生了萨特式的“没有出路”的感觉。这种精神状态，拉近了他们与具有类似倾向的中国六朝文学的距离，使许多人因此而转向了中国六朝文学研究。对于青春伤痕甚深的新一代学者来说，中国六朝文学研究不仅仅是一门学问，也是心灵的感应与共鸣。他们中的很多人，后来都成了战后日本的中国六朝文学研究的中坚。再次，1950年代初，日本的旧制大学普遍改为新制大学，各个新制大学相继出版了自己的纪要和研究会的机关杂志，再加上1950年创刊的日本中国学会的《日本中国学会报》、1954年创刊的京都大学的《中国文学报》、1961年创刊的广岛大学的《中国中世文学研究》等中国文学的专门杂志，形成了全国性的中国文学的研究刊物网络，改变了战前研究力量仅局限于东京和京都两地的局面，为各地研究中国六朝文学的学者提供了长期而稳定的发表研究成果的阵地，促进了大批研究论著的出现和新一代学者的成长。最后，随着战后日本社会的全面现代化，它受西方现代文化的影响也越来越深，与中国传统文化的距离则越来越远，再加上战前即已吹拂于日本的中国六朝文学研究界的新风的影响，因此而带来了战后日本的中国六朝文学研究的价值观念和研究方法的改变，这对于开拓研究领域和拓展学术视野无疑具有不可估量的重要意义。由于上述几方面重要因素的综合作用,战后日本的中国六朝文学研究取得了长足的进展,成为日本的中国文学研究的最重要的一翼。据《中国文学研究文献要览(1945—1977 战后编)》的“三国六朝文学”部分统计,在战后 1945 年至 1977 年的三十来年间,就出现了近千种研究论著,与战前四十余年间仅出现八十余种论著的情况相比,简直不可同日而语。同时,战后日本的中国六朝文学研究的范围也非常广泛,涉及几乎所有的重要著作、作家和领域,其中尤以对于《文选》、《玉台新咏》、《诗品》、《文心雕龙》、《世说新语》等著作,曹植、阮籍、嵇康、陶渊明、谢灵运、庾信等作家的研究成就最为突出。在广泛而深入的研究的基础上,涌现出了一批高质量的研究专著,其中具有代表性的著作当推斯波六郎的《文选索引》(京都,京都大学人文科学研究所,1959)、网祐次的《中国中世文学研究》(东京,新树社,1960)、小尾郊一的《中国文学中所表现的自然与自然观》(东京,岩波书店,1962)、铃木修次的《汉魏诗研究》(东京,大修馆书店,1967)、增田清秀的《乐府的历史研究》(东京,创文社,1975)、林田慎之助的《中国中世文学批评史》(东京,创文社,1977),等等,它们标志着战后日本的中国六朝文学研究的水准。①

在战后日本的中国六朝文学研究界,小尾郊一博士(1913—2004)是中坚之一;他的《中国文学中所表现的自然与自然观》(《中国文学に现われた自然と自然观》)一书,则是这个领域中的重要成果之一。小尾郊一博士,1913 年 2 月 2 日生于日本长野县茅野市。1938 年进入广岛文理科大学(今广岛大学前身)文学科学习汉文学,1941 年毕业。此后历任京都的东方文化研究所(今京都

① 以上介绍,参考了松本幸男《日本的中国中世文学研究八十年》(载《立命馆文学》第 422—423 号,1980 年 8—9 月)一文的观点和资料,谨此说明,并申谢意。

大学人文科学研究所前身）助手，广岛文理科大学讲师，广岛高等师范学校教授，广岛大学文学部助教授、教授，武库川女子大学教授等职，现任日本中国学会名誉会员、东方学会评议员、广岛大学名誉教授。小尾郊一博士在京都的东方文化研究所时，曾从事吉川幸次郎主持的《毛诗正义》的校定事业；后来又曾在广岛高等师范学校讲授《传习录》、《近思录》、《古诗源》等中国古典著作；他早年的论著，有《全唐诗作者索引》（与长尾伴七合编，1941）、《关于毛诗正义的论证的一个考察》（1945）、《白氏文集的传本》（1946）、斯波六郎著《陶渊明诗译注》书评（1948）等。从小尾郊一博士早期所从事的工作、所讲授的课程和所发表的论文来看，可以说他当时大抵尚处于传统的以经学为中心的研究方法的影响之下。但是，作为一个感受到时代风气之巨变的战后新一代学者，小尾郊一博士也开始致力于新的研究方向的探求。正如他自己在《中国文学中所表现的自然与自然观》的《后记》中所说的，当他讲授《古诗源》中谢灵运和陶渊明的诗时，感到这才是真正的文学；同时又受到了铃木虎雄的论文《山水文学与谢灵运》的启发，于是终于以《谢灵运与自然》（1950）为嚆矢，迈出了他自己的——同时也是战后日本的——中国六朝文学研究的重要一步，继承并发展了从自然与自然观的角度研究中国六朝文学的传统。此后的十来年间，他先后写出了《六朝赏字用例》（1953）、《论招隐诗》（1954）、《兰亭诗考》（1955）、《论作为山水游记的水经注及宜都山川记》（1956）、《六朝的游记》（1957）、《魏晋文学中所表现的悲秋及其产生》（1958）、《六朝文学中所表现的山水观》（1958）、《左思的赋观——魏晋赋中的写实精神》（1959）等多篇重要论文，或从人们所习见的材料中找出新的意义，或从新的角度去看为人们所忽视的材料，或宏观地探讨一个时代的自然观，或微观地考察一个词的意义变迁，总之，它们都是以新的眼光来研究中国六朝文学的。这些论文，构成了《中国文学中所表现的自然与自然观》一书的骨架。1957年，小尾郊一博士以此书（雏形）获得以广岛文理科大学名义授予的文学博士学位。1962年，此书由岩波书店出版。此书问世后，受到日本学界的好评。立命馆大学教授高木正一在《立命馆文学》第214号（1963年4月）上发表书评指出："著者涉猎了现存的众多的当时文献，并以从中搜集到的大量资料及对于这些资料的绵密考察为基础，展开了非常翔实的论述……此书所阐明的许多新的事实，不仅会给予中国文学的研究者，也会给予研究日本文学和西洋文学的人们以各种有益的启示。"京都大学笕文生在《中国文学报》第19册（1963年10月）上也发表书评予以善评。立命馆大学教授松本幸男的《日本的中国中世文学研究八十年》，则将此书看作战后日本的中国六朝文学研究的"代表性业绩"之一。至1982年，此书已第四次印刷，由此也可见其在日本学界受重视和欢迎之程度。

继此书之后，小尾郊一博士在从事授课任务和担任社会工作之余，继续潜心研究，笔耕不辍，又完成了许多重要的论著。其中专著有《文选》日译本五册（东京，集英社，1974—1976）、《玉台新咏索引》（与高志真夫合编，1976）、《李白》（东京，集英社，1982）、《谢灵运》（东京，汲古书院，1983）、《杨贵妃》（东京，集英社，1986）、《中国的隐遁思想》（东京，中央公论社，1988）等，论文有《丛书堂钞本嵇康集》（1960）、《沈休文集考证》（1961）、《楚辞王逸注的兴》（1962）、《柳冕的文论》（1962）、《论馨字》（1963）、《庾信其人与文学》（1964）、《谢灵运的初去郡诗》（1965）、《艳歌与艳》（1965）、《文选李善注引书考证》（1966）、《昭明太子的文学论》（1967）、《谢灵运的山水诗》（1968）、《陆机文赋的意味》（1968）、《齐梁文学与自然》（1973）、《严铁桥全齐梁文补遗》（1973）、《汉赋的娱乐性——问答体与架空人物》（1975）、《中国文学中所表现的自然与人生》

(1976)、《天·地·人》(1980)、《真与美的发现——关于陶渊明与谢灵运》(1982)、《论文心雕龙物色篇及齐梁文学的自然观》(1985)、《刘峻的辩命论》(1986)、《归去来辞的意图》(1987)等。从这些论著也可以看出,小尾郊一博士一直在孜孜不倦地从事中国六朝文学的研究。此外,还应该特别提到的是,小尾郊一博士自1961年至1976年间,曾长期主持战后日本的中国六朝文学研究的重要刊物之一《中国中世文学研究》的编辑工作,为建设广岛大学的中国六朝文学研究的阵地,从而也为整个日本的中国六朝文学研究的发展,作出了重要的贡献。

说起来,我之所以要翻译小尾郊一博士的《中国文学中所表现的自然与自然观》一书,不仅是由于此书是战后日本的中国六朝文学研究的重要成果之一,也是由于此书对于我们中国的六朝文学研究的发展可能具有的相当重要的意义。长期以来,中国学界对于六朝文学的评价是比较低的,究其原因,其实也正是由于以经学为中心的传统的文学价值观在背后隐隐地起作用。按照传统的"文以载道"的文学价值观看来,或者说按照"文以载道"化了的"现实主义"的文学价值观看来,六朝文学由于较多吟咏花鸟风月与山水自然,较少反映社会矛盾与民生疾苦,所以不是好的文学。这样一种观点,与战前日本的中国六朝文学的价值观颇有相似之处。由于受这样一种观点的支配,所以中国的六朝文学研究发展速度比较迟缓,在若干方面,明显落后于战后日本的中国六朝文学研究。不过值得庆幸的是,近年来中国的六朝文学研究也正在酝酿着变革,六朝文学中所表现的人的自我意识和审美意识的觉醒,以及由此带来的内容与技巧的进步,正在日益受到研究者们的重视。前不久发表的章培恒先生的长篇论文《关于魏晋南北朝文学的评价》(载《复旦学报》1987年第1期),便是这方面的一个重要信号。在这样的情况下,将从自然与自然观角度研究六朝文学的小尾郊一博士的这部著作介绍给中国学界，我想是很有必要的。相信小尾郊一博士此书在中国的翻译出版，将会给予正在变革中的中国的六朝文学研究以新鲜的刺激和有益的启示。①

① 该书拙中译本1989年由上海古籍出版社出版，列为“海外汉学丛书”第一种，但此《中译本序》因故未收入该书中。2014年拙中译本修订重版，此《中译本序》始收入该书中。

一部别具特色的李白传记

——小尾郊一《李白》简介

近年来，在日本出版界颇负盛名的集英社，陆续推出了一套名为“中国的诗人——他们的诗与生涯”的中国古典诗人评传丛书。全套丛书共有十二卷，选取了代表中国的十二个大诗人为传主，他们是屈原、陶渊明、谢灵运、庾信、王维、李白、杜甫、韩愈、柳宗元、白居易、苏轼、陆游。每一个诗人还被冠以一个最能反映其诗风的桂冠，如屈原为“忧国诗人”，陶渊明为“隐逸诗人”，谢灵运为“山水诗人”，庾信为“望乡诗人”，王维为“审美诗人”，李白为“飘逸诗人”，杜甫为“沉郁诗人”，韩愈为“豪放诗人”，柳宗元为“枯淡诗人”，白居易为“讽喻诗人”，苏轼为“天才诗人”，陆游为“圆熟诗人”，等等。当然，这些桂冠所反映的仅是日本学界的看法；进一步说，这十二个诗人的选择本身，反映的也仅是日本学界的观点。这套丛书的每种传记，都约请当今日本的一流学者撰写。传记收集了诗人的生平资料，收录了他们的代表诗作，评论与传记相结合，旨在通过对诗人生涯的仔细描写，来浮现诗人所处时代的中国社会情势。简言之，即旨在通过诗人的心路历程，以了解广大的中国。这既是传记作者，也是丛书编者的意图。而其中第六卷“飘逸诗人”李白的评传，便是由日本的中国六朝文学研究者小尾郊一博士撰写的。此书初版于 1982 年，是作者的近作之一，目前尚无中译本。

《李白》一书共分八章。第一章是绪论，题为“李白的魅力”，概述了李白诗歌魅力的几个主要方面。第二章至第八章是关于李白生平与创作的评传。第二章题为“立身”，叙述了李白早年的生活经历。第三章题为“初次旅行”，下面又分为“下扬子江往安陆(失意与结婚)”、“与酒为伴(《襄阳歌》)”、“访道”、“游洛阳、太原、齐鲁”、“战争与游猎”、“游泰山”等六节，叙述了李白从下长江至登泰山的第一次大旅行。第四章题为“入希望之都”，下面又分为“告别妻子”、“花都长安(翰林院供奉)”、“清平调词”、“酒中八仙(贺知章)”、“结交阿倍仲麻吕”、“排除忧愁”、“围绕玄宗的阴影”、“谗言”、“告别长安”等九节，叙述了李白从进入长安至离开长安的生活经历。第五章题为“孤寂的旅行”，下面又分为“寒冷的世风”、“酒、酒、酒”、“会见杜甫”、“孤独”、“思爱儿”、“访江南名胜”、“慕谢朓”、“安禄山的谋反”、“往庐山”等九节，叙述了李白从北方飘流到南方的第二次大旅行。第六章题为“讨伐叛军”，下面又分为“在永王璘幕下”、“寻阳狱中”、“流放夜郎”、“昭雪”等四节，叙述了李白从入永王璘部队至流放夜郎的生活经历。第七章题为“再下扬子江”，下面又分为“过去的霸气”、“老年悲哀”、“寄身同族”等三节，叙述了李白晚年的生活经历。第八章题为“临终之歌”，叙述了李白临终前最后一年的生活经历。从这个细目来看，此书的内容还是相当充实的。

除了正文之外，此书卷首还附有平冈武夫所藏《历代帝王圣贤画像》中的李白像和静嘉堂文库所藏宋刊本《李太白文集》的书影，卷后附有简单的《李白年谱》和《李白关系地图》。正文每章卷首，则附有与该章内容相关的照片。如第一章所附为四川省江油县李白纪念馆的照片，第二章所附为峨眉山华岩顶的照片，第三章所附为洛阳白马寺齐云塔的照片，第四章所附为西安市兴庆公园中的阿倍仲麻吕纪念碑的照片，第五章所附为庐山龙首崖的照片，第六章所附为洞庭湖与岳阳楼的照片，第七章所附为扬子江三峡的照片,第八章所附为安徽省当涂县李白墓的照片,等等。这些照片与各章内容相配合,给全书增添了生趣,拉近了读者与历史的距离。

众所周知,由于李白的文集是根据诗体分类的,而不是根据年代排列的,因而很多诗的写作年代和写作地点都无法确定。而要完成一部诗人的评传,则了解传主的诗的写作年代和写作地点是至关重要的。因而对于李白评传的作者来说,他所面临的困难,要比其他评传的作者更大一些。这里笔者想起了日本的中国唐代文学研究者松浦友久教授所著的《李白——诗与心象》一书,[①]他在书的后记中提到,本来出版社方面是要他写"李白的故事"的,但他再三思忖之下,还是选择了分类鉴赏李白诗歌的写法,而放弃了故事的写法,因为他也同样感到了如上所述的困难。当然,各种写法并无高下之分,而且,《李白——诗与心象》也确实是一部出色的著作,但松浦友久教授的取舍,也确实反映了为李白作传记的困难。不过,面对这一困难,小尾郊一博士却采取了知难而进的态度。他以王琦的《李太白年谱》为中心(因为作者认为这个年谱只举写作年代确实可靠的作品),参考了黄锡珪的《李太白年谱》和詹锳的《李白诗文系年》(因为作者认为这两个年谱的说法各有相当不同,故须斟酌取舍),并在王瑶的《李白》一书的方向上,以自己的看法写成了此书。李白诗的版本,则依据收入平冈武夫《李白的作品》的静嘉堂所藏宋刊本的影印本,并参考了王琦本。此书的写法,是通过若干大致可以考知写作年代的李白诗歌,来考察李白一生的行动与想法的变迁。这在为像李白这样的人物作传时,大概是较为合适的方法吧?比如,记李白二十五岁离蜀出行,则引《峨眉山月歌》;记李白早年在四川的生活,则引《早发白帝城》诗;记李白在

---

① 此书有张守惠中译本,易题为《李白——诗歌及其内在心象》,西安,陕西人民出版社,1983年。

安陆的婚姻生活，则引《赠内》诗；记李白在襄阳的生活，则引《襄阳歌》；记李白在洛阳的生活，则引《太原早秋》诗和《忆旧游寄谯郡元参军》诗；记李白在山东的游历生活，则引《送韩准裴政孔巢父还山》诗和《五月东鲁行答汶上翁》诗；记李白游历泰山，则引《游泰山六首》；等等。作者在论述李白思想的若干侧面时，用的也是同样的方法。如论李白对道教的态度，则引《怀仙歌》；论李白对战争与狩猎的态度，则引《古风》其十四与《行行且游猎篇》；等等。也就是说，作者常常通过一至二首作品的仔细分析与解说，来勾勒李白生活的一个片断或思想的一个侧面，并像蒙太奇手法那样，由这些片断和侧面组成全书。这就有可能巧妙地解决作李白评传的困难，为此书的成功奠定了一个良好的基础。

此书给李白冠以“飘逸诗人”的桂冠，反映了作者对李白的基本评价。“飘逸”这一评语，源出于宋严羽的《沧浪诗话》，其中比较了李白与杜甫的异同，分别给予“飘逸”与“沉郁”的评语：“子美不能为太白之飘逸，太白不能为子美之沉郁。太白《梦游天姥吟》、《远别离》等，子美不能道；子美《北征》、《兵车行》、《垂老别》等，太白不能作。”（顺便提一句，集英社这套“中国的诗人”丛书中给予杜甫的“沉郁诗人”的桂冠，恐怕也是源出于此的吧？）那么，严羽所说的李白的“飘逸”，究竟是什么意思呢？作者就严羽所举的《梦游天姥吟留别》和《远别离》二诗作了探讨，提出了自己的看法。作者认为，《梦游天姥吟留别》是一首想象的虚构的作品，因为李白作此诗时远在山东，而以前也从未到过天姥山。李白在此诗中表现了一个梦幻般的仙人世界，不仅自己心向往之，也把读者引入其中。同样，《远别离》也是一首想象的虚构的作品，其中歌唱了因追寻舜而溺死湘水的娥皇、女英二妃的悲哀，李白不仅自己神游于这种古代传说的梦幻世界里，也想要把读者拖入其中。从这两首诗的内容与风格来看，作者认为严羽所说的李白的“飘逸”，也许是指李白诗歌的内容具有超越常识世界和遨游梦幻世界的特色。不过，作者指出，还可以对“飘逸”作更广义的理解，即它还可以指富于夸张表现，即表现本身的超越常识这一特色。更进一步，还可以指李白一生的行为本身也超越了当时一般文人的常识。如他的走遍全国的大旅行，在宫廷中的醉态等，皆非常人所能为，是超越当时所谓常识之界限的行动。这也可以看作“飘逸”。综合描写超越常识的梦幻世界的内容，运用超越常识的极为夸张的表现，作出超越常识界限的行为这几个方面，可以认为李白便是这种意义上的“飘逸诗人”。这就是作者对于李白的基本评价。作者对于李白的这种基本评价，也许不难为中国读者所接受。不过有意思的是，对于李白的同样的风格特征，中国学者常冠以“浪漫主义诗人”或“积极浪漫主义诗人”之类西洋近代评语，而日本学者却反而下以“飘逸诗人”这样的中国传统评语，这是颇耐人寻味的。

在此书第一章“李白的魅力”中，作者概括了李白诗歌魅力的若干个方面，反映了作者对于李白诗歌的总体看法。李白诗歌魅力的第一个方面，自然是如上所述的“飘逸”。第二个方面，是李白诗歌美丽地描写了自然。作者认为，美丽地描写自然，始于六朝而定于唐代，而尤以李白为出色。李白所描写的自然，既不是六朝式的有限的隐遁世界，也不是陶渊明式的田园生活的世界，也不是同时代的王维式的狭窄的山水世界，而是更为广阔的世界。他以其空想性，美丽地壮大地润饰着现实中所能见到的自然。第三个方面，是李白的诗歌常常是用平易的语言来表达的。与杜甫的不断驱使《文选》式的语言不同，李白则努力要使自己的作品为人们所容易读懂，因而注意用易懂的表达将感动传达给人们。典故的引用虽然不少，却从不勉强使用。正如他在《古风》五十九首中对于诗的见解所表明的那样，他主张排除盛行于六朝齐梁诗歌中的偏于形式美的东西，摆脱格律、对偶、雕饰的束缚。他既是一个这么主张的诗歌的革新家，作为其主张的具体体现，他也努力让自己的诗歌趋于平易。不过，他的诗歌的表达的平易，也是和构思的新鲜结合在一起的，因而既显示了丰富的想象力，又使它容易为读者所接受。第四个方面，是李白的诗歌常用简单易懂的表现，描写极为日常普通的题材。如《静夜思》，初读之下是散文式口语式的，但思乡之情却自然而然地流露了出来。所谓“平易”的表现，也就是让没有曲折的自然的感情，任其自然地如实地流出。第五个方面，是李白的诗歌具有极为夸张的特色。李白运用这种夸张的特色，从各个角度歌唱了许多自然风物，这是只有像李白这样的具有丰富想象力的诗人才能办到的。第六个方面，是他的作品中闺怨诗特别多，这种诗大都是同情在孤闺中的妻子们的心情的。产生这一现象的原因，作者认为除了六朝乐府的影响之外，大致有下面三点：一是李白长期过着羁旅生活，与妻同居的日子屈指可数，因而一方面他写了不少表达对妻子爱情的赠妻诗，另一方面也将对于不在身边的妻子的爱情变形为一般的闺怨诗；二是由于唐代很多男子为守备边境而长期出征，致使许多家庭中都有丈夫不在的悲哀，这种社会现象往往会引起诗人的同情，并形之于诗歌，李白当然也不例外；三是随着都市的繁荣而来的商业的发达，使商人们的家属也往往独处孤闺，这种现象的增多，诱生了吟咏这种现象的诗歌。以上，便是作者归纳的李白诗歌魅力的六个方面。作者同时表示，李白诗歌的魅力还不止这一些，比如他的咏月诗与咏酒诗也是很动人的，但在此书中却不欲一一赘述。作者所归纳的李白诗歌魅力的这些方面，既与中国学者的认识有接近的地方，也有相当不同的地方。由于文化背景的差异，中国学者所强调的李白诗歌对于民生疾苦的反映和对于社会矛盾的揭露等方面，在此书中并未受到作者的重视。在强调李白诗歌美丽地吟咏了自然这一点上，又显示了作者长期从事中国文学中所表现的自然与自然观研究的影响痕迹。作者对李白诗中，进而是唐诗中，多闺怨诗的原因的分析，也颇足给我们以启示。而作者的不谈李白咏月诗与咏酒诗的文学魅力，则似乎是有意要与日本其他同类著作保持一定距离。

在此书中，作者经常将李白与六朝诗人进行比较，指出二者之间的渊源关系和相似之处，旨在通过相互比较，加深人们对李白其人其诗的认识。作者经常指出，李白的生活态度与六朝人的生活态度有共同之处。比如，对于李白的喜欢与道士隐士交往，作者认为："这种与道士隐士的交往，使李白得以超越和蔑视现实的世间生活，形成求取自由的作风。这与六朝魏晋清谈家们抵抗当时的礼俗，想要按人的本性生活的生活态度相似。"（第三章第三节）在另一个地方，作者通过一个具体词语的阐释，也谈到了李白的生活态度与六朝人的相似性。对于《翰林读书言怀呈集贤诸学士》诗的"闲倚栏下啸"句，作者解释道："六朝人常有游山水而啸的习惯，表达了超越世俗的隐遁者们的超越性生活态度。入唐以后，不出声而只取此态度也称'啸'，它未必出声，只不过可以视为采取了轻视俗人的态度而已。"（第四章第八节）唐代诗人中当然不只李白会"啸"，作者只不过是要通过与六朝传统的比较，来显示李白的"啸"的真正意义。不仅是在生活态度方面，而且在美的表现方面，作者认为李白也与六朝文学有着密切的联系。其中作者最为强调的，便是关于自然美的表现。在第一章中，作者曾经指出表现自然美是李白诗歌魅力的一个重要方面；在以下各章中，作者更是时时将李白对于自然美的表现与六朝文学的传统联系起来考察。如他说："杜甫的《同李十二白同寻范十隐居》诗评李白诗的佳句似六朝梁的诗人阴铿，因为阴铿的诗多歌唱自然的美，所以，也许杜甫是指在这一点上李白与阴铿相似的吧？"（第五章第三节）他又说，李白究竟为什么喜欢谢朓和谢朓的诗呢？"这是因为谢朓虽然生于名门，却希望在山水中过优游自得的生活，这种生活态度与李白的爱好接近。因而李白之爱谢朓，实际上是爱谢朓的山水诗。谢朓的优游山水的生活风格，与其清新绵渺的山水描写的诗歌风格，吸引着李白。”（第七章第二节）李白与阴铿、谢朓的文学关系乃是众所周知的事实，此书作者则倾向于从他们在自然美的表现方面的共同性这个角度，来解释李白喜欢谢朓及杜甫认为李诗像阴铿的原因。为了强调李白与谢朓的文学关系，作者还特地辟了“慕谢朓”专节来阐述。总而言之，在此书中作者所强调的，是李白在生活态度和美的表现等方面所受到的六朝文学的影响，以及因此而表现出来的相似性，而不是李白对六朝文学的批评与反弹。这是颇耐人寻味的。

在此书中，作者还经常将李白与杜甫进行比较，以更好地浮现李白的个性特征。作者认为，李白和杜甫的性格颇为不同，比如同样是身处逆境，面对痛苦，两人的反应便不完全相同：“李白身处逆境时，与其说是忍受其苦，毋宁说是不体味其苦，而是通过某种媒介物，转换到不把逆境看作逆境的方向。而作为其媒介物的，乃是眺望自然、憧憬仙境、饮酒作诗，等等。通过这些媒介物，李白忘掉痛苦，怀抱对明天的希望。也许可以把这称之为乐天的乐观的态度。而杜甫则忍受着现实的痛苦生活，感到这是自己的命运。在这一点上，两人形成了鲜明的对照。”（第七章第一节）由于两人在面对痛苦时的态度有乐观与悲观之别，所以作者饶有意思地指出两人的感情表达方式也有所不同：“正如李白自己所说的，他不是流泪的诗人；与他不同，杜甫则是一个终生流泪的诗人。”（第六章第三节）在生活风格方面，两人也形成了鲜明的对比。如作者认为，李白喜欢歌唱仙境，而杜甫则不是这样：“李白的理想是进入仙境，与仙人具有同样的心情，这是他的诗中所经常歌唱的，也是李白诗的一大特色。他的好友杜甫却并不歌唱仙境……这完全是李白的独特的题材。”（第三章第六节）又如同样是到处旅行，两人的目的也不完全相同：杜甫是为了求人乞食，李白则既是为了结交权贵，以为进身之阶，又是为了热爱自然，想过无拘无束的生活（第三章引言）。那么，这两个性格与生活风格如此不同的诗人，又为什么会成为很好的朋友呢？作者是用性格的互补性来说明个中原因的，同时又以性格的独立性来说明两人结交的真谛：“李白在当时已经是一个很有名的诗人了，而杜甫则尚是一介无名诗人，这两个人的交友，似乎是由于相互很深的吸引。年长而有名的李白，大概给予杜甫以更深的感铭。李白的求仙道爱自由、不受任何东西约束的豪放性格，对于像杜甫这样一个认真而又正义感很强的人来说，也许反而会感到很有魅力吧？不过，杜甫却没有受李白性格的影响，而是根据自己的性格，走自己考虑的诗歌之路，不作像李白那样的奔放的诗。”（第五章第三节）作者在此书中以长节叙述了两人的相会与交往，并仔细地分析了两人关系的本质。李白与杜甫为中国文学史上双峰并峙的伟大诗人，提到其中一个便不能不涉及另一个，他们之间的比较历来是热门的话题；而此书作者则偏重于从个人性格与生活风格方面进行比较，其看法对我们也不会是没有启发意义的。

作为此书特色的，还有作者非常注意探讨李白与其妻子的关系，并从其诗歌中发掘李白对于妻子的感情（尽管这种感情有时似乎相当隐晦），从而使作者所勾勒的李白形象添上了更多的人情味和现世色彩。比如众所周知李白好酒，并为此写下了游戏笔墨《赠内》：“三百六十日，日日醉如泥。虽为李白妇，何异太常妻。”作者从此诗中却发现了“其背后让人感到李白体贴妻子的爱情”（第三章第一节）。又如李白有《别内赴征》诗，作者认为：“其背后如果没有对于妻子的温厚的爱情，便不会作这样一首诗。”“这首诗表达了对于家中妻子的思念，而李白大概也同样因感到寂寞而落泪吧？”

(第四章第一节)他又说:“李白抛下妻子,不断地作放浪之旅,但仍时时在诗中思念妻子;而现在在寻阳狱中,则更会以待罪未明之身,不断地思念妻子吧!”(第六章第二节)而且,作者还把李白与杜甫相比,认为在对妻子的感情方面,两人是非常相似的。这种对于李白身上的常人感情的细腻分析,以及对于李白的赠妻诗给予那么多的注意,都是中国的李白研究中较少见到的,其中也流露了作者自身的浓厚的人情味。

对于李白晚年心理的分析,也可以说是此书的一个特色。如作者认为,《宿五松山下荀媪家》盖是李白的晚年之作,因为“其中可以感到李白的心灵的孱弱”(第七章第二节)。又如作者认为,《哭宣城善酿纪叟》或也是李白的晚年之作,因为“在李白的诗歌中,想象死后世界的诗歌构思是很罕见的”,但在这首诗中,“却描写了老人死后的孤独形象,表达了失去老人后李白的寂寞”,从而也流露了李白自己的老年心境(第七章第二节)。作者认为李白不太写悼念别人的诗,在李白的一千一百余首诗中,悼念别人的诗仅有六首,而其中有几首如《哭宣城善酿纪叟》与《宣城哭蒋征君华》,“如果是李白晚年所作,则是老年李白深深感受到他人死亡之悲哀的作品。往年的霸气也没有了,理想也没有了,只感到自己的年老,对于人生结局的不安,以及孤独寂寞的侵袭”(第七章第二节)。这里关于李白若干诗歌的系年也许不会没有争议,但作者能够注意深入探讨李白的老年心理,并从老年心理的角度来提出关于李白若干诗歌系年的新见解,则是非常有意义的。这种对于李白的老年心理的分析,和对于他与妻子关系的分析一样,无疑会使作者所勾勒的李白形象显得更为真实可信。这里同样也显示了作者自己的人生阅历。

在此书中,还有一些有意思的见解,是值得我们留意的。比如关于唐代诗人的个人风格,作者认为:“唐代的诗人即便有亲密的交友关系，似乎也没有互相影响诗风的例子。这盖是因为唐代诗人的做法是充分伸展个人的力量。而六朝诗人，尤其是齐梁时代的诗人，却不一样，他们常组成一个集团（主要是一种以贵族为中心的沙龙），属于这一集团的诗人的诗风，大都显示了同样的倾向，宫体诗的流行便是其例。这种倾向在唐代是看不见的。李白也好，杜甫也好，尽管因性格相投而合得来，但其诗风却互不影响。”（第五章第三节）关于李白与道教的关系，作者认为：“李白对道教的态度，未必与当时一般人相同。他不是真正的狂热的道教徒，而是想要通过进入道教世界，来摆脱社会的束缚，追求自由的生活。他将仙人们自由地遨游天地的感情咏入了诗中，作成了幻想的世界，梦想在自由的世界中流浪遨游，这一切实际上是为了发散自己的愤懑。他对神仙本身其实是非常怀疑的，毋宁说他认为那是幻想性的存在。”（第五章第四节）关于李白以长安生活为转折点的前后半生生活的异同，作者认为：“李白的一生以放浪始以放浪终。他的前半生以父母的财产充作生活的资金，遍访各地的官僚，以诗才结交朋友，并接受他们的援助。后半生也是在用完了若干退职金后，同样遍访各地的官僚，以诗才结交朋友，并接受他们的援助。但是，在他的前半生，不仅李白有求于各地的官僚，官僚们对年轻而充满理想的李白的未来无疑也抱有希望；但是，被赶出长安以后，尽管李白还是有求于各地的官僚，并梦想着过去的光荣，但从官僚方面看来，虽说被赶出长安又流放夜郎的李白多少是值得同情的，而且作为诗友之交也能为宴会锦上添花，却也没有必要再给予很大的援助。因而不难想象，越是到晚年，李白的后援者们所能给予的援助便越是会减少。这样，生活便越来越苦，最终不得不依附于同族人李阳冰。”（第七章第三节）关于李白与唐玄宗的关系，作者认为：“李白终生对于玄宗抱有敬爱之情。李白把玄宗作为天子来尊敬是不用说的，同时他也是把玄宗作为最为接近的普通人和可爱的人来看待的吧？玄宗是一个允许李白在宫廷里随心所欲的人；而玄宗对于杨贵妃的爱情，对于喜欢带着女人喝酒的李白来说，也是完全能够理解的。”（第八章）关于李白与酒的关系，作者认为：“李白经常使用‘美酒’的表现，不仅美丽地表现了酒的味道，也美丽地表现了酒的颜色。‘美酒’的表现是进入唐代以后才开始出现的，前此的六朝则几乎不被使用，这无疑是因为入唐以后酒的味道已改善了之故。”（第五章第二节）凡此种种见解，都是很有意思的，反映了作者的洞察力，可以给我们以启示。

在此书中，作者还经常顺便提起当时日本的情况，这当然主要是为了照顾日本读者的需要。不过对于中国读者来说，由于经常提到当时日本的情况，因而常常能感受到李白时代的国际氛围，从而加深对于唐代文化的国际性的认识。比如作者叙述李白下长江至扬州时说：“扬州在南京的下游，是唐代极为殷盛的商业都市，也是重要的港口，我们日本的遣唐使便是在此上陆后，沿运河北上，经陆路进长安的。”（第三章第一节）这难道不能使中国读者对李白时代的扬州作为国际性港口城市的一面增添一些新的感受吗？又如作者介绍李白所生活的开元天宝时代说：“玄宗即位的开元元年(713)的三年之前，我们日本迁都奈良的平城京；即位前一年，太安万侣上《古事记》。这正是我们日本的遣唐使开始频繁往来的时代。”（第四章第二节）又说：“开元的二十九年间，天宝的十四年间，相当于我们日本元明女帝和铜六年至孝谦女帝天平胜宝七年的四十三年间，其中圣武帝的天平文化的繁荣时代占了大部分时间。”（第四章第七节）这难道无助于中国读者感受开元天宝盛世的国际环境吗？又如作者介绍当时的长安道：“当时的长安是现在的西安市的四五倍，也是我们日本过去的平安京的四倍。”（第四章第二节）“这时的长安是亚洲的中心，也是经济文化的中心地带。”（第四章第七节）这难道不是有助于中国读者感受当时长安作为国际性大都市的伟大吗？尤其是关于李白与阿倍仲麻吕的关系，作者更是辟专节“结交阿倍仲麻吕”来论述，其论述体贴入微，值得一看。所有这些，看起来不过是一些常识性的东西，但对于增加此书的可读性无疑也能起到积极的作用，并反映了日本面向普通读者的通俗学术读物的特色。

作者的主要研究方向是六朝文学，其研究业绩也多集中于这一方面。不过当他转而研究李白时，却也显示出游刃有余的从容。这其中的一个重要原因，便是因为唐代文学与六朝文学有着千丝万缕的联系，因而以有关六朝文学的积累来研究唐代文学，便自然会有得心应手之感。也正是在这个方面，可以说显示了此书的最大特色。

快读古田敬一《中国文学的对句艺术》

读到李淼先生翻译的古田敬一教授的大著《中国文学的对句艺术》(长春,吉林文史出版社,1989),我们十分欣喜,感到有不能已于言者。

1984 年 11 月,由复旦大学主办的"中日学者《文心雕龙》学术讨论会"在上海龙柏饭店举行,中日两国许多学者出席了那次会议。笔者便是通过那次会议结识当时任广岛大学文学部教授和图书馆馆长的古田敬一教授的,也是从那时候起知道其著作《中国文学中的对句与对句论》(《中国文学における对句と对句论》,东京,风间书房,1982)的。也正是在那次会议上,吉林省社会科学院文学研究所的李淼先生也结识了古田敬一教授,并建议由他将古田敬一教授的这部著作译成中文,在中国出版,以飨中国学界。这个建议得到了古田敬一教授的快诺。四年多以后,由李淼先生精心翻译的此书中译本终于问世,并易名为《中国文学的对句艺术》。因此说起来,那次难忘的会议,也成了古田敬一教授此书中译本出版的契机。

古田敬一教授 1921 年生于日本广岛县,1945 年毕业于广岛文理科大学(今广岛大学前身)汉文学科,历任广岛文理科大学汉文学科助手,铃峰女子短期大学助教授、教授,武库川女子大学文学部教授,广岛大学文学部助教授、教授,冈山理科大学教授,姬路独协大学教授,现为广岛大学名誉教授,并任广岛县日中友好协会会长。在迄今为止四十余年的教学研究生涯中,他共出版过《世说新语佚文》(广岛大学文学部中国文学研究室,1954)、《世说新语校勘表》(广岛大学文学部中国文学研究室,1957)、《世说新语校勘表附佚文》(京都,中文出版社,1977)、《文士传辑本》(京都,中文出版社,1981)等多种古籍整理著作,参加过由斯波六郎主持的《文选索引》(京都大学人文科学研究所,1959)的编撰工作,主编过《中国的文化与教育》(东京,第一法规出版,1980)、《丝绸之路的历史与文学》(东京,第一法规出版,1981)、《修辞学与文体:东西修辞法探索》(东京,丸善书店,1983)、《中国文学的比较文学研究》(东京,汲古书院,1986)等书,翻译过孙德谦的《六朝丽指》(东京,汲古书院,1990;日译本名为《中国文章论——六朝丽指》)。而在其著作系列中,《中国文学中的对句与对句论》无疑占有最重要的位置,因为这是作者花费多年心血并取得重要成果的专著,它于1982年出版后即得到了日本学界的好评。现在,此书也成了作者最初的被译成中文的著作。

不过说起来,古田敬一教授在中国文学的对句表现方面的研究业绩,其实更早一些时候便已为中国学界所知晓了。在1984年的那次"中日学者《文心雕龙》学术讨论会"上,古田敬一教授曾宣读过题为《〈文心雕龙〉中的对偶理论》的论文,此文由笔者之一(邵毅平)译成中文,后来与其他与会日本学者的论文一起,发表在《中华文史论丛》1985年第2辑上。在那篇论文中,古田敬一教授介绍并评论了刘勰《文心雕龙》的对偶理论,其中很多地方都引起了中国学者的注意。如对刘勰的"反对为优,正对为劣"的对句优劣论的积极肯定,对对句本质的理论说明,对中日两国对句表现之异同的比较,对产生对句的中国人的世界观的分析,以及对导致中日两国文学之差异的两国人民思想方法之差异的论述,等等,都使中国学者受到启发,并留下了深刻的印象。现在我们知道,那篇论文不过是古田敬一教授此书的一个缩影,如上所述的种种观点,在此书中有更详尽深入的阐述。因此我们相信，曾经读过那篇论文的中国学者，当亦会对古田敬一教授此书感到更多的兴趣。

直到1985年定年退官（退休）之前，古田敬一教授在广岛大学文学部长期主持“中国语学”讲座。尽管中国文学的对句表现可以说是一个纯粹的文学问题，但就其侧重于文学的修辞表现这一点来看，也可以说是一个重要的语学问题。因此，古田敬一教授之选择这方面的研究，无疑也是与他主持“中国语学”讲座的经历分不开的。与此同时，他从事这一研究的学术背景也值得注意。正如他在此书原序中所说的：“当今在日本，修辞学的研究已成为热门，对古典修辞学的再评价尤为盛行。”这样的学术背景，对于我们理解古田敬一教授的这一选择，无疑也是不无帮助的。不过，最为重要的，却是他本人对于对句的浓厚兴趣。他曾一再提到，在中国文学的诸多研究领域中，他较为关心对句、典故和比喻之类古典修辞学的问题，认为“典故、对句与比喻一起，就是中国文学表现上的三大特色”（此书第三章第一节）。在这中间，他又对对句尤感兴趣，正如他在《写在中译本出版之前》中所说的：“对偶表现，乃中国文学表现上一大特色，基本上在中国人的世界观中已牢牢扎根，可以说是中国文学中最重要的研究课题之一。”因而他之选择中国文学的对句表现这一课题作为自己的研究对象，也就是可以理解的了。至于古田敬一教授这一选择的意义，则正如此书译者在《译后记》中所说的：“我国古代文学的对句表现，经过长远的发展历程，形成为具有高度表现力和审美价值的表现艺术，在我国诗文中普遍运用，充分表现了我国文学的民族特色，是一份十分珍贵的文学遗产。古田教授作为一个日本学者抓住这个饶有意趣的重要课题，竭精殚智进行深入研究，实令人钦敬。”倘联想到在中国迄未出现有关这方面的具有系统性、理论性和集成性的研究著作，则古田敬一教授这一选择的意义自应受到充分肯定。

当然，关于中国文学的对句表现的研究，无论在中国还是在日本，其实也都是具有悠久传统的。比如中国从《文心雕龙》开始，日本从《文镜秘府论》开始，都不断有学者对此作出论述。而且比较起来，日本学者的论述似乎要更为深入细致一些。比如《文心雕龙·丽辞》仅把对句分为四类，而《文镜秘府论》则分为二十九类。尽管《文镜秘府论》的分类是承自许多中国诗论书的，但作出这种集成与整理的毕竟是空海大师。又比如在此书中曾一再为作者引用和称道的日本江户时期学者佐佐丰明的《文海知津》，便也是一部对中国文学中的对句表现作细致探讨的著作。由此可见，古田敬一教授的研究，其实乃是立足于中日两国的这种学术传统之上的，而在研究态度的认真细致这一点上，也更让人联想到其先贤空海大师与佐佐丰明等人。不过这仅是就学术传统的历史继承性而言的，而在研究方法、研究观点和研究成果等各个方面，古田敬一教授的研究无疑是远远超越于中日两国的先贤们之上的，可以说是足以代表当今日本的汉学研究的水准的。

正如古田敬一教授在《写在中译本出版之前》中所说的："关于对偶的理论，断片地散见于各种古籍中，笔者将先人的对偶理论，加以系统化的整理。"此书乃是一部旁搜博采中日两国关于中国文学对句表现的评论资料并作系统化整理的集成性著作。作为日本学者的研究著作的特色，此书大量撷取了日本学者的评论资料，如空海大师的《文镜秘府论》，近藤文粹的《萤雪轩丛书》，石川鸿斋的《文法详论》，结成显彦的《文章丛话》，大典禅师的《诗语解》、《唐诗解颐》、《初学文轨》，安岗正笃的《汉诗读本》，东聚的《雨亭随笔》，橘守部的《长歌撰格》，佐佐丰明的《文海知津》，森槐南的《唐诗选评释》，森鸥外的《审美极致论》，铃木虎雄的《骈文概说》，津田左右吉的《论语与孔子的思想》，西胁顺三郎的《诗学》，驹田信二的《对的思想》，斯波六郎的《中国文学的融合性》等，其中大都涉及中国文学的对句表现这个问题，有的还有很深入细致的论述。这些日本方面的评论资料，对于不太熟悉日本学术传统的中国学者来说，无疑是会有吸引力的。当然，在此书中，中国方面的评论资料毋庸置疑仍然是占有最大比重的。作者不仅注意到了那些比较著名的文献，也注意到了那些不太著名的文献，古代的、现代的、专门著作、单篇论文，都在作者的搜讨眼光和采撷范围之内。顺便说一句，即如笔者之一（顾易生）的论文《试谈韩愈的尚奇及韩文与辞赋骈文的关系》（载《文学遗产增刊》第十辑，北京，中华书局，1962），也为作者所注意并引用，这在笔者自然感到荣幸，但也足以说明作者搜撷之用力。此外，此书在资料方面的另一个特色，是除了东方学者的文献资料以外，作者还大量引用了西方学者的文献资料，如赫尔曼威尔的《对称》、路德维格・客莱格斯的《节奏的本质》、詹姆斯・罗伯特・海托维尔的《对句散文的某些特征》、S.R.德林威尔的《关于旧约圣书的文献介绍》、查尔斯・贝尼的《言语活动和生活》（据小林英夫日译本）、奥托・雷勃曼的《实相分析》（森鸥外引用），等等，显示了作者在学术研究方面的国际性眼光，也使这样一部专门的中国文学研究著作，带上了浓厚的国际性色彩。

对于所有这些古今东西的文献材料，作者颇具匠心地用原理与现象相结合的结构来组织。此书共分七章。第一章“对句的原理”，从世界观的角度阐释对句的本质，“从阴阳二元论的世界观去把握对句的根本，并以此世界观为基础，去考察作为文学表现的对句的成立”（原序）。第二章“对句的分类”，探讨对句的分类基准和分类规范。第三章“对句的评价”，评述历史上有关对句的种种评价。这两章的主旨，是“把历代大量诗话中有关对句的论说找出来，分类加以整理，对有问题的对句努力说明其旨趣”（原序）。以上三章是对对句的原理的论述。第四章“诗的对句”、第五章“散文的对句”、第六章“骈文的对句”，对各个时代的诗、散文、骈文等各个领域的实际作品进行了探讨，分析了对句的历史演变与具体构成，因而这三章可以说是对对句的现象的论述。以上六章是全书的主要部分。此外，第七章则是余论，“考察与对句关系密切的骈文与典故的问题”（原序）。作者以这种绵密而又简括的结构，将各种文献资料组织到了一起，构成了一张足以说明对句的原理与现象的立体网络。

作者关于对句原理的论述是全书最引人入胜的部分之一，因为在此之前还从未有人对于对句原理作过这么深刻的理论说明，并且上升到了文化与世界观的高度。作者认为，对称的原理是自然界万象的普遍原理和人类共有的观念。对称存在于一切自然美、造型美和音乐美中，也存在于文学美中，而在中国文学中表现得最为突出。这是因为中国人的世界观是以阴阳二元论为基础的，这种世界观成了中国文学的对句表现的思想基础。在第一章第一节中他说：“对称的原理是自然界万象的普遍原理，人类共有的观念。在中国人方面，其哲学尤其根深蒂固。《易》的阴阳原理成为他们世界观的基础，这个思想方式浸透到了日常生活的底层，并成为他们的文学的对偶表现的基础。”为什么对句会具有魅力呢？亦即对句的本质是什么呢？对此作者有精彩的论述，在原序中他说：“从阴阳二元论的世界观去把握对句的根本，并以此世界观为基础，去考察作为文学表现的对句的成立。而且，构成对句的二项，如果恰像阴与阳的融合，是二者融合为一，而不是绝对的对立，那么，据此而融合的对句，就可以起到创造二者之和以上的新东西的作用，就可以加深文学作品的内容，使其更具丰富的意义。”在第四章第三节中他又说：“根据时间上的二点或空间上的二点可以创造超出这二点以上的一个新的世界，这就是对句的象征性。一加一，一般等于二，而在对句里，一加一不是二，而可以成为三或四。它可以展开一个高层次的世界，在字面上产生新的内容。那么，对偶的本质不是象征又是什么呢？由二物对照创造另外一个高级物，就像哲学上的扬弃，或者可以说是辩证法的统一。由于使用二物对置的手法，使用同样的文字，也可以表现用其他办法不能表现的世界，其结果是使用文字少但表现了极为丰富的内容。这是很有效的表现法。比用单线条一种调子去表现，更给人深刻印象，可以说对句具有不可思议的表现力。”在对句原理方面，正如作者自己多次宣称的，他无疑曾受过斯波六郎与驹田信二等人的影响，不过，将他们的思想在中国文学的对句表现方面作具体阐发和系统论述，却仍是作者的功劳。这种对于对句本质的深刻认识，成为贯穿全书具体实证研究的主线，使此书增添了高屋建瓴的理论气势。

在考察对句的原理时，作者还把中国文学的对句表现与日本文学及西欧文学的对句表现作了比较，以便更清楚地浮现中国文学的对句表现的特色。在此书第一章“对句的原理”中，作者特设“日本、西欧文学的对句”一节，对中日和中西的对句表现进行比较。作者的基本看法是：“概括说来，日本文学的对句，大体上是同种同质的东西的反复的表现多，而中国则以异质的乃至反对的东西的对照的表现为主流。这是两国对偶表现的基本差异。”这是中日文学的对句表现的差异。“中国的对句使反对的东西对照，由双方互相作用构筑成一个新的世界。日本文学则追求同类东西的并列、重叠的节奏美。西欧文学的对句从原则上看具有后者的倾向。”“西洋的对句也见于后世的诗，但不像中国文学那样频繁，而且不是像中国文学那样的对照，只是平行的形式。”这是中西文学的对句表现的差异。就作者个人来说，他似乎更偏爱中国文学的对句表现，因而他一再表示：“我认为对句的本领即在于异质的或反对的东西并列，由其互相对照反射，产生一个新的世界，我相信这是对句表现效果的核心。”

作者不仅在考察对句的原理时，进行中日文学与中西文学的比较，而且在具体论述时，也常运用中西、中日文学比较的方法。如在讨论“三句对”与“隔句对”时，作者介绍了S.R.德林威尔《旧约圣书文学序说》中所指出的《旧约圣书》的诗歌中三句对与隔句对的例子。在讨论正对反对时，作者介绍了S.R.德林威尔《关于旧约圣书的文献介绍》中把“并行体”分为“类似的对偶”、“对照的对偶”、“总合的（构造的）对偶”、“递进的对偶”等四类的看法，认为“类似的对偶”“相当于中国对句里的‘同对’”，“是‘正’的方向的对偶”；“对照的对偶”“与中国对句中的‘的名对’和‘反对’相当”，“是‘反’方向的对偶”；“总合的（构造的）对偶”“与中国对句中的‘流水对’相当”；“递进的对偶”相当于“合掌对”，“都是同一主题的重叠”。在讨论“朝暮对”时，作者介绍了德国的俚谚“Heuterot morgen tot”和日本的俚谚“朝有红颜，夕成白骨”。在讨论“今日”与“明日”的对句时，作者认为，这种对照在西洋诗中也屡见不鲜，并介绍了日本近代诗人岛崎藤村的《千曲川旅情》。在讨论“春秋对”时，介绍了日本近代诗人土井晚翠的《荒城之月》。作者的比较，不仅能使人们加深对中国文学的对句表现特色的认识，也有助于人们从更广阔的范围来看待世界文学的共同性与歧异性。

由于作者的眼光不局限于作为其研究对象的中国文学，也遍及日本文学与西欧文学，因而此书中用于与中国文学的对句表现进行比较的对句资料，便也遍及日本文学与西欧文学。日本文学方面，作者所涉及的对句资料，有古代和歌（如《万叶集》）、中世物语（如《平家物语》、《太平记》）、谣曲（如《汤谷》、《羽衣》）、近世俳句（如江户中期俳人井上士郎的作品）、近代诗歌（如土井晚翠的《荒城之月》、岛崎藤村的《千曲川旅情》），还有日本的童谣和俚谚格语；西欧文学方面，作者所涉及的对句资料，则有圣经中的《所罗门之歌》、莎士比亚、波普、拜伦、坦尼森（丁尼生）、惠特曼、亨利等人的诗歌，等等。这既显示了作者对于东西文学的了解之广泛，也显示了作者研究态度之恢宏。关于这一点,作者自己也是意识到的,正如他在原序中所说的:“本书作为资料,如能不仅为中国文学研究者,也为日本文学与西欧文学研究者所利用,就是笔者最大的欣慰。”当然,在这里作者说得比较客气,因为此书在比较文学方面的价值,初不限于作为资料的一面,实在也包括关于理论的一面。

除了关于对句的原理的论述之外,作者关于对句的分类的论述也是非常引人入胜的。在对句的分类基准的科学化和系统化,分类规范的具体化和精确化这两个方面,作者都作出了自己的贡献。中国传统的对句分类法,正如作者在第二章第一节中所指出的,具有较大的随意性和混乱性:“在中国古代,在文学理论、文章论以及诗论的文献中,常常可以见到涉及对句的言论。但大多是对各种对句赋以名称时加以论列的。是从这些对句某些特色着眼,赋以表示其特色的名称。因此,在这类文献中,只不过尽可能举出一种或多种对句名称。在这样的情况下,由于各种各样的对句名的提出,一般都是零零星星提出,因此,不可能完全了解论者对对句的系统的观点。那么,也就不能把这些对于对句的言论作为一个完整的体系来对待。刘勰《文心雕龙·丽辞篇》所论的‘言对、事对、正对、反对’以及《文镜秘府论》东卷所说的‘二十九种对’都是如此。从对句的分类标准来考虑,他们的分类也并不一定是合理的,因为,毋宁可以说这些对句的分类的确定多带有随意性。”而这种对句分类法的随意性与混乱性,作者认为乃是由中国传统思想方法的不科学性所造成的,如在《〈文心雕龙〉中的对偶理论》一文中作者曾指出:“我觉得像这种模糊的分类法的基础,是中国人的思考方式。如果是西欧的科学的思考方法的话,当分类标准改变了的时候,便会加以提示,分类的小组当然也会被一一区别开来。”因而,理所当然地,作者转而到西欧文学中去寻找科学的对句分类法,在这方面,他似乎受到了詹姆斯·罗伯特·海托维尔的较大影响。据作者在第一章第一节中说，海托维尔在其论文《对句散文的某些特征》中，把对句分为韵律的、语法的和语音的三种。所谓韵律的对句法，是依据字数从音节方面构成的对偶，对句大致由二句构成，使相同字数的句子二次反复，由反复而造成节奏；所谓语法的对句法，是着眼于各个文字的意思对应关系的名称，他又把它细分为六种类型，就是同一、同义、反意、同类、异类、正规对，他把这些称为简单的对句法，此外，则举出复杂对句法，如借对、字对等，双重对句法，如当句对等；第三种语音对句法，则是脚韵、双声、叠韵、平仄等方面的对偶。作者认为海托维尔的上述分类得其要领："韵律从句的音节、语法从句的内容、语音从声韵等各个角度着眼分类。"作者在海托维尔的科学分类法的启发下，扬弃了《文心雕龙》和《文镜秘府论》以来传统对句分类法的既有成果，作成了自己的对句分类体系，他在第二章第一节中说："笔者想对《文镜秘府论》的构成作一次分析，引入他诗论书中的对句，和笔者所考虑的原理，对对句试作新的分类。并且，不仅只作机械的分类，而是回到对句的本质考虑分类的标准，试作系统的分类。这样把杂多的对句种类，按照整然与一贯的原理进行分类，显然是非常困难的。但不管怎么分类，总是从其形式面和内容面二个方面去考察，这是基本的态度。因此，首先把全部对句大别为'形式对'与'意义对'二类，再进一步，依据几个分类标准作细分，考虑这样做较为妥当。"在第二章第三节中说："本章的问题是依据基本的原理，作普遍的分类，不是无遗漏地注目一个个现象的分类。"出于这种考虑，作者先把对句分为"形式的分类"与"内容的分类"这两大类，在前者中又进一步分为字形、字音、连字、语位、句位、句法、篇法等七个小类，在后者中又进一步分为反型、同型、中间型这三个小类，在每个小类中，又进一步分为各种细目，共达一百二十余种，由此构成了一张科学的对句分类网络，比较准确地指定了每一种对句在这个网络中的位置。由于对句分类基准的科学化和系统化，作者也从而实现了对句分类规范的具体化和精确化，正如作者在《〈文心雕龙〉中的对偶理论》一文中所说的："(《文心雕龙》)四种分类法作为多种多样对偶种类的分类，是非常简单的。日本僧空海编撰的《文镜秘府论》里列举了二十九种对偶，即使这样，也仍然还有遗漏的对偶。因此，对偶的全部种类加在一起，数量一定是很大的。我在数年前出版了《中国文学中的对句与对句论》一书，其中介绍了一百二十余种对偶。分类的标准越是增加，对偶的种类便也越是多。对偶的种类一多，便能够包容许多种类的对偶。"和中日先贤的数种乃至二十来种对句分类相比，作者的一百二十余种对句分类显然是不可同日而语的，这自是因为作者掌握了科学的分类法之故。

此书不仅在学术思想上具有如上所述的种种创获和新意，在作为学术著作的可读性方面也闪耀着特殊的光彩。此书的可读性，一方面是因为此书的研究对象"对句"本身就是引人入胜的题目，而且此书所引用的大量古今东西的对句例文又富于魅力；另一方面也是因为作者乃是用明白简洁而又饱含感情的笔触来写作的。比如原序开头就是以这样优美的文字引出全书主题的："小时候，上小学唱歌，有一节歌词永远难忘：'在那山林里追兔，在那小河里钓鱼。'即使是今天，当我低声哼唱时，这支歌也还在我心中引起深深的乡愁。"也许正因了可读性的缘故，所以此书在日本得到了出版后即销售一空这一学术书不容易得到的待遇吧？

当然，此书中也有一些地方，是我们尚怀有疑问的。比如作者说反对比正对为优，所举正对的例子中有韩愈的《南山诗》。但该诗虽说是正对，却通过浩瀚的排比，把南山千奇百怪的姿态充分展现了出来，很难说是"劣"的。又比如作者认为西欧文学以正对为多，但从作者所举之例来看，西欧文学中反对其实也是不少的。又比如作者在下定义时，有时难免有顾此失彼的地方。如"形式的分类”节中列举“双声侧对”和“叠韵侧对”的例子时，只注意其字音上是对偶的，而未注意到它们在意义上其实也是对偶的。如“双声侧对”的例子是“花明金谷树，叶映首山薇”，“金谷”与“首山”，一为园名，一为山名，意义上亦成对偶，但作者却说：“金谷与首山在意义上不成为对偶，但二词都是双声，只在这一点上成为对偶。”又“叠韵侧对”的例子是“自得优游意，宁知圣政隆”，“优”与“圣”，“游”与“政”均以品德成双，但作者却说它们：“在意义上不成对偶。但是，二语都是叠韵语，在这一点上构成对偶。”这些恐怕都是作者只注意字音的对偶，而忽视了意义的对偶造成的吧？此外，此书取材侧重于唐代以前，而唐以后的对句表现则分析较少。这里想提供作者参考者，中唐时期陆贽的骈文，既对仗工切，又气势畅盛，论事说理，璧合珠联，多角开展，深层递进，开辟了“丽句与深采并流，偶意共逸韵俱发”（《文心雕龙·丽辞》）的新境界，宋大文豪苏轼等极表“钦慕”，称为“聚古今之精英”（《乞校正陆贽奏议上进札子》），欧阳修、苏轼之文深受其影响，也有发展，是很值得注意的。

作者在此书第三章第一节中说：“典故、对句与比喻一起，就是中国文学表现上的三大特色。而且如上所述，典故为对句所用，比喻亦为对句所用，是屡见不鲜的。那么，可以说这三个修辞法不是各自孤立没有关系，而是相互关联的。”这自是不刊之论。前不久笔者之一（邵毅平）在广岛见到古田敬一教授，顺便问起他现在的研究动向，他答以典故（或比喻）的研究。从作者上述对中国文学表现上三大特色的看法来看，作者在研究了对句以后，转向另外二大特色的研究，也是顺理成章的吧？即在此书中，作者今后的研究动向便已初露端倪，余论中的一节，就是论述袁枚的典故论的。在此，我们谨祝愿古田敬一教授早日完成他对中国文学表现上另外二大特色的研究，祝愿他在这方面不断有新的研究论著问世；并希望续有学者像此书译者那样，不辞辛苦地把它们译介到中国来。

韩国版后记

本书虽以《中日文学关系论集》为题，但收入本书的文章其实分属两个不同的领域，即一部分是关于中日文学关系的论文（辑为上编），另一部分是关于日本汉学论著的述评（辑为下编）。之所以将它们“凑合”在一起，除了编集上的权宜考虑外，还是因为它们的撰写动机颇有相似之处，即都是为了更好地开展中国古典文学的研究。这或许就是本书的基本立足点之所在，也将是它不同于其他类似论著的地方。

也就是说，正如许多东西汉学家所指出的，在古代的东亚曾经存在过一个“汉文学世界”，中国的“汉文学”，也就是我们今天一般所说的“中国古典文学”，曾经在其中占有过中枢和领导性地位。因此，不应该局限于中国的“国境”来研究中国古典文学，而是应该至少把它看作一种东亚范围内的国际性文学，将它置于整个“东亚汉文学世界”乃至“东亚世界”中，从它和东亚其他各国的汉文学和本民族文学的关系的角度，来考察它的基本特征、发展过程和影响力。收入本书上编中的各篇论文，便是基于上述这种考虑，从中日文学关系的侧面，运用比较文学的各种方法，所作的一些初步尝试。

与此同时，正如越来越多的有识之士所意识到的，我们同样不能局限于中国的“国境”来谈中国古典文学研究。这是因为中国古典文学研究早已成了一门国际性的学问，世界各国的汉学家们一直在作着各自的努力和贡献，只有互相了解和汲取彼此的研究成果，才能共同推动这门国际性学问的发展。也正是基于上述这种考虑，我曾和师友们一起，翻译过若干种日本汉学家的研究论著，并撰写过若干篇介绍日本汉学论著的述评，后者就是收入本书下编中的各篇文章。

我冒昧地猜想，关于中国古典文学研究的上述两种认识，也许也能得到韩国汉学家们的赞同，这就是我要让本书在韩国出版的理由之一；另一个理由是，无论在过去还是在现在，中韩日三国文化之间都存在着密切的关系，热心于了解中韩和韩日之间文化交流的韩国学者们，也许也有兴趣了解一下中日之间的文化交流吧？尤其是韩半岛曾在这一交流中起过特殊的中介作用。感谢大邱晓星 CATHOLIC 大学校出版部，能理解和支持我的上述想法，给我以在韩国出版本书的机会。

本书各文大都写于 1980 年代，那时以赴日作访问学者为契机，我对日本的情况比较感兴趣，本书便可以说是那段时期的兴趣的产物。进入 1990 年代，我有机会到韩国来执教，对韩国的情况有了较多的了解，因此接下来想做的工作之一，自然便是探讨中韩文学关系，以及向中国学界介绍韩国的汉学研究。希望这一工作能比以前做得更好一些。

各文在收入本书时，均重新作了校订，又核对了一遍引文，且改正了若干阙误，有的还增补了一些最新资料。

本书各文的写作与发表情况如下：

1. 中日古代咏梅诗歌之比较

——以南朝与奈良时代为中心

1988 年 8 月完稿。

载日本创价大学言语文化研究中心《言语文化研究》第 13 号，1989 年 12 月。

2. 论中国文学分类规范对日本平安时期文学总集分类规范的影响

　　1985 年 8 月完稿。

　　载《复旦学报》1988 年第 2 期。

3. 论白居易诗歌对日本平安时期文学的影响

　　1985 年 8 月完稿。

　　载《上海教育学院学报》1988 年第 3 期。

4. 论《源氏物语》对白居易诗歌的吸收

　　1985 年 5 月完稿。

　　收入《现代意识与民族文化——比较文学研究文集》，上海，复旦大学出版社，1987 年 11 月。

5. 明代与江户市民文学比较研究导论

　　1988 年 10 月完稿。

　　载《复旦学报》1989 年第 1 期；中国人民大学书报资料中心复印报刊资料 J2《中国古代、近代文学研究》1989 年第 5 期全文转载。

6. 铃木虎雄《支那文学研究》述评

　　1987 年 8 月完稿。

　　载《文学研究参考》1988 年第 10 期。

7. 评吉川幸次郎的中西、中日比较文化观

　　——以《中国的古典与日本人》为中心

　　1986 年 8 月完稿。

　　载《中国比较文学》1989 年第 1 期。

8. 中国文学中的人生观的变迁：从乐观到悲观到扬弃悲观恢复乐观

　　——吉川幸次郎《中国诗史》简介

　　1988 年 2 月完稿。

载《文学研究参考》1988 年第 7 期。

9. 吉川幸次郎关于中国近世市民诗的若干看法

——《宋诗概说》、《元明诗概说》简介

1986 年 8 月完稿。

后三节载《文学研究参考》1987 年第 9 期，前三节收入本书前未曾发表过。

10. 斯波六郎《中国文学中的孤独感》述评

1989 年 8 月完稿。

载《上海教育学院学报》1991 年第 1 期。

11. 小尾郊一《中国文学中所表现的自然与自然观》中译本序

1987 年 10 月完稿。

载《文学研究参考》1988 年第 2 期。

12. 一部别具特色的李白传记

——小尾郊一《李白》简介

1990 年 7 月完稿。

收入本书前未曾发表过。

13. 快读古田敬一《中国文学的对句艺术》(合撰)

1990 年 5 月完稿。

载《文学遗产》1991 年第 4 期。

其中最后一文是与顾易生先生合撰的，为让读者再多了解一位日本汉学家，现特征得顾先生的同意，将该文一并收入本书。对于顾先生的高谊，谨表示衷心的感谢。

邵毅平

1997 年岁暮识于大邱晓星 CATHOLIC 大学校

国内版后记

本书的韩国版(繁体字版)出版于1998年(河阳,大邱晓星CATHOLIC大学校出版部),国内版(简体字版)则始终没有出过。由于韩国版的印刷数量和发行范围都很有限,韩国以外的研究者自然不易利用本书,因此,这次借助有关学术著作出版基金的资助,本书能够得到出版国内版的机会,自然是让我喜出望外的事情。

本书所收各文,大都写作和发表于1980年代。那时,经历了漫长的沉寂和压抑之后,中国的比较文学研究开始复兴。我所在的复旦大学,在中文系贾植芳先生(1916—2008)、外文系林秀清先生(1919—2001)等的推动下,也开展了各种有关比较文学的活动。1985年5月,借校庆八十周年之机,由林秀清先生主持,举行了首届比较文学讨论会,主题是“现代意识与民族文化”。这次讨论会上报告的论文,后来由林秀清先生编为《现代意识与民族文化——比较文学研究文集》一书,1987年由复旦大学出版社出版。拙文《论〈源氏物语〉对白居易诗歌的吸收》也收入其中,这是我发表关于比较文学的论文之始。

与此差不多同时,在古籍所章培恒先生(1934—2011)的带领下,以吉川幸次郎的《中国诗史》的翻译为契机(该书中译本1986年由安徽文艺出版社出版),对于海外汉学的译介也开始起步。在那前后,围绕自己参译的几种日本汉学论著,我写了一些述评,大都通过孙歌女士,发表在中国社科院文研所主办的《文学研究参考》上。这是我发表关于海外汉学的评论之始。

进入1990年代后，我赴韩国的大学执教，在那儿一住就是五六年，学术兴趣渐转移至朝鲜半岛，学术写作也相应改变了方向，其成果就是有关朝鲜半岛的三书（亦即“朝鲜半岛三部曲”）。直至数年前，才在“东亚文学关系”和“东亚汉学”的名义下，重新兼顾原来的兴趣和方向，并出版了《东洋的幻象：中日法文学中的中国与日本》一书（有关各书出版信息参见本书附录）。

如上所述，本书所收各文，就是在1980年代学术振兴的热潮中，我个人所留下的最初一批青涩果实，现在回头来看，它们自然显得幼稚与肤浅，多有不能让自己满意之处。但它们既是那个时代及我个人的雪泥鸿爪，也可以成为后来者的前车之鉴吧。而且，它们曾分别发表于中国和日本的学术刊物上，本书韩国版又由我曾执教的韩国大学的出版社出版，因而可以说，本书的形成过程也契合其内容，同样具有跨越“国境”的象征意义。

本书的国内版，在内容和结构上，均一仍韩国版之旧，未作大的改动，以保存历史原貌；这次所做的修订工作，主要是改正了新发现的阙误，校补了若干文献资料，润色了一遍引文拙译。需要特别说明的是，战后中日两国汉字简化分道扬镳，造成中日两国的简体字各自为政；日本出版物引用中文文献时，从来不会使用中国简体字，而是一律采用日本简体字；所以我一贯主张，为对等起见，中国出版物引用日文文献时，对于其中所夹用的汉字，也应一律采用中国简体字。为此，本书除和歌里的汉字为存古意而保留繁体字外，一般日文文献里夹用的汉字都采用中国简体字。

本书国内版的出版，端赖各方面的支持：陈引驰教授美言推荐本书，吴旭民编审帮助本书出版，孙晖先生精心编辑加工，李岑君帮忙查核资料……对于他们，我都要表示由衷的感谢！

还记得在1985年的那次讨论会上，林秀清先生认真听完我的报告，对其中频繁出现的“女流”一词提出了异议，认为它在汉语中略带贬义，不宜照搬日语里的用法，以指称那些聪慧的平安才女。我虚心接受，并受此启发，后来也一直警惕自己落笔行文不要丧失“汉语立场”和“中国灵魂”，并努力清除“国语”、“国文学”之类人云亦云立场可疑的用词。现在，林秀清先生宿草已久，贾植芳先生、章培恒先生也已归道山，那么，就让本书国内版的出版成为我个人对于他们的一个不像样子的纪念吧！

邵毅平

2011 年 10 月 25 日识于复旦大学

2018 年 5 月 22 日改于沪上圆方阁

重修版后记

三十来年前，本书所收各文在中国和日本发表；二十年前，本书在韩国出版了繁体字版；七年前，本书在国内出版了简体字版。这次有机会再度修订，是为重修版，希望能够成为定本。

这次所做的修订工作，主要是改正了新发现的阙误，重新核对了部分引文，对《论中国文学分类规范对日本平安时期文学总集分类规范的影响》第一节中若干日本汉诗文集的信息作了补充，把《论白居易诗歌对日本平安时期文学的影响》第一节中有关白诗传入日本的史料按时间顺序作了重排，给《明代与江户市民文学比较研究导论》中的江户文人加上了生卒年，以方便国内读者，在《铃木虎雄〈支那文学研究〉述评》所涉各文中文标题后附上了原日文标题（与中文相同者不赘），其他则基本上一仍其旧。

本书西历日期用阿拉伯数字，中历日期（包括日本曾使用者）用汉字数字。引用现代文献时，以本书各文为单位，首次详注出版信息，二次起从简，只注基本信息；古籍依古典学传统，仅标示篇卷回目，出处随引文前后，或以括号括出。

关于本书最后《快读古田敬一〈中国文学的对句艺术〉》一文，还想乘此机会赘言几句。此文乃 1990 年 5 月奉顾易生先生（1924—2013）之命撰写，初稿约九千字，题为《古田敬一〈中国文学的对句与对句论〉述评》，由顾先生点烦至六千字，增补文末谈韩愈《南山诗》正对不劣，谈该书所举双声侧对、叠韵侧对之例意义上亦成对偶，谈中唐陆贽骈文出色可供该书作者参考等一段，以及该书引用顾先生论文《试谈韩愈的尚奇及韩文与辞赋骈文的关系》一事，并改为今题，与我共同署名，发表于《文学遗产》1991 年第 4 期。1998 年，我在韩国初次出版本书时，征得顾先生的同意，将此文收入了本书，并恢复了初稿原文，增补了有关古田先生的最新资料，但保留了顾先生所作增补及所定今题，以为这段合作经历之纪念。或许因为初稿本来由我执笔，且我已厚颜将之收入了本书，故顾先生生前从未将此文收入自己的文集。如 2002 年由复旦大学出版社出版的《顾易生文史论集》，据顾先生自序（写于 2001 年 9 月）说，选编“从 20 世纪 50 年代后期至今发表于报章书刊上探讨文史问题之拙作”，便仅收入了发表于《汕头大学学报》1990 年第 6 卷第 2 期的短文《读〈中国文学的对句艺术〉随感——〈中国文学的对句艺术〉笔谈》（其中主要谈及正对不劣、陆贽骈文出色诸点，即顾先生增补入《快读古田敬一〈中国文学的对句艺术〉》一文者）。现在之所以要啰唆说明，乃因顾先生已归道山，实不敢掠美埋没其点金之处，亦无意卸责拙笔涂鸦部分也。

感谢伍珺涵君认真细致的编辑工作，使本书面貌焕然一新，得以继续取悦于此有兴趣的读者。姚成凤君帮忙查核资料，李碧妍君鼎助出版事宜，在此也一并致以谢意。

静言思之，三十年来，之所以不惮烦，一而再再而三，自珍敝帚，祸枣灾梨，或许是如席慕蓉《印记》所说的，相信“总有一些什么/会留下来的吧/留下来作一件不灭的印记”。

或许也不尽然。

邵毅平

2018 年 5 月 22 日识于沪上圆方阁

附录：邵毅平著译目录

一、著　　书

《中国诗歌：智慧的水珠》　杭州，浙江人民出版社，1991 年初版；台北，国际村文库书店，1993 年初版；上海，复旦大学出版社，2008 年修订版（易名为《诗歌：智慧的水珠》）。

《洞达人性的智慧》　杭州，浙江人民出版社，1992 年初版；台北，国际村文库书店，1993 年初版；上海，复旦大学出版社，2008 年修订版（易名为《小说：洞达人性的智慧》）。

《传统中国商人的文学呈现》　深圳，海天出版社，1993 年初版；上海，上海古籍出版社，2010 年修订版（易名为《文学与商人：传统中国商人的文学呈现》）。

《论衡研究》　韩国蔚山，蔚山大学校出版部，1995 年初版；上海，复旦大学出版社，2009 年修订版，2018 年增订版。

《中国文学史》（合著）　上海，复旦大学出版社，1996 年初版。

《中国古典文学论集》　初集，韩国蔚山，蔚山大学校出版部，1996 年初版；初集、二集合集版，上海，上海古籍出版社，2013 年初版。

《中日文学关系论集》　韩国河阳，大邱晓星 CATHOLIC 大学校出版部，1998 年初版；上海，上海古籍出版社，2011 年修订版；上海，中西书局，2018 年重修版。

《韩国的智慧：地缘文化的命运与挑战》　台北，国际村文库书店，1996 年初版；上海，上海古籍出版社，2005 年修订版（易名为

《朝鲜半岛：地缘环境的挑战与应战》)；上海，中西书局，2017年重修版(易名为《半岛智慧：地缘环境的挑战与应战》)。

《无穷花盛开的江山：韩国纪游》　上海，复旦大学出版社，2001年初版；上海，中西书局，2017年修订版(易名为《韩国纪行：无穷花盛开的锦绣江山》)。

《黄海余晖：中华文化在朝鲜半岛及韩国》　昆明，云南人民出版社，2003年初版；上海，中西书局，2017年修订版(易名为《青丘汉潮：中华文化的遗存与影响》)。

《中国文学中的商人世界》　上海，复旦大学出版社，2005年初版，2007年第二版，2016年第三版；韩文版：朴京男等译，韩国首尔，소명出版，2017年初版。

《胡言词典》(笔名"胡言")　初集，上海，上海文化出版社，2006年初版；初集、续集合集版，上海，复旦大学出版社，2013年初版。

《诗骚一百句》　上海，复旦大学出版社，2007年初版；南京，译林出版社，2018年修订版(易名为《诗骚百句》)。

《东洋的幻象：中日法文学中的中国与日本》　上海，上海锦绣文章出版社，2010年初版；北京，商务印书馆，2018年修订版(去除副标题)。

《马赛鱼汤》　上海，复旦大学出版社，2015年初版。

《东亚汉诗文交流唱酬研究》(编)　上海，中西书局，2015年初版。

《今月集：国学与杂学随笔》　上海，上海文化出版社，2018年初版。

二、译　　书

吉川幸次郎《中国诗史》(合译)　合肥，安徽文艺出版社，1986年初版；上海，复旦大学出版社，2001年初版，2012年第二版。

吉川幸次郎《宋元明诗概说》(合译)　郑州，中州古籍出版社，1987 年初版，1999 年初印；上海，复旦大学出版社，2012 年初版。

小尾郊一《中国文学中所表现的自然与自然观》　上海，上海古籍出版社，1989 年初版，2014 年第二版。

王水照等编选《日本学者中国词学论文集》(合译)　上海，上海古籍出版社，1991 年初版。

小野四平《中国近代白话短篇小说研究》(合译)　上海，上海古籍出版社，1997 年初版。

村上哲见《宋词研究(南宋篇)》(合译)　上海，上海古籍出版社，2012 年初版。

图书在版编目(CIP)数据

中日文学关系论集 / 邵毅平著. —修订本. —上海：中西书局，2018.8
ISBN 978-7-5475-1439-9

Ⅰ.①中… Ⅱ.①邵… Ⅲ.①比较文学—文学研究—中国、日本—文集②汉学—日本—书评—选集 Ⅳ.①I206-53②I313.06-53③K207.8

中国版本图书馆 CIP 数据核字 (2018) 第 139508 号

中日文学关系论集(修订本)

邵毅平 著

责任编辑	伍珺涵
装帧设计	黄 骏
书名题签	邵 南
出版发行	上海世纪出版集团 中西書局(www.zxpress.com.cn)
地 址	上海市陕西北路 457 号(200040)
印 刷	上海盛通时代印刷有限公司
开 本	890×1240 毫米 1/32
印 张	9.25
字 数	222 000
版 次	2018 年 8 月第 1 版 2018 年 8 月第 1 次印刷
书 号	ISBN 978-7-5475-1439-9/I·172
定 价	62.00 元

本书如有质量问题，请与承印厂联系。T：021-61453770